사수, 하라!

사수, 하라!

초판 1쇄 찍은 날 | 2018년 6월 22일
초판 1쇄 펴낸 날 | 2018년 6월 30일

지은이 | 문희
펴낸이 | 예경원

편집 | 주승아

펴낸곳 | 예원북스
등록번호 | 제396-2012-000132호
등록일자 | 2012. 7. 25
YRN | 제1-0220호

주소 | 경기도 고양시 일산동구 호수로 646-24 위너스21-Ⅱ 206A호 (우) 10401
전화 | 031-819-9431 팩스 | 031-817-9432
http://cafe.naver.com/yewonromance
E-mail | yewonbooks@naver.com

ⓒ 문희, 2018

ISBN 979-11-6098-000-4 03810

사수, 하라!

문희 장편 소설

YEWONBOOKS
ROMANCE STORY

Contents

프롤로그

후두둑 후두두둑.

봄비가 창을 조용히 두드리고 있었다. 마치 소리 없이 숨죽여 가며 눈물을 흘리듯 그렇게 유리창에 고였다가 흘러내리기를 반복했다. 여자는 한참을 말없이 유리창으로 흐르는 비를 바라보고 있었다.

그녀 앞에 놓인 커피가 점점 식어 가고 있는데도 여자의 관심은 오로지 눈물처럼 흐르는 빗물에 집중되었다. 이렇게 시간이 멈춘 듯 앉아 있은 지 20분이 조금 넘었지만 여자는 미동도 하지 않고 창가만 응시하고 있었다.

사람을 기다리고 있었지만 여자의 얼굴은 기다리는 사람보다 그 사람이 가져다줄 이야기에 더 신경이 가 있는 것처럼 깊은 주름이 내 천 자를 그리고 있었다.

"후……."

근심 어린 여자의 표정과 딱 어울리는 한숨이 터져 나오고 있었다. 여자가 이러는 건 2년을 넘게 사귄 남자가 일주일째 연락이 없다가 오늘 아침에야 만나자는 연락을 해 왔기 때문이었다. 기뻐야 하는데 이상하게 불안한 마음이 들었다. 일주일 동안 작은 불안감도 없었는데 그의 연락을 받고 기다리는 이 짧은 시간이 오히려 더 불안했다.

처음으로 사귄 남자였다. 그동안은 학비를 버느라, 그리고 취업을 해서는 집안을 돕느라 다른 곳에 신경을 쓸 여력이 없었던 여자였다. 처음으로 마음을 주었던 사람이었는데…….

"후……."

또다시, 땅이 꺼질 것 같은 한숨이 터져 나왔다. 아직 그에게 무슨 말을 들은 건 아니었지만 여자의 직감이란 무시할 수 없는 아주 민감한 것이었다.

30분쯤 시간이 흐르자 그가 나타났다. 추적이는 비를 맞았는지 남자의 어깨가 비에 흥건하게 젖어 있었다. 방울방울 그의 어깨에 위태롭게 매달려 있는 빗방울이 지금 그녀의 마음 같아 여자는 눈을 뗄 수 없었다.

남자는 여자의 맞은편에 앉아 여자의 눈길을 피하려는 듯 고개를 숙였다.

"……."

'오래 기다렸지?', '왜 이렇게 늦었어?' 라는 말들이 오갈 법도 한데 둘은 말없이 그렇게 한참을 앉아 있었다. 여자는 고개를 들어 말없이 테이블만 바라보는 남자의 정수리를 보고 있었다.

저렇게 생겼었구나. 2년을 만나면서 처음으로 보는 남자의 정수리였다.

그의 정수리는 그처럼 깔끔하다는 생각이 들었다. 깔끔한 남자의 모습이 좋았었다. 그리고 깔끔한 생김과는 다른 털털한 남자의 성격에 여자는 빠르게 마음을 열었었다.

"……."

쉽게 말을 꺼내지 못한 남자는 아이스커피를 주문하고는 단번에 마셔 버렸다.

얼마나 속이 타는 말을 하려고 저러는 것일까? 여자의 불안은 더 커져만 갔다.

오늘 남자는 평소의 모습과는 많이 달라 보였다. 명품 셔츠에 재킷까지 걸친 그는 아주 부유한 집의 자제 같은 모습이었다. 너무 예민하게 반응하는 건 아닐까? 여자는 속으로 자신을 다독였다.

"오늘 많이 달라 보여······."

"······."

숨 막히는 침묵을 여자가 깨 보았지만 남자에게선 답이 없었다. 그냥 어색함이 묻어나는 침묵이 계속되었다.

"나 뉴욕 지사로 발령 났어."

그가 처음으로 입을 열고 한 말에 여자는 가슴이 무너져 내렸다. 그래도 다른 여자가 있는 건 아니라는 생각이 드니 한 줄기 희망을 품게 된 여자였다.

"기다릴게."

여자의 답을 예상이라도 한 듯 남자는 담담하게 다음 말을 이어갔다.

"나 와이프랑 같이 가."

와이프······? 처음엔 잘못 들은 줄 알았다. 와이프란 단어가 이렇게 해석하기 어려운 단어라는 것도 오늘 처음 알게 된 여자의 얼굴은 창백했다.

하늘이 무너진다는 게 이런 것인가? 2년을 꼬박 뒷바라지하다시피 했다. 무언가를 바라고 한 일은 아니지만 남자에겐 이미 그를 돌봐 줄 부인이 있었다.

여자는 욱하는 마음을 가라앉히고는 남자의 얼굴을 바라보았다.

남자의 얼굴은 아무런 표정이 없었다. 미안함도 죄책감도 없는, 그저 이 시간이 빨리 끝나기만을 바라는 그런 모습이었다.

"성우 씨, 뭐라고?"

다 알아들었지만 못 알아들은 척 한 번 더 확인했다. 그냥 받아들이기엔 2년의 시간이 너무나 아까웠다.

"왜 같은 말을 두 번 하게 해. 와이프랑 같이 뉴욕에 가."

"거짓말……."

왜 이런 일이 일어난 것인지 여자는 아직도 믿어지지 않았다. 일주일 전만 해도 깨를 볶는 정도는 아니었지만 사내에서 알콩달콩 비밀 연애를 즐겼기 때문이었다. 아무도 모르는 그들만의 연애를 말이다.

"미안하다고는 안 할게. 나도 최선을……."

짝!

드라마에서나 볼 법한 일이 벌어졌다. 여자의 손이 남자의 뺨을 강하게 쳤다. 맞아도 싸다는 말이 떠오른 여자는 시니컬하게 웃었다.

"다시 말해 봐!"

"사이보그도 아니고, 무덤덤한 석녀 같은 여자를 어떤 남자가 좋아해?"

언제는 일에 몰입하는 모습이 좋다고 하더니. 님이란 글자에서

점 하나만 빼면 남이라더니 지금 남자가 딱 그 짝이었다.

"말이면 단 줄 알아?"

"나도 객지 생활에 외로웠고 너도 남자 하나 없었으니 서로 윈 윈한 거 아니야?"

물러섬이 전혀 없는 남자였다. 서로 즐겼으니 됐다는 말이었다. 뭘 즐겼는지 모르겠지만 말이다.

"어떻게 그런 말을 그렇게 쉽게 해? 우리 서로 사랑했던 거 아 냐?"

"아니, 난 그런 거 아니었어. 남자는 사랑하지 않아도 여자를 만 나. 너하고는 끝까지 못 갔지만 말이야."

남자가 화를 낼 법도 한 게, 연애 초반에 그가 가슴을 만지려 했 을 때 이상하게 거부감이 생겨 그를 밀어낸 적이 있었다. 그 후로 그는 더 이상 그녀의 몸에는 손을 대지 않았다. 그때는 그게 그녀 를 위한 배려라고 생각했는데 지금에 와서 보니 그는 그때 정이 떨어졌던 모양이었다.

잠자리를 한 것도 아닌데 석녀란 소리까지 들어야 하는지 기가 막혔다.

"우리 엄마는?"

여자의 엄마는 남자를 사위로 생각하고 진심으로 잘해 주셨다. 엄마는 매주 밑반찬을 만들어 그녀의 손에 들려 보냈다.

"감사하지. 우리 와이프도 맛있다고……."

"짝!"

또 한 번 손이 올라갔다. 엄마의 반찬을 자기 와이프와 같이 먹었다는 소리였다.

"네 와이프도 내 존재를 아니?"

"아니……."

처음으로 남자의 목소리가 흔들렸다.

"왜, 내가 찾아갈까 봐 겁나?"

"아니라고는 말 못 해. 하지만 우리 와이프 임신 중이야. 네가 그 정도로 못된 인간은 아니라고 생각해."

"뭐? 못된 인간? 너는 개자식이야."

"맞아. 그러니 여기서 우리의 관계는 깨끗이 끝내자."

"깨끗이? 깨끗이라는 말이 나와!"

언성이 높아지자 주위에서 그들을 보며 웅성거리는 소리가 들렸지만 여자는 개의치 않았다.

회사에서도 비밀 연애를 했으니 그녀만 입을 다문다면 아무 일도 없었던 것으로 할 수 있다.

지금 생각해 보니 순진해도 그렇게 순진할 수가 없었다. 한 명에게라도 말을 했었어야 했는데, 그의 말만 믿고는 입을 닫고 산 그녀였다.

"그만 일어날게."

"······."

남자는 여자를 남겨 두고는 그대로 자리에서 일어났다. 여자도 더 이상 남자를 잡지 않았다. 여자의 시선은 다시 비가 떨어지고 있는 창으로 향했다.

좀 전과는 다르게 여자의 눈에서도 빗줄기가 흘러내리고 있었다.

눈앞이 뿌옇게 변하고 있었다. 앞이 제대로 보이지 않았다.

"······."

아랫입술을 지그시 깨물며 흐느껴 울지 않게 참고 또 참았지만 흐르는 눈물은 어쩔 수가 없었다.

"그냥 우십시오."

그때 국방색 제복을 입은 군인이 그녀에게 손수건을 건넸다. 모자에 가려 얼굴은 보이지 않았지만 군인은 그녀가 들어올 때부터 옆자리에 앉아 있었다. 그들의 대화를 다 들은 모양이었다.

"손수건은 선물입니다."

군인의 목소리가 아주 좋았다. 그녀의 마음을 위로하기에 딱 좋은 목소리였다.

그를 보려 했지만 누군가 그녀를 이해해 주는 것 같은 마음이 들자 다시 눈물이 차올라 앞이 보이지 않았다.

"그리고 저런 쓰레기는 잊길 바랍니다. 그런 의미에서 오늘은 축복받은 날인 것 같습니다."

제복의 남자는 그렇게 말을 하고는 자리에서 멀어졌다. 눈물을 다 흘리고 고개를 들자 제복의 남자는 등을 보이며 커피숍을 나서고 있었다.

큰 신장에 각진 어깨를 가진 아주 멋진 군인이었다.

커피숍에서 일어난 여자는 빗길을 우산도 없이 거닐었다. 오늘 그녀는 평소에 청승맞아 보인다고 생각했던 걸 한꺼번에 다 하고 있었다.

빗길에 우산도 없이 걷는 것과 울면서 걷는 것. 그리고 그런 그녀를 사람들이 힐끔거리며 바라보는 것 말이다.

정말 비참한 하루였다.

윙―.

주머니 안에서 핸드폰을 꺼내 액정화면을 보았다. 엄마의 전화였다. 받기 싫었지만 끈질기게 울어 대는 통에 그녀는 전화를 받았다.

[하라야, 어디야?]

"어, 왜?"

울음 섞인 목소리를 삼키며 여자는 최대한 아무렇지 않은 목소리를 내려고 노력했다.

[왜는. 우리 이 서방 반찬 해서 네 원룸에 가져다 놨어. 네가 오늘 가져다줘. 그래야 일주일 동안 잘 챙겨 먹지.]

"……."

매주 일요일이면 엄마가 반찬을 해서 남자 친구인 성우에게 가져다주라고 했다.

결론은 성우의 와이프가 먹었지만 말이다. 그 생각을 하자 속에서 천불이 났다. 이래서 사람들이 화병에 걸리는구나, 라고 생각했다.

[냉장고에 넣어 뒀지만 요즘 날씨가…….]

"엄마, 하지 말라고 했잖아."

[싸웠어? 그럼 이거 가져다주고 풀어. 무슨 일인지 모르지만 너무 오래 말 안 하고 그러면 안 돼.]

엄마의 말에 설움이 더 폭발했다.

"엄마는 아무것도 모르면서……."

[하라야, 네가 먼저 풀어.]

"내가 알아서 해!"

괜히 엄마에게 짜증을 내며 전화를 끊었다. 그래도 헤어졌다는 말은 차마 할 수가 없었다. 평생 처음으로 마음을 주었던 남자에게 차였다고 말하기가 싫었다. 그것도 모자라서 그는 유부남이었다.

"저기……."

그때 여자 앞에 군용 지프차가 멈췄다. 이렇게 보니 아까 그 남자였다.

"우산 없으십니까?"

"……."

묘한 인연의 남자였다. 그냥 지나치면 될 텐데 남자는 커피숍에서부터 그녀에게 친절을 베풀었다.

"타요. 집까지 모셔다 드릴 테니."

여자는 평소에 모르는 사람과 이야기조차 안 하는 스타일인데, 남자는 아닌 모양이었다. 군인이라면 그녀보다는 한참 어린 남자임에 분명했다. 아닌가? 게다가 어느 부대인지 옷도 좀 남달랐다. 국방색인데 꼭 육군 사관생도 같은 옷이었다.

대학 때 동기 중에 사관생도를 사귄 애가 있어서 본 기억이 있었다.

"비 더 맞지 말고 타십시오."

"……."

정말 충동적이었다. 모르는 사람의 차를 타는 건 요즘 같은 무서운 세상에서는 상상하기 힘든 일이었지만 그녀는 제복을 입은 남자의 군용 지프차에 몸을 실었다. 지금 그녀의 심정은 비참함이었다.

때문에 평소의 그녀와는 상당히 다른 선택을 했다. 전혀 이성적이지 않은 즉흥적인 선택을 말이다.

남자가 젖은 그녀를 위해 수건을 좌석에 깔아 주었다.

"친절하시네요."

"미인에겐 그렇죠."

남자가 서글서글하게 말했다. 그녀는 조수석에 앉았고 안전벨트를 찾지 못해서 안절부절못했다. 그러자 그가 그녀를 위해 안전벨트를 직접 매 주었다.

"군용 지프차는 처음이라서……."

"저도 오늘 장군님 따님이 결혼을 하셔서 특별히 운전을 하고 나온 겁니다."

"아……."

"평소에는 보병이라서 걸어 다닙니다."

그는 농담을 하는 것 같았지만 쉽사리 받아들일 수가 없었다.

"……."

둘은 더 이상의 대화가 없었다. 여자는 힐끔거리며 남자를 보았다. 어깨엔 그녀가 아는 작대기 계급장이 아니라 다이아몬드가 2개 있었다.

"중위입니다."

"아, 네……. 제가 계급을 몰라서요."

"모를 수도 있죠."

"이런 옷도 처음 보고 육군, 해군, 공군이 있다는 것밖에 몰라서……."

"전 육군이고 이건 육군 정복입니다. 오늘 결혼식 때문에 오랜만에 입었습니다."

남자의 목소리는 꼭 동굴 안에서 말하는 듯한 울림이 있었다. 매력적인 보이스였다. 거기에 정면을 정확하게 보지 않아서 모르겠지만 그의 옆선은 굉장히 남성다웠다. 마치 군주의 조각상을 보는 것 같았다.

"저는 사관생도인 줄 알았어요."

"하하하, 어리게 봐 주셔서 고맙습니다. 졸업한 지 좀 됐죠."

남자는 아주 호탕한 사람이었다. 하지만 여자에게 남자는 그저 스치는 인연일 뿐이었다.

여자는 아직 충격에서 벗어나지 못한 상황이었다. 겉으로는 아무렇지 않게 남자의 말을 듣고 있었지만 머릿속엔 온통 전 남자친구에 대한 분노뿐이었다. 석녀 같다는 말은 처음 들었다. 헤어진 남친과는 키스만 한 사이였을 뿐이었다. 더 이상의 진전이 없었다.

그런데도 정말 남자들의 눈에 그녀가 석녀로 보이는 것일까? 제가 그렇게 매력이 없어 보이는지 여자는 걱정이 되었다.

"제 이름은……."

"아뇨."

남자는 자신을 소개하려다가 말고는 자신의 말을 끊어 버린 여자를 물끄러미 보았다.

그들은 사거리에서 신호 대기 중이었다. 아직 그녀가 어디로 갈지 남자는 묻지 않았다. 그저 집에 데려다준다는 말만 했을 뿐이었다.

"오늘 시간 어때요?"

"휴가입니다."

결혼식에 다녀오는 길이라는 말이 떠올랐다.

"처음 보는 여자와 자 봤어요?"

"……."

"난 처음 보는 남자와 자 보지 않아서……."

"저도 그런 적은 없습니다."

"나랑 잘래요?"

"……."

신호가 바뀌고 출발한 차를 남자는 말없이 운전만 했다.

"난 병도 없고……."

"좋습니다."

막상 남자의 입에서 좋다는 말이 나오자 여자는 심장이 밖으로 튀어나올 것처럼 뛰었다. 그 후로 그들은 그녀의 집으로 갈 동안 아무런 말이 없었다.

처음 만나는 남자를 자신의 집에 들인다는 게 조금은 부담스러웠지만 그녀는 확인을 하고 싶었다. 자신이 정말로 석녀인지 말이다. 그녀의 원룸에 다른 사람을 들인 건 처음이었다.

친구들도 초대한 적이 없었다. 집이 좁기도 했고 그녀에 비해 잘사는 친구들에게 비루한 모습을 보이고 싶지도 않았기 때문이었다.

하지만 오늘은 괜찮았다. 그녀가 며칠 있으면 이사를 가기 때문이었다.

그가 그녀의 집 안에 들어서자 안 그래도 작은 집이 더 작아 보였다.

"작죠?"

"상관없습니다. 그런데 짐이……."

대부분의 작은 짐들은 이미 박스에 넣어 둔 상황이었다.

"정리가 아직 안 돼서……."

이사를 온 건지, 가는 건지 여자는 애매하게 답했다.

"커피라도……."

"괜찮습니다."

그녀가 집에만 신경을 쓸 동안 그는 다른 것을 생각한 듯 목소리가 갈라졌다. 정신이 돌아 온 여자는 남자를 보았다. 그가 모자를 벗고는 그녀의 가는 허리를 잡았다. 170cm가 넘는 그녀의 키가 무색할 정도로 남자는 컸다. 고개를 들어야 그의 얼굴이 보일 정도였다.

"그러니까⋯⋯."

갑자기 두려움에 사로잡힌 여자는 아무 말이나 꺼냈지만 그녀의 다음 말은 그의 입술에 막혀 차단되었다. 탄탄한 그의 가슴에 손을 살며시 대고 그의 키스를 받아들인 여자는 깜짝 놀랐다. 솔직히 그녀가 여태까지 만나 왔던 이성우와는 천지 차이인 느낌 때문이었다.

성우의 키스가 끈적이는 키스였다면 남자의 키스는 뜨거워서 델 것 같은 키스였다. 그가 집어삼킬 듯이 그녀의 입술을 삼켜 버렸다.

그리고 가차 없이 그녀의 입안으로 자신의 혀를 강하게 밀고 들어왔다.

"으으음."

가늘어서 꺾일 것 같은 그녀의 뒷목을 한 손으로 잡고는 더 깊이 자신의 혀를 밀어 넣는 그 때문에 여자는 정신을 차릴 수가 없었다.

입안 전체를 휘젓고 다니는 혀는 그녀에게 마치 복종을 명령하는 것 같았다.

그는 키스도 절도 있게 하는 군인이었다. 어느새 그의 손이 그녀의 니트 안으로 들어와 브래지어를 위로 올리고는 유두를 건드리기 시작했다.

"아앙……."

저도 모르게 키스 사이사이에 신음을 흘리는 여자였다. 어쩜 그렇게 그녀의 성감대를 잘 찾아내는지 남자의 손길이 스칠 때마다 여자는 다리의 힘이 풀리고 있었다. 난생처음으로 이런 은밀한 곳을 남자에게 허락했다.

하지만 지금 그녀 앞의 남자는 성우와는 다르게 한껏 달아올라 있었다.

정말 그녀를 갖지 않고서는 견딜 수 없는 것처럼 그의 손은 바쁘게 움직였다. 그러다가 그녀의 니트를 머리 위로 벗겨 버린 그가 그녀의 가슴에 얼굴을 묻었다.

"앗!"

너무 놀란 나머지 그의 머리를 떼어 내 버린 그녀였다. 하지만 성우와는 다르게 그는 계속해서 그녀의 가슴에 얼굴을 묻고 급기야는 유두까지 빨기 시작했다.

"아아앙……."

미칠 것 같은 쾌감이었다. 그에게 오히려 그만두지 않아 줘서 고맙다는 말이 나올 것만 같은 찌릿한 쾌감이 그녀를 덮쳐왔다. 하지만 이게 다가 아니었다. 그의 손이 갑자기 그녀의 팬티 안으로 들어왔다.

놀란 마음에 그의 손을 잡았지만 그의 힘을 당할 수는 없었다. 여자는 손의 힘을 풀었다. 어차피 오늘은 첫 경험과 동시에 정말 스스로 석녀인지 아닌지를 알아야 하는 날이기도 했다.

모든 남자들에게 그렇게 매력이 없는 여자로 보이는지도 궁금했다. 지금 그녀 앞의 남자는 군인이었다. 남자 중의 남자인 것이다.

"아…… 흐…… 혹시 여자 오랜만에 만나요?"

뜬금없는 그녀의 말에 남자가 웃었다.

"지금 할 질문은 아닌 듯한데……."

"그러니까…… 여자에 굶주려서……."

"여자가 고프다고 해도 아무 여자와 섹스를 하진 않습니다."

남자는 정색을 하며 아니라고 말했다. 여자는 그의 답이 마음에 들었다. 최소한 그녀가 매력이 없지는 않은 모양이었다.

"자신을 가지십시오. 당신은 충분히 섹시한, 아니 아주 많이 섹시하니까 말입니다."

"……."

여자가 남자의 얼굴을 한참 바라보았다.

"이름은 안 알려 줄 겁니까?"

"오늘이 마지막이니까."

"그래서 집까지 다 알려 주고 끝이라는 겁니까?"

"저 이사 가요."

일주일 후면 계약 기간이 끝이었다.

"기가 막히는 타이밍입니다."

"그냥 즐기면 안 돼요?"

그녀의 말이 끝나기가 무섭게 그는 원룸 한쪽에 있는 싱글 침대 위에 그녀를 눕혔다. 그리고 자신의 군복을 아주 느리게 벗었다. 작은 집 안에 숨이 막힐 것 같은 적막이 흘렀다.

왜 여자들이 햇볕에 그을린 구릿빛 피부에 미치는지 알 것 같았다.

실오라기 하나 걸치지 않고 그녀 앞에 당당하게 서 있는 남자는 마치 스크린을 뚫고 나온 영화배우 같았다. 눈길이 절로 그려 놓은 것 같은 그의 식스팩을 따라 점점 아래로 내려갔다. 그리고는 저도 모르게 마른침을 삼켰다.

태어나서 남자의 페니스를 이렇게 리얼하게 보는 건 처음인 여자는 눈을 고정시킨 채 떨고 있었다. 저것이 들어오면 죽겠다는 생각이 머릿속을 스치자 저도 모르게 침대 헤드 쪽으로 물러났다.

"그만두기는 좀 늦은 것 같습니다."

"누, 누가 그만둔다고 했어요?"

남자가 의미심장한 미소를 짓더니 여자 쪽으로 민첩하게 달려들었다. 누가 군인 아니랄까 봐 그는 상대방을 완벽하게 제압할 줄 알았다.

그의 남자다운 체취가 여자를 홀리고 있었다. 정신을 차릴 사이도 없이 그들은 하나가 되었다.

처음이라서 굉장히 아플 줄 알았는데 생각보다 견딜 만했다. 그의 페니스가 무지막지한 사이즈임을 감안할 때 아주 무난한 강도의 고통이었다.

질척거리며 그들의 살 부딪치는 소리가 방 안을 감싸고 있었다. 여자는 자신이 석녀가 아님을 남자를 통해서 알 수 있었다. 그녀도 그도 이 미칠 것 같은 감각에 사로잡혀 버렸다.

낮부터 시작된 그들의 섹스는 새벽이 되어서야 끝을 맺었다. 얼마나 많이 했는지 일어서기 힘이 들 지경이었다.

꼬르륵.

누구의 배에서 나온 소린지 모르지만 배고픔이 밀려들었다.

"배고프네요."

"집에 음식은 있습니까?"

엄마가 집에 가져다 놓았다는 남자의 반찬이 떠오른 여자였다.

"있어요."

그녀가 침대에서 몸을 일으키려고 하자 남자가 먼저 몸을 일으켰다. 침대에 누워 완벽하게 나체인 남자를 보고 있으니 아주 묘한 기분이 들었다.

"냉장고에 반찬이 있고 싱크대에 햇반 있어요."

그녀의 말에 남자는 아주 자연스럽게 상을 차렸다.

Rrrrrrr—

그때였다. 남자의 핸드폰이 요란하게 울리고 있었다.

"네, 알겠습니다!"

전화를 받은 남자의 목소리에 군기가 바짝 들어 가 있었다. 그리고는 다급하게 자신의 군복을 입었다.

"뭐예요?"

"비상입니다. 복귀해야 할 것 같습니다."

"……."

허무하게 끝이 나 버린 원나잇이었다.

"상은 차려 놓았으니 밥은 꼭 드십시오. 그리고 이건 제 연락처입니다. 연락 주십시오."

남자는 자신의 이름과 핸드폰 번호를 남기고 그녀의 집을 나섰다. 마치 꿈같은 시간이었다.

"윤형준……."

남자의 이름을 한 번 불러 보고는 메모지를 구겨 쓰레기통에 버렸다. 오늘의 인연은 오늘로 끝을 내고 싶었다. 아무리 환상적인 섹스를 했더라도 말이다.

1장

　우정그룹의 회장실은 마치 한옥을 옮겨다가 놓은 것 같았다. 전통 가구들과 도자기들이 늘어선 이 공간은 아주 지체 높은 대감의 안방 같은 느낌이 드는 곳이었다. 단 하나, 그와 어울리지 않는 가죽 소파가 중앙에 자리 잡은 것을 빼면 회장의 취향을 단번에 알 수 있었다.

　올해 80세가 넘은 회장은 아직도 현역으로 뛰고 있는 만큼 아주 건강했다. 이조 백자를 마치 아기 다루듯이 정성스럽게 닦고 있는 그의 옆에 충직한 비서인 노 비서가 서 있었다.

　"말해."

　"그게……."

노 비서는 뭔가를 말하려다가 말고 머뭇거렸다.

"평소엔 할 말 못 할 말 다 하는 사람이 왜 그래? 영철이 문제야?"

"……."

"뭔데, 이번엔 어떤 년이야?"

윤 회장의 목소리가 격앙되고 있었다. 하나뿐인 아들 녀석은 매번 그의 속을 뒤집어 놓고 있었다. 나이가 오십이 넘은 녀석을 아직도 이렇게 뒤치다꺼리해야 하니 윤 회장의 속이 말이 아니었다. 도자기를 테이블에 내려놓고는 쓰고 있는 안경 너머로 노 비서를 매섭게 보는 윤 회장이었다.

"이번엔 걸그룹……."

"미친놈."

윤 회장이 들고 있던 수건을 바닥에 던졌다. 이조 백자는 쉽게 구할 수 없는 것이니 차마 던지진 못한 것이다.

"회장님……."

그래도 노 비서가 보기에 윤 회장의 손에 들린 백자가 불안해서 슬며시 다가가 백자를 다른 곳으로 옮겨 놓았다.

"빨리 말해!"

"그 걸그룹 아가씨와 발리로 떠나셨습니다."

"카드 끊어 버리고 일체 아무것도 주지 마. 돈 없으면 돌아오겠지."

노 비서는 윤 사장이 현금으로 많은 돈을 가져갔다는 말은 차마 하지 못하고 있었다.

"왜 안 나가?"

"형준 씨가……."

"우리 형준이?"

윤 회장의 표정이 아주 밝아졌다. 그가 살아가는 이유는 오직 손자인 형준 때문이었다.

아들 녀석이 다른 건 다 못했어도 손자 하나만은 진짜 기가 막힌 녀석을 만들었다. 오랜 기간 윤 회장을 모시다 보니 노 비서도 요령이 생겼다.

이렇게 윤 사장 때문에 윤 회장이 노할 땐 윤형준이 특효약이었다.

"다음 주부터 출근하십니다."

"정말이야?"

"네, 오늘 저에게 확답을 주셨습니다."

"그럼 그것부터 말해야지. 아주 능구렁이야. 노 비서!"

그렇게 말하면서도 윤 회장의 얼굴엔 웃음꽃이 피어 있었다. 손자가 위험한 군 생활을 접고 회사에 들어온다니 마음이 놓이는 모양이었다.

"어느 부서로 정했지?"

윤 회장이 눈에 애정을 가득 담은 채 노 비서에게 물었다.

"기획팀으로 정했습니다."

"이사로?"

아들 윤 사장은 처음부터 이사로 시작했었다. 윤 회장은 그걸 두고두고 후회했었다.

"아닙니다. 평직원을 너무 고집하셔서……."

"하하하, 녀석이 원하는 대로 둬. 지금은 회사에 들어와 준 것만으로도 고마운 일이지."

윤 회장의 표정이 부드러워지자 노 비서의 마음도 조금은 편해졌다.

"형준 씨에게 아주 좋은 사수를 붙였습니다."

"누군데?"

윤 회장이 손자의 사수가 아주 궁금한 모양이었다.

"오하라, 나이 29세, 입사 6년 차의 대리입니다. 서울 출생에 어머니와 여동생이 있고 아버지는 13년 전에 순직한 소방관입니다."

"오호, 그래?"

윤 회장의 손에 이번엔 고려청자가 들려 있었다.

"기획팀의 브레인으로, 기획팀 황 이사가 적극 추천했습니다."

"황 이사는 우리 형준이가 자기 밑으로 들어오는 거 알아?"

"회사에서 유일하게 아십니다."

"입단속 잘해. 나야 알려져도 상관없지만 형준이 녀석이 사실을 안다면 당장 회사 그만둘 거야."

"네, 황 이사님께도 말씀드려 놓겠습니다."

"나가 봐."

노 비서가 나가고 서류 하나만 테이블 위에 남아 있었다. 윤 회장은 서류를 들어 다시 한 번 보았다.

"고집 있겠어."

형준의 사수가 될 여직원의 사진을 보며 윤 회장이 묘한 미소를 지었다.

"예쁘기만 해서는 남자를 잡기 힘들지."

마치 손자의 며느릿감을 보는 것처럼 윤 회장은 한참 동안 사진을 보고 있었다. 나이가 들다 보니 손자며느리의 조건 같은 건 보지 않게 되었다. 조건을 다 따져서 장가보내도 봤지만 둘이 서로를 좋아 하지 않으면 결국 인연이 안 된다는 걸 아들을 보며 알게 되었다.

"쯧쯧쯧."

아들 녀석을 떠올리면 한숨부터 나오는 윤 회장이었다. 그는 다시 손자를 떠올리며 청자를 마저 닦기 시작했다. 아들이 그의 건

강을 해치는 불량 식품 같은 놈이라면 손자는 그의 건강을 지켜 주는 산삼 같은 존재였다. 그런 생각이 들자 윤 회장은 피식 웃음이 나왔다.

"우리 형준인 아주 잘 해낼 거야."

윤 회장은 이렇게 말하며 정성을 다해 닦았다.

우정그룹 기획실에 입사를 하려면 자신의 키 높이만큼의 서류가 필요하다고들 말했다.

모두가 꿈에 그리는 직장인데 막상 들어와 보면 노가다도 이런 노가다가 없었다. 바쁠 때는 7시에 출근해서 10시가 넘어서야 퇴근을 했다.

코피는 옵션이요, 거북목과 디스크는 필수였다. 우정그룹에 입사한 지 6년 차인 하라는 남은 건 골병뿐이란 생각이 들었다.

"과장님……."

하라가 눈치를 보며 옆자리에 앉은 과장을 불렀다.

"말하지 마."

"넵."

벌써 퇴근 시간이 지난 지 1시간이었다. 하라는 오늘 아주 오랜만에 엄마, 동생과 함께 찜질방에 가기로 약속이 했는데 지금 출발해도 약속 시간에 도착하기 어려웠다.

"그냥 약속 취소하시는 게 나아요. 오 대리님, 우리는 절대로 평일에 약속을 잡으면 안 된다니까요."

"주영이 네 말이 맞다."

황 이사가 아직 이사실에서 나오지 않고 있었다. 이제 이사면 어느 정도 일에서 물러날 법도 한데 황 이사는 요즘 더욱더 일에 파묻혀 있었다.

"기러기 아빠가 되신 후부터 퇴근하실 생각이 없는 것 같아요."

"집에 가면 뭐 하냐? 컴컴하고 아무도 없는데⋯⋯."

"그렇긴 하지만 우리는 가족들이 있는데 좀⋯⋯."

여기저기서 볼멘소리가 터져 나왔다.

"소문에는 이혼했다는 말도 있어요. 바람피우다가 들켜서요."

주영이 하라에게 귓속말을 했다.

"주영 씨, 그런 카더라 소문 때문에 사람들이 망가지는 거예요. 확실하지 않은 말은 하지 않는 게 좋아."

"네."

하라는 1년 전 일이 떠올랐다. 그녀도 소문의 피해자였기 때문이었다. 그녀와 2년간 사귀던 성우가 떠나면서 사내엔 이상한 소문이 퍼지기 시작했다.

하라가 유부남과 만났고, 그 사실을 안 유부남의 부인이 자살시도를 했다는 소문이었다.

그녀는 말을 하지 않았으니 소문은 누가 냈는지 뻔했다. 그녀와 마지막 날에 헤어지면서 따귀를 맞은 것에 복수인 셈이었다. 소문은 생각보다 오래갔고, 그녀는 이유 없이 남의 가정을 파탄 낸 악녀로 소문이 났었다.

나중엔 아니라고 말하고 다니기도 귀찮아서 그냥 참았더니 지금은 소문이 조금씩 잦아들었다. 다행이라고 생각했다.

하지만 여전히 그녀를 이유 없이 험담하는 직원들이 종종 있었다.

"그거 아세요?"

"뭐?"

"이성우 대리님이요."

"……."

오랜만에 듣는 이름에 하라는 저도 모르게 인상을 썼다.

"뉴욕 지사에서 돌아온다네요. 어학연수 후에 기획실로 발령 내 달라고 아주 사정을 했다나 봐요."

"……."

"전 솔직하게 이 대리님은 좀 그래요."

"왜?"

"오 대리님도 알다시피 일은 다 오 대리님 시키고 실적은 다 자기 차지였잖아요. 얄밉게 말이에요."

그랬다. 그땐 그것이 도와주는 일인 줄 알았는데 지금 생각해 보니 천하의 바보짓은 혼자 다한 셈이었다. 하라는 자신이 성우에 게 철저하게 이용당했음을 다시 한 번 느끼고 있었다.

"이 대리 이쪽 부서로는 못 와."

하라가 안심하라는 투로 주영에게 말했다.

"왜요? 최 대리님 자리가 공석인데요?"

"그 자리에 신입이 들어오기로 했어. 다음 주에 들어온데."

하라도 오늘 전달받은 사항이었다.

"진짜요?"

"그렇게 전달받았어. 내가 사수거든."

"남자예요?"

그녀가 고개를 끄덕이자 막내 주영의 얼굴에 웃음이 가득했다.

"저도 후배가 생기는 건가요?"

"아마도."

주영은 기획실의 막내였다. 모두가 막내 주영을 예뻐했지만 주 영은 1년 넘게 막내인 게 싫었던 모양이었다.

"축하해."

그녀의 말에 주영이 예쁜 미소를 지었다.

"잡담들 그만하고 마무리합시다. 내가 이사님께 다녀올 테니 까."

총대는 오늘도 과장님의 몫이었다. 이렇게 하지 않으면 퇴근은 생각도 하지 말아야 하기 때문이었다.

  윙—.

  타이밍 좋게 전화벨이 울렸다. 동생 하니의 전화였다.

  "여보세요?"

  [어디야?]

  "회사."

  [혼자만 일하냐?]

  "미안. 오늘도 너랑 엄마만 가야 할 것 같다."

  하라는 핸드폰을 들고 사무실을 살짝 나왔다. 다들 날카로워 있는데 눈치 없이 통화하긴 싫었기 때문이었다. 그녀는 비상계단에 서서 전화를 이어 갔다.

  [요즘 엄마 갱년기인 거 알지? 나 혼자 감당하긴 버거워.]

  "미안해. 그 대신 내가 주말엔 확실하게 책임질게."

  [약속 지켜.]

  "알았다. 사랑하는 동생……."

  전화는 이미 끊긴 후였다. 요즘 한창 연애 중인 동생에겐 주말은 황금 같은 시간이었다.

  "좋을 때다."

  하라는 그렇게 말을 하고는 다시 사무실로 돌아갔다. 오늘도 과장님은 이사님에게 한 방을 먹고는 모두에게 퇴근을 선물하셨다.

"이제 집에 가도 된다네요."

주영이 자신의 짐을 챙겨 사무실을 나갈 차비를 했다.

"저희들 맥주 한잔하러 갈 건데 같이 가실래요?"

"그럴까?"

8월의 열기가 아주 사람을 천불 나게 하는데 이럴 때 특효약이 치맥이었다. 하라는 직원들과 함께 근처의 호프집으로 이동했다. 그곳은 은혜로운 가격 때문에 지갑이 얇은 직장인들이 많이 찾는 호프집이었다.

오늘의 멤버는 집에 가 봐야 애들만 신경 쓰는 와이프에게 천대를 받고 있는 마 과장과 인구의 절반이 있는 서울에 살면서도 아는 이 하나 없는 부산 사나이 안홍민, 그리고 매일 집에 들어가기 싫어하는 막내 장주영 그리고 하라였다.

오늘은 아주 바쁜 시즌이 아니어서 특별히 모인 것이었다. 바쁘면 피곤하니까 집에 들어가서 잠자기 바빴지만 오늘만큼은 그간의 스트레스를 풀기 위한 모임이었다.

"오늘도 우리의 퇴근을 위해 기꺼이 목숨을 내놓으신 우리의 마 과장님을 위하여!"

짠!

그들은 생맥주잔을 부딪치며 그렇게 하루의 피로를 씻어 내고 있었다.

"오 대리님……."

주영의 목소리가 아주 촉촉하게 젖어 있었다.

"왜? 주영 씨……."

"저 남자 너무 섹시하지 않아요?"

하라의 자리에선 남자의 뒷모습만 보일 뿐 제대로 보이지 않았다.

"왜 우리 부서엔 저런 섹시남이 없을까요?"

"우리가 어때서?"

마 과장과 홍민이 주영을 째려보고 있었다.

"양심도 없으셔……."

취기가 약간 올라 있는 주영은 아주 귀여웠다. 하라는 웃으며 남자가 앉은 쪽을 보았지만 애석하게도 남자는 보이지 않았다. 안구 정화라도 할 생각이었는데 그런 행운도 따르지 않은 하라였다.

술자리가 끝난 뒤 직원들과 헤어진 하라는 자신의 원룸으로 향했다.

강남이라서 강북보다는 조금 더 비싸긴 했지만, 그래도 회사와 가까워서 교통비는 절약할 수 있었다. 맥주를 마시고 나니 기분이 한결 더 나아졌다.

그런 그녀의 앞으로 군복을 입은 남자가 걸어오고 있었다. 그날 그녀가 봤던 군복과는 다른 옷이었지만 그날 이후 하라는 군인들만 보면 혹시나 그 사람일까 한 번 더 보게 되는 습관이 생겨 버렸다.

그날 그가 준 전화번호를 버린 걸 나중에 얼마나 후회했는지 모른다. 그녀는 번호조차 제대로 보지 않았었다.

"그냥 버리지 말걸……."

원룸에 도착한 하라는 오늘도 불 꺼진 자신의 쓸쓸한 원룸을 올려다보았다. 이제 정말 나이가 드는 것 같았다. 혼자라는 게 슬슬 지겨워지고 있었다.

넓은 거실에서 반바지만 입은 형준은 팔굽혀 펴기를 하고 있었다. 몸을 내렸다가 올릴 때마다 팔의 잔 근육들이 아우성이었다. 아주 유명한 조각가의 예술품처럼 현준의 근육들은 환상적이었다.

마치 육체노동을 한 사람처럼 근육은 단단했고 실내운동과 단백질 보조제로 만들어진 거품 근육과는 차원이 달랐다.

땀방울이 거실 바닥을 흥건하게 적시는데도 형준은 미친 듯이 팔굽혀 펴기를 했다. 진짜 이렇게 하지 않으면 미칠 것 같았기 때문이었다.

"헉헉헉!"

이제 그의 심장은 한계치를 찍은 것처럼 미친 듯이 뛰었고 그의 팔은 이제 감각이 없었다. 하지만 이렇게 힘이 들어도 그의 기억은 좀처럼 지워지지 않았다.

'대위님, 너, 너무 무서워요…….'

마지막 그의 기억에 남아 있는 김 병장의 모습이 아직도 선명했다. 그 붉은 핏빛이 그의 기억 속에 너무나도 선명하게 자리 잡고 있었다.

'대, 대위님……. 윽, 죄, 죄송해요…….'

숨을 거두던 순간 김 병장이 그에게 남긴 마지막 말이었다. 형준은 특수부대원이었다.

그래서 공을 세울 때마다 진급을 했다. 그의 진급은 같은 육사 출신들에 비해 빠른 편이었다. 중위에서 대위가 되고 얼마 되지 않아서 대형 사고가 터지고 말았다. 승승장구하던 그의 군 생활에 적색등이 켜졌다.

부대원 다섯을 죽이고 탈영한 김 병장은 그의 손에 죽었다. 끝까지 살려 보려 했지만 어쩔 수가 없었다. 더 이상의 희생은 막아야 했던 그의 마지막 선택이었다.

김 병장은 그가 너무 아끼던 병사였고, 형준을 롤 모델로 여기며 항상 직업군인이 될 거라고 말했던 사람이었다. 그러던 김 병장의 갑작스러운 선택은 형준의 인생에도 많은 영향을 주었다.

우정그룹의 후계자인 그였지만 당장은 경영에 참여하고 싶진 않았었다. 나중에 할아버지께서 도저히 버티지 못할 때, 그때 참여하려고 했지만 일이 꼬여 버렸다.

"억! 윽."

도저히 버티지 못한 팔의 힘이 풀리면서 그는 그대로 바닥에 처박혔다.

"헉헉헉."

심장은 여전히 거칠게 뛰고 있었다. 그는 한참을 그렇게 거실 바닥에 누워 있었다.

"도련님……."

"……."

"도련님, 괜찮으세요? 정신 차리세요. 도련님!"

그를 흔들어 깨우는 한 집사의 손길이 바빴다.

"어쩌지? 도련님?"

한 집사는 거의 울먹이는 목소리가 되었다.

"집사님, 괜찮아요."

"도련님! 다치신 줄 알았잖아요!"

그의 아버지인 윤 사장과 동갑인 한 집사는 굉장히 여성스러운 면이 강한 사람으로 결혼도 하지 않았다.

"온몸이 땀이네. 도대체 왜 이러시는 거예요?"

"……."

"제가 미치는 꼴 보고 싶으신 거예요? 금지옥엽 우리 도련님을 군대가 아주 망쳐 놨어."

한 집사의 설레발에 형준은 몸을 일으켜 세웠다.

"아이고, 또 벌어졌네……."

옆구리의 칼자국이 격한 운동에 또 벌어졌다. 두 달이 넘었는데도 아직 아물지 않은 상처였다.

주치의는 상처를 볼 때마다 운동을 격하게 하지 말라고 하지만 그럴 수가 없었다.

"내일 첫 출근인데 어쩌려고 이러세요?"

"……."

깜빡 잊었다. 잊으라고 하는 건 잊지 않고, 잊지 말아야 할 건 잊어버리고 사는 그였다.

"준비는 다 해 놓았지만 우리 도련님이 이렇게 자꾸만 정신을 놓으시니……."

"집사님, 전 괜찮습니다."

"아닌 것 같은데요."

한 집사는 수건으로 그의 땀을 닦아 주며 연신 걱정의 눈빛을 보내고 있었다.

"한 집사!"

"네!"

갑작스런 할아버지의 부름에 형준의 옆에서 떨어지지 않을 것 같던 한 집사가 아래층으로 부리나케 달려 내려갔다. 이제 좀 정신이 드는 것 같았다. 하지만 그것도 잠시, 형준은 할아버지의 호출에 아래층으로 내려갔다.

우정그룹을 이끄는 할아버지는 형준에겐 거인 같은 존재였다. 하지만 요즘 들어 할아버지가 작게 느껴져 형준은 마음이 좋지 않았다.

항상 거인 같은 모습으로 그를 지켜 주실 거라 생각했는데 할아버지도 세월의 힘을 비켜 갈 수는 없었다.

"점점 더 야위는구나."

할아버지가 걱정 어린 시선으로 그를 바라보고 계셨다.

"아닙니다."

"아니긴, 양쪽 볼이 쏙 들어갔는데……."

"괜찮습니다."

"내일 출근은 할 수 있겠어?"

내일 출근을 안 한다고 할까 봐 걱정이신 모양이었다. 아버지에게 호되게 당하셔서 그런지 형준도 못 믿으시는 듯했다.

"네, 걱정하실 상황은 아닙니다."

"다행이구나."

할아버지는 여전히 형준을 안쓰러운 눈빛으로 보고 있었다. 아버지에겐 이런 눈빛을 보낸 적이 없는 할아버지였다. 하긴, 그래도 아버지의 엽기적인 행각들에 고운 미소를 보낼 수는 없을 것 같았다. 아무리 하나뿐인 아들이라도 말이다.

"당분간 회사에선 제가 할아버지의 손자인 건 몰랐으면 합니다."

그가 할아버지에게 내건 단 하나의 조건이었다. 사람들의 부담스런 시선을 받는 게 싫었다.

"알았어."

"부탁드립니다."

그는 신신 당부를 했다. 남들의 시선을 받는 건 몹시 부담스러운 일이었다. 지금처럼 그의 심리 상태가 좋지 않을 때는 더더욱 말이다.

무당집 거실에 사람들이 가득 차서 자리를 잡고 앉아 있을 틈이 없었다. 그래서 세 모녀는 거실 구석에 서 있었다.

"진짜 사람 많다."

"그러게."

하니는 아주 궁금해서 죽었고, 하라는 귀찮았다. 이럴 시간에 집에서 낮잠이라도 자고 싶었다. 요즘 일이 너무 많아서 힘이 들었기 때문이었다. 그녀가 별로 좋아하지 않는 향냄새도 가득했다.

점을 본 사람들이 방에서 나오는데 그 안으로 아주 커다란 불상이 보였다. 그것이 이 집이 얼마나 신도가 많은지를 보여 주고 있었다.

그래도 거기까지는 참을 수 있는데 무섭게 생긴 신이 그려진 탱화가 그녀의 정면에 있어서 자꾸만 기분 나쁘게 하라를 쳐다보고 있는 느낌이었다.

"엄마……."

"가만히 있어. 두 달이나 기다려서 겨우 잡은 거야."

점을 보러 온 세 모녀였다. 엄마가 교회에 열심히 다닌다고 생각했는데 잘못 생각한 것 같았다.

"엄마, 여기가 그렇게 용하다고 소문났어?"

하니가 궁금했는지 엄마에게 물었다.

"어, 숙희 이모 알지? 그 이모가 아주 거품을 물고 추천해 준 곳이야."

숙희 이모는 엄마에게 엉뚱한 바람만 넣는 거 같아서 하라는 숙희 이모가 좋아 보이지 않았다.

"엄마, 내일 신입 사원 들어와. 새로 들어온 신입 가르치려면 얼마나 진이 빠지는 줄 알아? 쉬어야 한다고."

"금방 끝나."

"그리고 이 많은 사람들 끝나려면 날 새야 해."

"금방 끝난다잖아. 우리 말고도 대기 순서가 많아."

하긴 들어올 때 보니 거실에 사람들이 가득했다. 일반 가정집에서 이런 이상한 공간을 꾸며 놓고 점집을 운영하고 있는 게 조금 신기하긴 했다.

마침내 그들의 차례가 되어 방으로 들어갔다.

방은 불상과 탱화 그리고 초와 등으로 가득했고 머리가 아플 정도로 향냄새가 진동했다.

두둥…….

갑작스러운 효과음에 놀라기도 했지만 웃음이 터져 버린 하라와 하니였다.

"쿡, 큭큭큭."

"웃지 마!"

"엄만 안 웃겨? 두둥……. 큭큭큭."

그래도 크게는 못 웃고 작은 소리로 하나와 하니는 키득거리고 있었다. 그런데 그때 상상을 초월한 복장을 하고 들어온 사람이 그들의 앞에 앉자 조명은 더 어두워졌다. 무당집에서 조명까지 살리고 있었다.

하라는 보통 의상이 아닌 마치 화려한 드레스 같은 한복을 입고 나온 사람을 유심히 보았다. 겹겹으로 된 한복을 입어 굉장히 부자연스럽게 앉았다. 거기다가 너무나 진한 화장은 마치 마네킹을 보는 것 같았다.

"언니, 무섭지?"

하니가 그녀만 들리게 조용히 속삭였다. 하라는 어깨만 들썩이고는 무당을 뚫어지게 보았다. 마치 가면을 쓴 것같이 두꺼운 화장이 거부감을 주었다.

"무엇이 궁금하십니까?"

남자였다. 아니 여잔가? 아주 묘하게 중성적인 목소리였다.

"우리 큰딸이 올해 29살인데 아직 애인도 없고 또 결혼은 언제쯤……."

갑자기 점쟁이가 테이블에 쌀을 뿌렸다. 그리고는 종을 정신없이 흔들었다. 한복이 너무 겹겹이라 방울이 제대로 보이지도 않았다.

"아주 커다란 빛을 만나서 내년에 결혼해."

밑도 끝도 없이 빛이 나는 사람이라니, 웃음이 터질 뻔했다.

하라는 무당이 너무 무섭게 생겨 대놓고는 못 웃고 속으로 웃었다.

"네? 그럼 아주 좋은 신랑감인가요?"

엄마는 빛이 난다니 상당히 기대를 하는 얼굴로 물었다.

"벅차."

"벅차다면 감당이 안 되는……."

"벅찬 사람인데 감당은 해."

하라는 피식 웃었다. 이런 말은 누구든지 할 수 있는 말이었다. 희망 고문 같았다.

"그런데…… 아주 시끄럽겠어."

"네?"

"주변에 남자가 또 있어."

하나라도 있었으면 소원이 없겠는데 남자가 또 있다니, 돌팔이가 확실했다. 괜히 돈만 날리는 느낌이었다.

"둘째는 지금 만나는 사람과 헤어지는 게 좋아. 양다리야."

"네?"

하니의 목소리가 아주 날카로웠다.

"선생이란 놈이 가르치는 데 신경은 안 쓰고 떡밥에만 관심이 많아. 여자가 지금 셋이나 돼. 마누라까지."

지금 하니가 만나는 사람은 영어 학원 선생이었다. 잘생겨서 인기가 아주 많다고 했다.

"둘째는 형부가 소개해 줄 때까지 얌전히 기다려."

"네?"

하니는 아주 놀란 것 같았다. 그밖에 이것저것을 물어 보고 나오는 세 모녀의 표정이 심상치 않았다.

"소름……."

하니는 생각보다 아주 쿨하게 받아들이고 있었다.

"내 예감이 맞았어."

어제 데이트를 하고 오늘 저녁에도 만나기로 하고선 예감이 맞았다고 난리였다.

"그래도 언니는 좋겠다. 커다란 빛을 만나서."

"듣기 좋으라고 한 말이야."

"그럼 나는?"

"너는 커다란 빛의 남자가 소개해 줄 때까지 기다리라잖아."

하라가 하니를 놀리고 있었다.

"난 장난할 기분이 아니거든."

하니가 단단히 삐진 모양이었다. 그래도 엄마는 뭐가 그리 좋은지 웃고 있었다.

"뭐가 그렇게 좋아?"

"그래도 둘 다 좋은 사람 만난다니 좋아서."

엄마는 두 딸에게 완전히 올인한 사람이었다. 아버지가 순직하신 뒤로 엄마에겐 딸들이 전부였다.

"우리 밥이나 먹고 들어가자. 내가 시원한 냉면 잘 하는 데 알아."

"그래. 이럴 땐 시원한 냉면이 최고지."

"그런데 빛이 난다는 게 무슨 의미일까?"

엄마가 이야기를 끝낼 줄 모르고 이어 갔다.

"엄마, 내가 생각하기에 언니 남편감은 반짝반짝 스타 아닐까? 빛이 나잖아."

"가수, 배우 뭐 이런 거?"

"어."

"그럼 여자들이 막 따르고 그런 거 아니야? 안 되는데……."

떡 줄 사람은 생각도 안 하는데 엄마는 벌써 걱정이 한 보따리였다.

"엄마, 스타가 날 만날 이유가 뭐가 있어?"

"네가 어때서."

"얼굴 되지, 몸매 되지, 머리 되지. 다만 성격이 안 되지."

"뭐? 너 이리 안 와!"

하니가 그녀를 놀리더니 도망가 버렸다.

"넌 걸리면 죽어!"

"더운데 그만들 해."

양산 하나에 뜨거운 태양을 가리며 세 모녀는 더위를 식혀 줄 냉면집으로 향했다. 앞으로 다가올 일들을 상상도 하지 못한 채로……

2장

8월의 더위는 사람을 지치게 만들었다. 하라는 오늘도 어김없이 만원 버스에 몸을 싣고 출근 중이었다. 그녀의 원룸에서 세 정거장 거리여서 하라는 그나마 만원 버스에서 오랜 시간 진을 빼지 않아 다행이라고 생각했다.

"다음 정류장은 우정그룹입니다."

우정그룹에서 내릴 때 버스 안의 사람들은 내리는 사람들을 부러움이 가득한 시선으로 보곤 했다. 우정그룹에 근무하지 않더라도 이곳에서 내리는 사람들에게 보내는 선망의 눈길이었다. 이것이 우정그룹의 힘이었다.

하지만 비단 그런 이유가 아니더라도 사람들의 시선은 늘 하라에게로 향해 있었다. 170cm가 넘는 장신에 모델 뺨치는 옷발에 연예인 같은 작은 얼굴은 사람들에게 '연예인인가?' 하는 궁금증을 자아내게 했기 때문이었다.

다행히 회사와 집이 그리 멀지 않아 사람들의 시선을 오래 받지 않아도 됐다. 버스에서 내린 하라는 같은 부서인 주영과 마주쳤다.

"대리님."

"주영 씨, 안녕."

"대리님, 오늘 일찍 나오셨어요."

평소에도 일찍 나왔지만 오늘은 30분이나 먼저 나온 하라였다. 우정그룹 기획실은 다른 부서보다 한 시간 일찍 시작해서 한 시간 늦게 끝이 나는 걸로 유명했다. 그만큼 할 일도 많았고 직원들도 열성적이었다.

하지만 아무리 업무능력도 좋고 열성적인 직원이라도 혹 하나를 다는 건 싫었다.

"오 대리님, 이사님한테 뭐 잘못하셨어요?"

"그러게……."

하라의 목소리에 힘이 없었다. 오늘 그 혹이 하라에게 달리는 날이었기 때문이었다.

"황 이사님이 아주 적극적으로 오 대리님을 신입 사수로 추천하셨다는데······."

"그러니까······."

오늘부터 그녀는 조금 더 힘겨운 하루하루를 보내게 되는 것이었다.

"아니, 다른 남자 대리님들 놔두고 가장 일이 많은 오 대리님에게 왜 그러실까요?"

"그건 내가 묻고 싶다. 주영 씨 보기에 나 잘못한 거 있어?"

"너무 완벽하셔서 탈이죠."

"고마워. 그런데 위로가 안 된다."

솔직히 지난 회식 자리에서 황 이사가 노래방에서 그녀를 안았을 때 무지막지하게 밀어냈던 기억이 자꾸만 생각이 났다.

"딱 한 가지 걸리는 게 있긴 해요."

주영이 머뭇거리며 말했다.

"뭐?"

"지난 회식 노래방이요."

모두의 같은 생각인 모양이었다. 하라는 고개를 푹 숙였다.

퍽!

"어머!"

엘리베이터를 기다리고 있던 남자의 등에 머리를 박아 버렸다.

"죄, 죄송해요."

칠칠치 못하게 머리를 박은 하라보다 주영이 더 당황해서 하라 대신에 사과를 했다. 하라도 고개를 들어 사과하려고 했지만 남자의 얼굴을 본 순간 말문이 막혀 버렸다.

"……."

"오 대리……."

이성우가 1년 만에 그녀의 눈앞에 서 있었다.

"이 대리님, 안녕하세요?"

이 대리를 아는 주영이 떨떠름한 표정으로 인사했다.

"한국에 언제 오셨어요?"

주영이 궁금했는지 물었다.

"며칠 전에 본사로 발령받아 왔어."

"기획실로 오시는 거예요?"

하라도 궁금한 일이었다. 하라는 오지 말라고 속으로 기도했다.

"아니, 주영 씨 보고 싶어서라도 가고 싶은데 난 홍보팀 과장으로 발령 났어."

"승진 축하드려요."

주영은 반가운 듯 말을 했다. 하지만 하라는 폭탄을 맞은 것 같은 표정으로 그들 사이에 서 있었다.

다시는 보고 싶지 않은 얼굴을 이렇게 보니 표정 관리가 되지 않았다. 미국으로 발령이 났다고 하더니 고작 1년 정도 연수를 다녀온 모양이었다. 거기에 승진까지 했으니 완전 의기양양한 모습의 성우였다.

엘리베이터가 도착하고 그들은 다른 무리의 사람들과 함께 엘리베이터에 올랐다. 어쨌든 이제 이 인간과 자주 부딪쳐야 한다니 아주 죽고 싶은 심정이었다.

엘리베이터에 있는 내내 하라는 답답해서 죽을 것 같았다. 마음 같아선 얼굴에다 대고 욕이라도 해 주고 싶었지만 참았다.

엘리베이터에서 내리는데도 하라는 뒤통수에서 그의 시선을 느끼고 있었다.

오늘은 아무래도 머피의 법칙에 시달리는 날이 될 것 같은 불길한 예감이 들었다.

"젠장!"

저도 모르게 욕이 튀어나올 뻔한 걸 겨우 감탄사로 마무리한 하라였다.

"네?"

"아니야."

놀란 주영이 하라를 보았지만 하라는 아무 일도 없었다는 듯 자신의 자리로 향했다.

되도록 신입이 오기 전에 자신의 일을 먼저 처리하기 위해 하라는 방금 전 금수만도 못한 놈을 만난 걸 뒤로하고 일에 몰두하기 시작했다.

"오 대리!"

"네."

드디어 올 것이 온 모양이었다.

"이사님 호출."

"네, 갑니다."

이왕 가는 김에 결재 받을 서류까지 챙기는 꼼꼼함을 보인 하라는 혹 하나를 달기 위해 이사실의 문에 노크를 하고는 문을 열었다.

"오 대리."

음흉한 황 이사가 다른 날과는 다르게 아주 친절하게 그녀를 불렀다.

"네."

"인사하지. 신입 사원 윤형준 씨야."

윤형준이란 이름을 듣는 순간 하라는 기분이 묘했다.

"윤형준……."

저도 모르게 이사가 말한 이름을 되뇌고 있었다.

"그래, 윤형준 씨. 형준 씨, 우리 기획팀의 브레인 오하라 씨야."

"안녕하십니까? 윤형준입니다. 잘 부탁드립니다."

얼빠진 그녀와는 다르게 형준은 그녀를 처음 보는 사람처럼 무표정하게 인사를 했다.

그날 밤 친절하고 뜨거웠던 군인의 모습은 어디서도 찾을 수가 없었다. 이렇게 다시 만나려고 요즘 그가 자주 생각이 났던 모양이었다.

"오 대리? 아무리 형준 씨가 잘생겨도 너무 넋 놓고 쳐다보는 건 실례야."

"죄송합니다."

저도 모르게 형준을 바라보고 있었나 보다. 그의 모습은 하나도 변한 게 없었다. 군복 대신에 깔끔한 회색 슈트로 바뀐 걸 제외하곤 그는 여전히 근사하고 멋있었다.

"형준 씨, 오 대리가 친절하게 설명해 줄 거야. 어려운 게 있으면 날 찾아오고."

"네."

평소의 황 이사가 아니었다. 뭐지? 너무 친절하다 못해 느끼할 정도였다. 하라는 이상한 생각이 들었지만 그것도 잠시, 그녀에게로 다가오는 형준 때문에 숨이 막힐 지경이었다.

"나가 봐."

"네."

하라는 뒤통수가 따갑다는 생각이 들었다. 그녀의 뒤를 따라오

고 있는 형준 때문이었다. 당황해서 결재 받을 서류도 잊어버렸
다. 진짜 놀라긴 한 모양이었다. 안 하던 실수까지 하고 말이다.

"잘 부탁드립니다."

"……."

그는 마치 하라를 처음 본 듯 말하는 것 같았다. 잘못 볼 리가
없었다. 그녀와 밤을 보낸 그 친절한 섹시 덩어리가 맞았다.

"후……."

한숨이 절로 나왔지만 회사 안에선 알은체하지 않기로 했다는
생각이 들자 하라는 더 이상 혼자서 안절부절 않기로 했다. 그가
이렇게 나온다면 그녀 또한 모르는 사람처럼 형준을 대하면 그뿐
이었다. 모르는 체는 얼마든지 해 줄 수 있었다.

"과장님, 신입 사원 윤형준 씨입니다."

보통 신입들이 오면 마 과장에게 가장 먼저 소개를 시켰다. 오
늘은 이상하게 황 이사가 먼저 만났지만 말이다.

"반가워요."

"잘 부탁드립니다."

형준은 예의 바르게 인사를 했다.

하라는 기획실 팀원들에게 형준을 인사시켜 주었다. 여직원들
은 노골적인 하트를 형준에게 날리고 있었다. 솔직히 잘생긴 건
인정하지 않을 수가 없었다.

"형준 씨, 자리는……."

"거기 하라 씨 맞은편이야."

오늘은 분명히 저주의 날이었다.

"마 과장님, 저기 빈자리도……."

"주영 씨가 자기 옆자리로 벌써 치워 놨어."

일을 하느라 자신의 앞자리가 치워지는 줄도 몰랐던 하라였다.

"되는 일이 없어."

하라는 혼잣말을 하고는 형준을 자신의 앞자리에 앉혔다.

"여기가 형준 씨 자리예요. 우선 자리부터 정리하고 다 되면 말해요."

"네."

하라는 한숨을 쉬며 자신의 자리에 앉았다. 그리고 마치 커다란 나무처럼 그녀의 앞에 서 있는 형준을 올려다보았다. 그는 하라의 존재는 전혀 신경 쓰지 않는 듯했다. 그날의 일은 그날로 끝을 내는 스타일인 것 같았다.

"정리 다 끝났습니다."

그가 하라의 책상 옆에 서 있었다. 마치 군인이 상사에게 보고를 하고 있는 것처럼 느껴졌다.

"오 대리님, 형준 씨 책상 좀 보세요. 완전 각이 잡혀 있어요."

주영이 놀란 눈으로 그의 책상을 보며 말했다.

"주영 씨, 안 바빠?"

"바빠요."

주영이 입을 다물자 하라는 자신의 책상 위에 널린 서류 더미 중 하나를 집어 그에게 넘겼다.

"이건 작년 상반기 기획안들이에요. 일단은 버릴 것들은 노란 색 포스트잇으로 붙여 놨고, 살릴 건 파란색으로 붙여 놨으니까 분류해서 놓고 이거 다 되면 각 20부씩 복사해서 가져와요."

"네."

그는 아주 무표정하게 그녀가 가리키는 서류 뭉치를 들었다. 하라가 느끼기에 그는 아주 의욕에 넘친다거나 일을 하기 싫어하는 게 아닌 감정의 변화가 없는 사람 같았다.

회사와 밖의 생활이 많이 다른 사람일까? 처음과는 확실하게 많이 달랐다.

"뭘 바란 거야."

하라는 고개를 가로저으며 다시 서류 속에 얼굴을 묻었다.

"선배님, 복사실이 어딥니까?"

"저랑 같이……."

"형준 씨, 날 따라와요."

둘만 있을 수 있는 기회가 생긴 것 같아서 주영의 말을 자른 하라가 그를 데리고 복사실로 향했다.

다행히 복사실엔 아무도 없었다.

"내가 아는 윤형준 씨 맞나요?"

"네."

그는 아주 담담하게 말했다. 그녀에게 눈길도 주지 않은 채 말하는 그를 하라는 빤히 바라보았다.

도대체 왜 그럴까? 원나잇을 한 여자와 마주치니 불편해서일까? 거기다가 자신의 사수이기까지 하니 말이다. 형준의 입장에선 최악의 상황일지도 몰랐다.

"군인 아니었어요?"

"전역했습니다."

그때였다. 형준의 뒤로 꼴 보기 싫은 인간의 모습이 보였다.

"오 대리가 웬일로 복사실이야? 아직도 기획실 따까리인가?"

비웃는 그의 면상을 날리고 싶었지만 꾹 참은 하라였다.

"우리 오래 걸립니다."

"우리?"

'우리'라는 말에 성우가 그제야 형준을 보았다는 듯 어깨를 으쓱이며 비웃듯이 되물었다.

"성우 씨, 미국물이 아주 더러운가 봐요. 보자마자 시비나 걸고……."

"그런가? 내가 보기엔 한국물이 더 더러운 것 같은데. 상사에게 이름을 부르다니. 다음부턴 이 과장님이라고 불러."

"이 과장님, 사내에선 될 수 있으면 알은체하지 말았으면 합니다."

오늘따라 복사가 늦어지는 느낌이었다.

"형준 씨, 복사 끝나면 가지고 와요."

"네."

괜히 따라왔다는 생각을 하며 하라는 복사실을 빠져나오려 하고 있었다. 그때였다. 성우가 그녀의 팔을 잡았다. 그리고는 입모양으로 '전화할게' 라는 말을 하고 있었다.

"미친놈."

"……."

그녀는 크게 말을 하고는 복사실에서 빠져나와 버렸다. 성우가 만진 곳을 손으로 털면서 말이다.

"미친놈."

하라의 말을 들은 형준은 입가에 웃음이 지어졌다. 그날과 같이 여전히 뜨거운 여자였다. 그리고 고개를 들어 복사실 안의 남자를 바라보았다.

그날 하라에게 유부남이라고 말했던 그놈이었다.

잘생기지도 않았고, 그렇다고 남자답지도 않았다. 뭐가 매력적이었을까? 하라는 업무 능력은 뛰어나 보였지만 남자 보는 눈은 완전히 꽝이었다. 물론 그가 상관할 바는 아니지만 말이다.

"신입인가?"

"네."

"남의 일에 참견하지 말고 복사나 해."

"……."

뭐가 불만인지 그가 툴툴거리고 있었다.

"오 대리가 유부남이랑 사귄 거 아나?"

"……."

"당연히 모르겠지. 신입이니까. 나도 놀란 건 사실이야. 얌전한 고양이가 부뚜막에 먼저 올라가는 법이거든……."

"……."

"차갑기가 시베리아 벌판 같은데 유부남이라니……."

"제가 들어야 할 얘기는 아닌 것 같습니다. 그리고 그 유부남이 누굽니까?"

"뭐?"

"오 대리님이 유부남이랑 사귄다는 소문이 있었으면 그 당사자가 누군지도 소문에 나야 하지 않습니까? 혹시……."

"나? 아니야."

그가 손사래를 치며 부인했다.

"복사 멀었어?"

"네."

간단명료하게 답을 했다.

"우리 언제 본 적 있나?"

"……"

"본 적 있지?"

당연히 본 적이 있었다. 재작년 그의 결혼식에서 봤으니 말이다. 형준의 팔촌 누나와 그가 결혼을 했기 때문에 잘 알 수밖에 없었다.

군인 신분이라서 가족들 모임에 참석은 안 했지만 결혼식인데 안 갈 수가 없어서 참석했었다.

알아보면 어쩌나 했는데 긴가민가하는 것 같았다. 머리가 끝까지 나쁘길 바라는 수밖에 없었다.

"글쎄요."

"하긴 내 기억력이 얼마나 좋은데, 봤다면 기억하지 못할 리가 없지."

"복사 다 됐습니다."

"신입은 언제 들어왔지?"

"오늘 첫날입니다."

"아주 파래미구만……. 윽!"

"죄송합니다. 서류가 너무 많아서……."

팔꿈치로 그의 명치를 쳐 버렸다. 성우가 숨을 쉬지 못하고 그 자리에 그대로 쓰러졌지만 형준은 그대로 복사실을 나왔다.

"누나가 보는 눈이 너무 없어."

할아버지의 이종사촌의 손녀와 결혼한 남자였다. 그 누나는 왕래가 거의 없어서 잘 알지도 못했다. 그저 얼굴 정도 아는 게 다였지만 재벌가의 친인척들이 그렇듯이 그들은 우정그룹의 이름을 팔며 살아가고 있었다.

1년 전에 오 대리를 만났던 날은 특수 임무를 마치고 오랜만에 휴가를 받아 육사 동기 녀석과 약속이 있던 날이었다. 하필 거기서 그들을 보았었다. 하지만 지금은 이런저런 생각을 하고 싶지 않았다.

얼마 전의 사고가 그의 생활에 모든 걸 바꿔 놓았기 때문이었다. 다른 걸 생각하기엔 지금은 너무 힘이 들었다.

"윽!"

갑자기 신경을 썼더니 칼에 찔렸던 곳에 통증이 왔다. 이런 고통은 얼마든지 참을 수 있었다. 하지만 그날의 일들이 주는 정신적인 고통은 아직 그를 힘들게 하고 있었다.

"복사 다 해 왔습니다."

"여기다가 놓고, 이것도 조금 전과 같이 하면 돼요."

"네."

아무렇지 않게 그녀에게서 서류를 받아 들었다. 오 대리는 그가 왜 이러는지 아주 궁금한 모양이었다. 그가 왜 이렇게 차갑게 변했는지 말이다. 하지만 이 많은 사람들 앞에서는 물어볼 용기가 없는 것 같았다. 형준은 자리에 돌아와서 일을 하기 시작했다.

뭔가 집중할 수 있다는 게 아주 좋았다.

"형준 씨, 거기 빨간색 파일 좀 줄래요?"

"……."

"형준 씨?"

"아, 제가 색맹이라서……."

주영의 말에 그가 할 수 있는 말은 그것뿐이었다. 사고 이후에 그는 빨강색이 회색으로 보이기 시작했다. 정신과 의사의 말로는 정신적인 충격으로 인한 일시적인 색맹증상이라고 했지만 그는 요즘 신호등을 볼 때마다 그날의 일들을 떠올리고 있었다.

"어머, 미안해요. 내가 가져갈게요."

"죄송합니다."

주영이 아주 미안한 얼굴로 그를 보았다.

"괜찮아요. 제가 부족한 거죠."

그의 말에 주영이 미소를 보였다. 요즘 가끔 보는 동정이 가득한 미소였다.

일을 하다 보니 벌써 점심시간이었다.

"형준 씨, 우리 식사하러 가요."

주영은 아주 밝은 성격의 아가씨였다. 점심은 마 과장과 오 대리 그리고 주영과 함께 했다.

"우리 구내식당은 한반도 최고지."

마 과장이 형준이 보기에도 과한 양을 식판에 가득 퍼 오며 말했다.

"과장님이 한반도 최고의 식탐을 가지신 건 아니고요?"

오 대리가 핀잔을 주었다.

"하하하, 그런가?"

마 과장이란 사람은 아주 성격이 좋아 보였다.

"저도 합석입니다."

안홍민이 그와 주영 사이에 억지로 끼어 앉았다. 한눈에 보기에도 주영에게 관심이 있는 것 같았다.

"형준 씨는 할 만한가?"

"네."

마 과장의 말에 형준은 거의 기계적으로 답했다.

"우리 오 대리가 보기엔 어때?"

"오늘 처음인데요. 봐야죠."

"오올, 우리 오 대리님 사수인 거 티 팍팍 내는데요?"

주영이 놀렸다.

"어디 저만큼 실력 있는 사수 있으면 나와 보라고 그래."

마 과장이 오 대리의 편을 들어 주었다. 누가 뭐라고 하든 지금 오 대리는 식판에 얼굴을 묻고 밥만 먹고 있었다.

"마 과장님……."

홍민이 수저를 입에 꽂은 채 놀란 얼굴로 어딘가를 다급하게 가리켰다.

"회, 회장님이요……."

윤 회장의 등장에 구내식당 분위기가 한순간에 싸해졌다.

"오늘 무슨 날이야?"

"아뇨."

"기자라도 왔어?"

"아뇨."

그때였다. 윤 회장이 주변의 눈치를 살피며 형준과 눈을 마주쳤다. 힘을 내라는 것처럼 보였다. 진짜 못 말리는 분이었다. 그사이 손자가 어떻게 지내나 궁금하셨던 모양이다.

형준은 할아버지와 눈인사를 나누고 아무렇지 않은 척 밥을 먹기 시작했다.

"난 체할 뻔했다."

윤 회장이 가고 나자마자 마 과장이 자리에 풀썩 주저앉았다.

"그러게요. 저도요."

"그런데 오늘 웬일이지? 윤 사장님 때문에 요즘 머리가 아프실 텐데……."

주영은 소식통인 것 같았다. 모르는 게 없었다. 쓸데없는 것까지 말이다.

"이번에 걸그룹 멤버랑 잠수 타셨다고……."

"주영 씨!"

오 대리가 주영의 말을 잘랐다.

"사실인데……."

"증거도 없이 사장님에 대해 말하지 말아요."

"네."

주영이 입을 쭉 내밀었다.

"아이, 오 대리도 참. 우리 주영 씨야……."

"그런 이야기는 별로 유익하지 않습니다."

"그래……."

마 과장이 주영의 편을 들다가 본전도 찾지 못했다.

점심을 먹고 나오는 길에 다시 이성우와 부딪쳤다.

"마 과장님, 오랜만입니다."

아주 거들먹거리며 말하는 모습이 보가 싫었다.

"이게 누군가? 이 대리……."

"이 과장입니다."

자신이 승진한 걸, 요즘 계속해서 승진에 밀려나 스트레스를 받고 있는 마 과장 앞에서 자랑질이었다.

"승진했어?"

"네."

"축하해."

"별말씀을요."

성우는 마 과장을 약 올리듯 말을 하고 있었다. 가만히 있자니 참 얄미운 놈이었다.

"어허! 왜, 또 치고 가려고?"

"그건 실수였습니다."

"실수…… 악!"

이번엔 교묘하게 엄지발가락 끝을 밟아 주었다. 발톱이 빠지지 않으면 다행이었다. 생각 같아선 입을 꿰매 버리고 싶은 심정이었다.

"아, 죄송합니다."

"야!"

"뭘 그러나, 실수한 걸 가지고……."

마 과장이 웃으며 형준을 자신의 뒤로 숨겼다.

"우리 먼저 갈게. 과장된 거 축하해."

사무실에 거의 다 와서 마 과장이 그의 어깨를 툭툭 쳤다.

"아주 잘했어."

"......"

주영과 홍민도 엄지를 척 하고 들어 올렸다.

"적응이 빨라요."

홍민이 웃으며 그에게 말했다. 다들 성우가 고의로 밟은 걸 아주 잘했다고 생각하는 것 같았다. 오랜 군 생활로 인해 쓸데없이 모든 걸 몸으로 해결하려는 버릇이 생겨 버렸다. 사무실로 들어온 그는 퇴근 시간까지 말없이 계속해서 오 대리가 주는 일만 하고 있었다.

"안 가요?"

"......"

벌써 퇴근 시간인 모양이었다.

"오늘 아주 이상해요."

"뭐가요?"

"황 이사님이 비정상적이세요. 7시 정각에 집에 보내 주시다니. 제가 근무한 이래 처음 있는 아주 희귀한 일이죠."

주영이 낮은 소리로 속삭였다.

"주영 씨!"

하지만 오 대리가 들었는지 주영을 나무랐다.

"잔업하고 싶어요?"

"아뇨."

"그럼 쓸데없는 소리 그만하고 퇴근해요."

"넵. 버스 타고 가실 거죠? 같이 가요."

그래도 주영은 오 대리가 좋은지 웃으며 그녀에게 팔짱을 끼었다.

형준은 퇴근을 하기 위해 지하 주차장으로 향했다. 오늘은 군대에 있을 때 구입한 국산 차를 타고 출근을 했다. 아직 그가 누군지 사람들에게 알리고 싶지 않았기 때문이었다.

윙—.

한 집사의 전화였다.

"여보세요?"

[네, 접니다. 도련님. 오늘 수고하셨습니다. 힘드셨죠? 제가 걱정이 돼서…….]

"생각보다 괜찮았습니다."

[홍 원장님 와 계십니다.]

"알겠습니다."

전화를 끊으려고 하는데 뒤에서 누군가 그의 어깨를 쳤다.

"야!"

이성우였다. 사고 전의 그라면 그의 어깨에 뭔가가 느껴지는 순간 상대는 바닥에 쓰러져 있겠지만, 지금은 어느 정도 참고 지냈다. 이제는 특수부대원이 아닌 민간인이었기 때문이었다.

"잘 만났어. 오늘 너 일부러 나 엿 먹인 거지?"

"……."

"팔꿈치로 찍고 발가락 밟고? 어?"

눈치가 제로인 줄 알았는데 거기까지는 아닌 것 같았다.

"뭐냐? 오하라가 시키디?"

성우의 눈이 시뻘겋게 변했다. 단단히 열 받은 모양이었다.

"……."

"그렇지 않고서야 오늘 첫 출근한 말단이 하늘같은 과장한테 그럴 리는 없고……."

"과장님이 오해하신 모양인데……."

"오해는 개뿔! 미친 새끼야, 회사 생활 오래 하려면 똑바로 해. 상사 눈 밖에 나서 좋을 거 하나 없으니까. 그리고 오 대리는 걸레니까 건드리지 말고."

"말씀이 심하십니다."

"미친놈, 사수라고 편드는 거야?"

성우가 그를 비웃었다. 오하라는 왜 이런 놈하고 얽히게 되었을까? 형준은 더 이상 상대하기 싫어 자신의 차 문을 열었다.

"다시는 내 몸에 손대지 마. 마지막 경고다. 신참."

"……"

신참이란 말이 그의 귀에 꽂혔다. 김 병장이 처음 들어왔을 때 그가 한 말이었다. 후유증에서 벗어나기에 두 달은 너무 짧은 시간이었다.

자신의 차를 타고 집으로 돌아온 그는 주치의 홍 원장의 진료를 받기 위해 2층 거실로 향했다.

"상처부터 볼까요?"

그가 상의를 위로 들어 올리자 상처가 드러났다.

"자주 벌어지나요?"

"운동 후에 가끔 그럽니다."

"운동량을 좀 줄이세요."

"……"

홍 원장이 상처에 소독을 하고 넓은 방수 밴드를 상처에 붙였다.

"아직도 잠이 잘 안 오고 꿈도 꾸십니까?"

"네."

"김 병장의 죽음에 책임이 있다고 생각하십니까?"

"네."

"다섯 명을 죽인 건 김 병장이고, 도련님은 방어를 하다가 어쩔 수 없이 정당방위를 하신 겁니다. 안 그랬으면 더 많은 사람이 김 병장의 손에 죽었을 겁니다."

"전 애초에 김 병장 말에 귀 기울였어야 했습니다."

"어떤 면에서요?"

"김 병장이 관심 병사로 지정되기 전부터요."

김 병장은 유난히 그를 따랐다. 그는 특수부대에 있었기 때문에 자대에 들어가서 훈련을 할 시간보다는 특수임무를 수행할 때가 많았다. 특히 요인 경호가 그의 주 임무였는데, 임무를 마치고 부대로 복귀할 때면 유난히 김 병장이 그를 챙겼다.

형준은 김 병장이 동성애자이며 이번에 죽인 5명의 병사들 중에 한 명이 그의 애인이었고, 나머지들은 그들을 협박하던 병사였다는 걸 몰랐었다. 김 병장이 그에게 뭔가를 말하려고 했는데 그가 듣지 않았다. 그게 자꾸만 마음에 걸렸다.

"도련님의 잘못이 아니란 결론이 나지 않았습니까?"

"그건 결론이 날 문제가 아닙니다."

그래도 홍 원장과 이렇게 그날의 이야기를 하고 나면 조금은 나아지는 것 같았다.

"수면제는 너무 많이 드시지 마시고 꼭 필요할 때만 드세요."

"네."

홍 원장이 가고 형준은 자신의 방으로 올라가기 전에 할아버지의 방을 들렀다.

"홍 원장은?"

"가셨습니다."

"몸은 어때?"

할아버지는 그를 아주 귀하게 여기셨다. 그걸 알기에 형준은 조금이라도 자신의 아픈 마음을 들키지 않으려고 애를 쓰고 있었다.

"오늘 일은 어땠어?"

할아버지는 그의 모든 게 궁금하신 모양이었다. 아무래도 할아버지의 질문이 많을 듯했다.

"기획실이 아주 마음에 듭니다. 일이 많아서 다른 곳에 신경 쓸 틈도 없습니다."

사실이었다. 군대와는 달라서 아주 많이 힘이 들 줄 알았는데 생각보다는 적응하기 쉬웠다.

"네 사수는?"

"괜찮은 사람인 것 같습니다."

"다행이구나."

할아버지와 잠시 이야기를 나눈 후에 그는 정원으로 담배를 피우기 위해 나왔다. 예전에는 피우지 않았는데 최근 두 달 동안 그는 평생 피운 담배의 양보다 더 많은 양의 담배를 피워 대고 있었다.

그나마 담배라도 있으니 마음의 안정을 찾았지, 안 그랬으면 벌써 미쳐 버렸을 것 같았다. 그는 언제나 당당했다. 실력도, 집안도 좋은 그였다. 자신감이 없는 게 오히려 더 이상할 것이다. 하지만 지금은 그런 게 다 필요 없었다.

"후—"

담배 연기가 밤공기를 타고 하늘로 올라가고 있었다. 그도 이렇게 아무 생각 없이 하늘로 올라가고 싶다는 마음이 들었다.

그런 그의 머릿속에 이상할 만큼 자꾸 오 대리가 스치듯이 생각이 났다. 오 대리와 뜨거운 밤을 보내고 난 후에 그는 바로 비상이 걸려 부대로 복귀했고, 열흘간의 임무가 끝이 나자마자 그녀의 집으로 찾아갔지만 그녀는 이사를 간 후였다. 그녀의 전화번호도 몰라 그녀를 찾을 방법이 없었다. 그렇다고 이성우에게 물어볼 수도 없는 노릇이었다.

그래서 인연이 아니라고 생각하고 마음을 접었는데 그녀가 그의 앞에 나타났다. 우연이라고 하기엔 뭔가 필연의 향이 풍겼다.

"사수…… 하라……."

그의 입가에 잠시 웃음이 걸렸다. 지금은 연애를 할 생각이 없는 그였다. 하지만 시간이 흐른다면 그건 모를 일이었다. 회사에 입사를 하고 보니 우정그룹에 대한 애사심이 생겨나고 있었다. 거기에 할아버지에 대한 측은지심도 함께 생겨나고 있었다.

이제 그도 어린 나이가 아니었다. 일도, 사랑도 진지하게 생각해야 할 나이였다. 나이의 앞자리가 바뀌고서부터 더 그런 것 같았다.

"서른이라……."

시간이 참 빠르게 흘러가는 것 같았다.

3장

정신없이 일주일이 흘렀고, 하라는 형준에게 왜 그러냐고 물어볼 수 있는 기회를 놓치고 말았다. 오늘은 금요일이니 내일부터 이틀을 쉴 수가 있었다. 물론 마음 편히 쉬기는 글렀지만 말이다.

엄마는 지난주에 본 점에 힘을 얻어 밝게 빛나는 남자와 선 자리를 마련하느라 정신이 없었다.

확실한 건 자식을 걱정하는 부모의 마음이 신앙심을 넘어섰다는 것이었다. 엄마가 무속신앙을 이렇게 맹신하는 줄 예전엔 몰랐었다.

"언니, 밝게 빛나는 대머리 아닐까?"

점집을 나오면서 동생이 했던 그 말이 다른 좋은 말들보다 자꾸만 머릿속에 남았다.

"대머리면 어쩌지?"

다른 건 몰라도 진짜 대머리는 아니란 생각이 들었다.

"대머리요?"

"어? 아니야. 우리 주영 씨는 귀도 밝아."

"제가 좀⋯⋯."

"형준 씨는 어디 갔지?"

"어? 방금 전까지 있었는데⋯⋯."

어딜 가면 간다고 말을 해야지. 하라는 복사할 서류를 직접 들고 복사실을 향했다. 기다리느니 이게 더 빨랐다. 복사실의 문을 연 순간 하라는 깜짝 놀라고 말았다.

"형준 씨!"

형준이 가슴을 잡고 식은땀을 흘리며 쭈그리고 앉아 있었다.

"괜찮아요?"

"⋯⋯."

그녀가 사람을 부르기 위해 일어서자 그가 그녀의 팔을 잡았다.

"괜찮아요. 신경 쓰지 않으⋯⋯."

"어떻게 신경이 안 쓰여요."

화가 났다. 이렇게 있다가는 큰일을 치를 것만 같았다.

"이제 괜찮아요. 시끄러워지는 거 싫습니다."

"……알았어요."

남자의 눈빛이 심상치 않았다. 아픈 것보다 남들에게 알리는 게 더 싫은 모양이었다.

"잠깐만 기다려요."

하라는 정수기에서 물 한 컵을 받아 형준에게 주었다. 물을 마신 형준의 안색이 조금은 돌아온 것 같았다.

"아니, 군 출신에 완전 끝내주는 몸도 가지고 있으면서 왜 이렇게 약해요."

말을 해 놓고도 좀 이상했다.

"그, 그러니까 내 말은 몸이 좋다는 게 아니라……."

"조심하겠습니다."

형준이 자리에서 몸을 일으켰다.

"진짜 괜찮아요?"

"네."

몸 상태가 상당히 안 좋아 보였다. 이래서 철밥통인 군대를 그만둔 모양이었다. 군은 몸이 생명이니까 말이다.

"몸이 안 좋아서 그만둔 거예요?"

그가 가져온 서류를 대신 복사해 주며 하라가 물었다. 형준은 캐비닛에 기대서 있었다.

"뭐, 아니라고는……."

"심각한 건 아니죠?"

그의 답에 놀란 하라였다. 그건 아마도 아빠 때문에 더 그런 것
같았다. 갑자기 누군가 죽는다는 건, 남아 있는 가족들에겐 평생
의 상처기 때문이었다.

"걱정할 정도는 아닙니다."

"다행이네요."

복사를 마치는 내내 형준의 눈길이 그녀에게 가 있었다. 형준의
시선이 몹시 신경 쓰였지만 하라는 아무런 말을 하지 않은 채 복
사를 끝내고는 형준과 함께 사무실로 돌아왔다.

"형준 씨, 왜 이렇게 얼굴이 창백해요?"

"날이 덥나 봅니다."

"하긴 덥긴 덥죠. 복사실에 에어컨이 잘 안 되긴 해요."

주영은 형준에게 기회가 될 때마다 말을 걸었다. 하라는 말은
하지 않았지만 은근히 신경 쓰이긴 했다.

"형준 씨, 어느 동네 살아요?"

주영이 형준의 사는 동네까지 묻고 있었다.

"한남동에 삽니다."

주영의 말에 형준은 친절하게 답을 해 주고 있었다. 옆에서 이
장면을 보고 있으니 속이 답답했다.

"그래요? 차 가져왔죠?"

하라가 저도 모르게 주영과 형준 사이의 대화에 끼어들며 물었다.

"네."

그녀의 물음에 주영의 눈이 커다래졌다.

"왜요? 오 대리님?"

"그냥 물어봤어."

"아……."

주영의 관심이 온통 형준에게 가 있는 것 같았다. 마치 연예인을 좋아하는 팬처럼 말이다.

하라는 그런 주영이 신경 쓰였다. 하지만 주영은 눈치 없이 형준에게 계속해서 말을 걸고 있었다.

오늘도 황 이사가 모두를 칼퇴근시켜 주었다. 기러기 아빠에서 해방이 됐는지 그 꿍꿍이속을 알 수가 없었지만 그래도 좋긴 좋았다.

"형준 씨, 차 키 좀 줘요."

"네?"

"두 번 말해야 해요?"

그가 주머니에서 차 키를 꺼내 그녀에게 건넸다.

"가요."

"어딜요?"

"주차장."

그녀가 앞장서서 걸었다. 오늘은 왠지 혼자 보내면 안 될 것 같은 생각이 들었기 때문이었다.

"저 차예요?"

"네."

주인처럼 깔끔한 흰색 차였다.

"오 대리님."

"운전은 내게 맡겨요."

그녀는 막무가내로 운전석에 올랐다.

"한남동 어디죠?"

"……."

"마음이 놓이지 않아서 그래요. 다음 주에 편한 마음으로 일 시키려면 이 정도는 기본이죠. 그리고 난 윤형준 씨의 사수입니다."

억지로 그를 설득하고 있는 하라였다.

"한남동으로 가 주세요. 길은 제가 가면서 알려 드릴게요."

"주소 불러 줘도……."

차 안에 내비게이션이 없었다.

"길 잘 아나 봐요? 흔한 내비도 없고."

"급하면 스마트폰이 있으니까요."

"아!"

그녀가 안전벨트를 매고 차를 출발시켰다.

하룻밤을 같이 보낸 남자였지만 어색함이 가득한 상황이었다. 물론 너무 친한 것도 우습겠지만 그래도 이건 아닌 것 같았다.

"많이 변한 것 같아요."

"이게 접니다."

단 한마디로 그녀의 입을 막아 버린 형준이었다. 둘 사이에 또다시 침묵이 흘렀다.

그들의 어색한 상황과는 다르게 금요일 퇴근길인데도 다행히 길은 막히지 않았다.

"여기 세워 주시면 됩니다."

"네."

"이렇게 신경 써 주시니 감사합니다."

"아니에요. 아까 상황을 못 봤으면 모를까……. 붉은색도 못 본다고 얼핏 들었고……."

하라는 횡설수설했다. 이곳은 직장도 아닌 데다 차 안에 둘뿐이다 보니 평소의 그녀와는 달랐다.

"고맙습니다."

"네."

차에서 내린 하라와 형준은 각자 헤어져서 걷기 시작했다. 하라
는 그녀와 반대쪽 방향으로 걷고 있는 형준이 사라질 때까지 그
자리에 서서 그의 뒷모습을 보았다. 혹시나 또 쓰러지지 않을까
걱정이 되었기 때문이었다.

아무리 사수라도 남자를 집까지 데려다준 적은 하라의 인생에
서 처음 있는 일이었다. 그만큼 형준이 신경이 쓰였다. 그가 사야
에서 사라지자 하라가 큰길을 향해 걷기 시작했다. 택시를 잡기
위해서였다.

얼마를 걸으니 큰길이 나왔고, 하라는 택시를 잡기 위해 기다리
고 있었다.

"오 대리님 되십니까?"

방금 전에 그녀가 몰았던 차를 타고 어떤 남자가 그녀 앞에 섰
다.

"누구세요?"

요즘 같은 세상에 모르는 남자가 이렇게 가까이 서 있는 건 상
당히 위험천만한 일이었다. 거기다가 눈앞의 남자는 굉장히 덩치
도 좋았고 머리는 조폭처럼 짧은 스포츠머리에 표정도 굳어 있었
다.

"형준이 친구입니다. 모셔다 드리라고 해서요."

"윤형준 씨가요?"

"네, 형준이는 집에 들어갔습니다."

평소의 그녀라면 거절을 했겠지만 이곳은 정말 택시가 잡히지 않는 곳이었다. 거기다가 남자는 형준의 차를 타고 와서 그의 이름을 말했다.

"감사합니다."

"……."

옆으로 힐끗 보니 남자도 군인 같은 느낌이었다.

"군인이에요?"

"아닙니다."

딱 보기에도 얼굴에 군인이라고 쓰여 있는데 이상하게 남자는 뭔가를 감추려고 하는 것 같았다.

"형준 씨와는 오래된 친구세요?"

"네."

모든 대답이 간단명료했다.

"여기 세워……."

남자는 마치 그녀의 집을 알기라도 하는 것처럼 딱 그녀의 오피스텔 앞에 차를 세웠다.

"제가 어디라고 말했나요?"

"네."

말한 기억이 없었다. 아니, 분명히 말하지 않았다. 이상한 기분이 들었지만 하라는 우선 차에서 내렸다. 자신의 집으로 들어가는 내내 기분이 그리 좋지는 않았다. 뭔가 찜찜한 기분이었다.

형준은 종훈의 차를 몰고 집으로 향하고 있었다. 군에서 그의 부하로 있던 녀석이 이제 그의 경호원이 되었다. 정신적인 충격이 상당한 그를 위해 종훈은 24시간 그의 옆을 그림자처럼 지켰다.

아무래도 극단적인 선택을 할까 봐 걱정이 되었던 모양이었다. 그렇지만 종훈도 그 못지않은 충격을 받았던 터라 그들은 정신병원 진료를 같이 받고 있었다. 그래서일까, 요즘 들어 종훈과 더 가까워졌다.

집에 들어오면 마음이 편했다. 형준의 집은 집안 식구에 비해 궁궐같이 컸지만 그는 태어나면서부터 이곳에서 살아서 그런지 편하기만 했다.

본가에 있으면 마치 살이 있는 엄마가 그를 안고 있는 기분이 들었다.

집안에 여자들이 없어서 그런지 조금은 삭막했지만 그래도 한 집사님이 집안 분위기를 따뜻하게 만들어 주고 있었다.

"도련님, 오늘도 고생 많으셨어요."

형준도 그런 한 집사님의 따뜻한 말에서 위안을 얻었다. 물론 고맙다고 표현하지는 않았지만 말이다.

"……."

"식사는 하셨어요? 종훈이는 안 보이네요."

한 집사가 그 다음으로 챙기는 사람이 종훈이었다. 아들 같다면서 말이다.

"금방 올 겁니다."

"먼저 씻고 내려오세요."

"할아버지는요?"

"오늘 피곤하시다고 먼저 들어가셨습니다."

요즘 형준의 걱정거리는 할아버지의 건강이었다. 날이 갈수록 피곤해하시는 날이 많아지셨다. 샤워를 하고 내려오니 종훈이 그를 기다리고 있었다.

"모셔다 드렸나?"

"네."

그들은 식당으로 가서 저녁을 같이 먹었다. 할아버지가 계실 땐 종훈은 일하는 사람들과 식사를 했지만 오늘같이 형준이 밥을 혼자 먹을 땐 그의 곁에서 함께 식사를 했다.

"몸은 괜찮으십니까?"

"……."

"오 대리님께서 걱정이 많으셨습니다."

"……."

종훈의 한마디에 형준의 표정이 굳었다.

"그분이 맞지 말입니다. 대위님께서……."

"그만!"

"네, 죄송합니다."

갑자기 분위기가 어색해졌다.

"다 지난 일이다."

"죄송합니다."

"이거 오늘 주방장이 특별히 도련님을 위해 만든 거니까 다 드셔야 합니다."

한 집사가 가져온 건 맑은 탕이었다.

"빨리 드세요."

한 집사의 권유에 못 이겨 먹어 보니 제법 먹을 만했다.

"종훈이도 먹어 봐. 맛있죠?"

"네, 뭐예요?"

"자라탕이요. 자라를 통째로……."

풉!

순간적으로 음식을 뱉을 뻔했다. 형준은 보양식품은 그리 선호하지 않았다.

"그러지 말고 빨리 드세요."

한 집사의 성화에 못 이겨 한 그릇을 비우고 나서야 그는 2층으로 올라갈 수 있었다.

"회사 생활은 괜찮으십니까?"

"그럭저럭, 내가 조사하라고 한 건 했어?"

"네."

"이성우, 나이 33세, 우정그룹 홍보팀 과장이고 윤 회장님의 이종사촌인 우정화학의 박성철 사장의 손녀와 결혼했습니다. 둘 사이에 딸이 하나 있습니다."

"……."

"오하라 씨에 대한 악성 루머는 이성우가 다 퍼트리고 다닌 모양입니다."

"왜?"

"그 이유는 정확하지 않습니다. 자신이 차 버린 여잔데 좀 이해가 되지 않습니다. 그리고 이성우가 우정화학이 아닌 이곳에 들어온 이유 중에 하나가 우정그룹의 차기 회장을 노리고……."

어이가 없었다. 아마도 군대에 있던 자신과 아버지의 바람기 때문에 물려받을 사람이 없다고 판단한 모양이었다.

"윤 사장님께서 지금 한창 스캔들을 일으키시니 저쪽에서도 기회는 이때라고 생각한 모양입니다. 대위님이 전역하신지 모르고 있는 것 같습니다."

"그러니까 그렇게 쉽게 생각했겠지."

똑똑똑!

한 집사가 과일을 가지고 들어왔다.

"다음 주에 우정화학 사장님의 생신이시라고 초대장이 왔습니다. 회장님께서 같이 가시자고 하십니다."

"아니요, 제가 아직 몸이 좋지 않아서……."

"그대로 전하겠습니다."

"네."

아직은 사람들에게 그가 우정그룹 본사에 다닌다는 말을 하고 싶지 않았다. 그래 봐야 좋을 게 없었다.

월요일 오전에 죽도록 황 이사에게 깨진 마 과장이 거품을 물며 사직서를 쓴다고 난리였다.

점심시간에 낮술을 마시겠다고 하는 마 과장을 말리느라고 모두들 힘이 들었다.

"내가 죽을죄를 지었어도 그렇게 하면 안 되는 거야."

입도 대지 않은 하라의 순대 국밥에 마 과장의 밥알 몇 개가 튀어 들어왔다.

"후……."

한숨이 절로 나왔다. 오늘 점심은 이걸로 끝이었다.

"아니, 왜 황 이사님은 열심히 일하시는 과장님한테 그런데요?"

이렇게 편이라도 들어 줘야지. 오늘 마 과장의 뚜껑이 제대로 열린 모양이었다.

오늘은 마 과장 때문에 친한 멤버들 모두 밖에서 점심을 먹었다.

"그러게 말이에요."

마 과장은 사람이 너무 좋은 탓에 황 이사의 밥이었다. 이럴 때 편이라도 들어 줘야지, 안 그러면 너무 불쌍했다. 하지만 지금은 하라 자신이 더 불쌍한 상황이었다. 밥을 먹을 수도 없고, 안 먹을 수도 없으니 말이다.

그때였다. 갑자기 형준이 그녀의 밥과 자신의 밥을 바꿨다.

"밥만 말았습니다."

"네? 네……."

밥알이 들어온 걸 본 모양이었다. 갑작스런 그의 행동에 하라는 조금 당황했지만 고마운 마음이 들었다. 아마도 지난주 복사실에서의 일 때문인 것 같았다. 하라는 더 이상 그날 밤 일에 의미를 두고 싶지 않았다. 계속해서 형준이 그날의 일에 대한 말을 피하기 때문이었다. 동료 이상의 의미를 두고 싶지 않은 모양이었다.

"뭐야? 둘이?"

마 과장이 성질을 내다 말고 둘을 보았다.

"그러게요."

"이게 더 양이 많습니다."

형준이 둘러대자 모두들 다시 밥을 먹기 시작했다. 밥이 입으로 들어가는지 코로 들어가는지 알 수가 없었다.

"황 이사님이 자주 이러십니까?"

형준이 하라가 아닌 주영에게 물었다.

"기분이 안 좋은 날은 어김없이 마 과장님 부르셔서 화풀이하세요. 웃기죠? 이게 다 월급쟁이들의 비애죠."

주영이 친절하게 형준에게 설명을 해 주었다.

"예전에도 그랬는데 요즘 더 심해진 이유는 기러기 아빠가 되셨거든요."

"……."

주영이 수다를 떠는 동안 하라는 말이 없었다. 다른 때 같으면 주영의 말을 잘랐겠지만 지금은 하라도 머리가 아팠다. 황 이사는 1년 넘게 그녀에게 추파를 던지고 있었다. 말이 한두 번이지, 회식 때마다 진저리가 쳐졌다.

"커피 드실래요?"

주영이 하라를 보며 물었다.

"어?"

딴생각에 빠져 있던 하라는 멍하게 되물었다.

"형준 씨하고 사 오려고요."

"어, 난 아이스 아메리카노."

"넵!"

형준과 주영이 커피를 사 오는 동안 마 과장과 홍민 그리고 하라는 커피숍 앞에서 기다리고 있었다.

"오늘은 왜 그러신 거예요? 진짜 그 일 가지고 그러시는 거라면 아주 문제 있는 거 아니에요?"

"자기가 시켜 놓고, 잘해 놓으니까 혼내는 건 제정신이 아니죠."

"후……."

"진짜 이유가 뭐예요?"

마 과장이 잘 안 피우던 담배까지 입에 물었다.

"왜요?"

"지난번 회식에서 미운털이 박혔잖아."

"설마 그 일로 아직도 그래요?"

회식 때 노래방에서 하라를 안고 추근대던 황 이사를 마 과장이 떼어 놓았기 때문이었다. 그날은 손으로 뒤통수까지 맞아 하라의 입장에선 굉장히 미안한 일이었다.

"오늘 그러더라. 낄 때 안 낄 때 다 끼니까 그러는 거라고……."

"뒤끝 작렬인데요?"

"그러게……."

어느새 주영과 형준이 와 있었다. 형준이 들은 건 아닌지 걱정이 되었다. 왜일까? 아무런 관계가 없는 사람인데 자꾸 자신의 단점을 그가 보는 것 같아 신경이 쓰였다.

첫 만남부터 말이다.

"마 과장님, 이거 드시고 힘내세요."

주영이 마 과장에게 커피를 건넸다. 들었다는 얘기였다. 형준은 무심한 듯 그녀에게 커피를 건넸다.

"고마워요."

하라는 눈조차 맞추지 못하고 커피만 받아 들었다.

회사로 돌아온 그들은 엘리베이터에서 식사를 마치고 들어온 황 이사와 마주쳤다.

"형준 씨, 식사는 잘했고?"

"네."

아주 눈에서 하트가 나오고 있었다. 왜 이렇게 형준을 예뻐하는지 모두들 의아한 반응이었다.

"오 대리가 잘해 주고 있어?"

"네."

"좀 까칠해서 그렇지 일은 잘하니까 잘 배우도록 해."

"네."

"마 과장, 오 대리는 신입 잘 챙기고."

"……."

"왜 답이 없어?"

"네, 알겠습니다."

엘리베이터에서 내려 사무실에 들어서자마자 마 과장이 아무 소리 없이 머리카락을 양손으로 잡고 쥐어뜯었다.

"으윽, 미쳐 버리겠다."

"참으세요."

"형준 씨, 황 이사 라인이야?"

"아닙니다."

"그런데 왜 저래?"

마 과장은 열이 단단히 받은 것 같았다.

"그런데 황 이사님이 신입한테 저런 적은 한 번도 없었어요. 맨날 찬바람만 불지."

주영의 말에도 형준의 표정은 변화가 없었다. 그러고 보니 입사 후로 형준은 한 번도 웃지 않았다. 그녀와 밤을 새우고 다정하게 웃던 그 모습은 한 번도 보이지 않았다. 마치 무표정에 자신을 감추고 있는 것처럼 보였다.

"여기, 잠깐⋯⋯."

기획실의 아첨꾼 우 과장이 박수를 치며 모두를 주목시켰다.

"이번 주 금요일에 회식 있습니다. 신입도 들어오고 해서 이번엔 황 이사님이 쏘신답니다."

"신입이라면 형준 씨? 우리 땐 신입 들어왔다고 그런 거 없었는데⋯⋯."

홍민이 한마디를 하고는 자리에 앉았다.

"형준 씨, 아까 정리하라고 준 서류 정리 다 됐으면 줘요."

하라가 얼른 형준을 다른 사람들의 시선으로부터 구해 주었다.

"여기요."

"금방했네요. 그럼 이거 한번 해 볼래요? 러시아에 건설할 부품 공장 건이에요. 이것도 정리해서⋯⋯ 잠깐, 러시아어 할 줄 알아요?"

"네."

"이왕 묻는 김에 언어는⋯⋯."

"영어, 불어, 러시아어, 일어, 스페인어는 자유롭게 구사할 수 있고 독어는 간단한 회화 정도 합니다."

"좋아요. 참고해서 업무를 주도록 할게요."

형준의 말에 모두들 놀랐다.

"형준 씨, 우리나라 말까지 6개 국어 해요?"

"……."

"진짜 대단하다."

하라는 형준의 무표정한 얼굴을 스치듯이 보았다. 왜 저렇게 무표정한지 너무나 궁금했다. 그리고 왜 군인을 그만두게 되었는지도 궁금했다.

오후에는 회의가 꽉 차 있었다. 그녀는 지금 형준과 함께 오후 첫 회의에 참석하기 위해 사무실을 나섰다.

"왜 하필 우리 부서에 왔어요? 일도 가장 많은데……."

"……."

특별히 답을 하지 않았지만 왠지 모르게 그는 빠르게 업무를 익히고 싶어 하는 것 같았다. 무슨 일이든 주면 열심히 했다. 그건 회사원의 느낌과 다른 것이었다. 마치 자기 회사인 것처럼 그는 열심히 했다.

집중력도 남달랐고, 안목도 직장인의 안목이라기보다는 거의 오너의 안목이었다. 모르긴 해도 신입들 중에 승진이 가장 빠를 것 같았다.

하긴, 늦은 나이에 들어왔으니 더 열심히 할 수밖에 없을 수도 있었다.

기획 업무를 맡다 보니 우정그룹의 전반적인 일을 다 알아야 해서 기획팀은 업무량이 다른 부서에 비해 많았다.

하라가 맡은 이번 업무는 홍보팀과 합작품이라고 해도 과언이 아닌 것이었다.

그런데 이번 일은 정말로 하기 싫었다. 이번 기획안의 팀장이 홍보팀의 이성우였기 때문이었다. 그것도 그가 기획팀의 협조를 적극적으로 원했다고 했다.

아마도 그녀의 업무 능력을 이번에도 빌리고 싶은 모양이었다.

"회의 시작합시다."

성우가 회의를 주관하고 있었다. 얼굴도 보기 싫고 목소리도 듣기 싫은데 1시간 동안 꼼짝없이 듣고 있어야만 했다.

"이번 우정그룹의 홍보 전략은 우주입니다."

마치 자신이 기획안을 낸 것처럼 떠벌리고 있었다.

"이번 우리 홍보팀이 추구하는 건…… 음, 그러니까…… 하라 씨가 말해 봐요."

"제가 홍보팀의 일을 어떻게 압니까?"

"네?"

그녀의 말에 성우의 얼굴이 붉어졌다.

"홍보팀이 추구하는 걸 기획팀이 어떻게 아냐는 말씀입니다."

그녀의 반격에 성우의 얼굴에 당황함이 역력했다.

"그렇지 않나요? 형준 씨? 우리가 기획팀인데 어떻게 알까요?"

분위기가 단번에 싸해졌다. 20명의 사람들 가운데 기획팀은 그녀와 형준 둘뿐이었다. 나머지 홍보팀 직원들은 어찌할 바를 모르고 있었다.

"새로 부임한 상사에 대한 텃세입니까?"

"아뇨, 전 할 말을 했을 뿐입니다. 그래야 옆에 있는 제 후배도 잘 알지 않겠습니까?"

지지 않았다. 질 이유가 없었다. 사랑으로 모든 걸 덮어 줄 때는 이미 지났다. 이성우를 반드시 후회하게 만들어 줄 것이다.

"진행하시죠."

홍보팀 박 대리의 말에 이 과장이 다시 말을 하기 시작했다. 여전히 그녀를 노려보면서 말이다. 걱정했던 것과 마찬가지로 그녀의 아이디어가 모두 이 과장의 아이디어인 것처럼 말을 하고 있었다.

"잠깐만요, 과장님, 그 기획안은 제가 제출한 겁니다. 두 달 동안 머리 싸매고 생각한 건데, 이렇게 두루뭉술하게 과장님이 제출한 것처럼 하시면 곤란합니다."

"뭐? 뭐요?"

"쿡!"

처음으로 형준이 웃었다. 이 상황이 웃긴 모양이었다. 하긴 그녀가 생각해도 웃기긴 했다.

"오 대리가 뭔가 착각한 듯한데…….."

"새로 부임한 과장님이 부하 직원들의 것을 그렇게 채 가시면 밑에서 일하는 사람들이 열심히 할 수가 없습니다."

"누, 누가 오 대리 기획안이 아니라고 했어?"

"자, 다들 들으셨죠? 제 기획안입니다. 그럼 이제부터 진짜 회의를 해 볼까요?"

그녀가 말을 하기 시작했다. 이제부터 회의를 주관하는 건 하라였다.

성우는 하라의 모습을 넋을 놓고 볼 뿐이었다. 그와 사귈 당시 하라의 능력은 다 성우의 것이었다. 기획실에서 함께 근무하며 하라는 평강공주가 바보 온달을 챙기듯이 그를 챙겼다. 그런데 돌아온 건 배신이었다. 다시는 그런 바보 같은 짓을 하지 않을 것이다.

회의는 하라의 주도하에 일사천리로 진행됐다. 1시간이 훨씬 넘을 거라고 걱정했는데 생각보다 빨리 끝이 났다.

"다음은 나만 회의에 들어가면 되니까, 형준 씨……."

"오 대리!"

그녀의 뒤에서 성우가 신경질적으로 그녀를 불렀다.

"네, 이 과장님."

"오늘 일은 어떻게 감당하려고 그러지?"

"그건 과장님이 걱정하셔야 할 것 같은데요."

"뭐?"

"앞으로 과장님의 일은 과장님이 감당하셔야지 저 같은 멍청이를 또 어디서 구하시겠어요. 이제 유부남인 것도 소문이 다 났는데."

"말이면 다인 줄 알아?"

"그 소문, 과장님이 다 내신 거라고 하던데요?"

"내가 왜 그런 소문을 내?"

"그게 무슨 소문인 줄은 아시나 봐요?"

아주 얄미운 놈이었다. 그녀를 버린 것도 모자라 이상한 소문까지 퍼트리고 갔으니 말이다.

"아니⋯⋯."

"알았으니까. 회사에선 알은체하지 말아 주셨으면 합니다."

하라는 차갑게 말을 하고는 성우를 지나쳐 갔다. 그러자 성우가 그녀의 팔을 잡았다.

"악!"

아주 순간적인 일이었다. 형준이 성우의 팔을 비틀어 꺾었다. 마치 액션영화의 한 장면을 보는 것 같았다. 싸움도 못하면서 말 많은 악당을 주인공이 힘 안 들이고 제압하는 모습이었다.

"아아, 이거 안 놔!"

"형준 씨!"

다행히 보는 사람은 없었다.

"오 대리님 건드리지 마십시오."

아주 간결했지만 위협적인 말이었다. 그는 성우의 팔을 놓고는 하라의 팔을 잡고 걷기 시작했다.

"형준 씨……."

그가 잡았던 손을 놓아주었다.

"저런 녀석은 그만 상대하십시오."

"상대 안 해요."

남자가 이렇게 자신을 지켜 준 적은 처음이었다. 형준은 그녀에게 새로운 걸 많이 가르쳐 주는 것 같았다. 그녀 앞으로 형준이 걸어가고 그 뒤를 따르는 하라는 형준의 뒷모습을 넋을 놓고 보았다.

그는 분명하게 그녀를 여자로 보고 있지 않았다. 그날의 일 또한 언급하고 싶어 하지 않았다. 그런 남자에게 매달리는 스타일은 아닌데, 자꾸만 형준에게 시선이 가는 하라였다.

아마도 이렇게 소소하게 그녀를 감동시키는 행동을 하기 때문인지도 몰랐다.

그래 놓고 가만히 있으라는 건 배고픈데 밥상 차려 놓고 먹지 말라는 소리와 같았다.

"후······."

한숨이 절로 나왔지만 앞에 걷고 있는 남자가 무지하게 멋지다는 건 인정하지 않을 수가 없었다.

오후의 회의들이 다 끝이 나자 완전히 파김치가 된 하라는 퀭한 눈을 하고는 기획실로 복귀 중이었다. 시원한 커피가 절로 생각이 났다.

"어머!"

팔이 갑자기 차가워져서 깜짝 놀란 하라였다. 형준이 그녀의 드러난 팔에 커피 용기를 대는 바람에 소스라치게 놀랐다.

"깜짝 놀랐어요."

"······."

그가 언제 사 왔는지 커피를 말없이 내밀었다.

"고마워요."

"······."

엘리베이터를 기다리는 동안 말은 없었지만 이상하게 기분이 좋았다. 그가 전해 준 아이스커피를 손에 들고 있으니 괜히 상쾌해지는 듯했다. 커피를 한 모금 마신 하라는 힐끔 형준을 보았다.

그는 말없이 앞만 보고 있었고, 그런 그를 보며 하라는 혼자만 알게 배시시 웃었다.

4장

강남에서 가장 유명한 삼겹살집의 2층을 통째로 빌린 황 이사는 오늘 아낌없이 쏠 기세였다. 아이들을 유학까지 보냈는데 이렇게 거하게 한턱을 내다니 좀 이상했다.

거기다가 형준을 자신의 옆에 앉히고는 계속해서 술을 따라 주기에 바빴다.

모르는 사람이 보면 꼭 형준에게 잘 보이려고 애를 쓰는 것 같았다.

한 달에 한 번씩은 빠짐없이 회식을 하는데, 황 이사의 이런 모습은 처음이었다. 거기다가 매번 술이 떡이 된 채 여직원들을 괴롭혔는데 오늘은 이상하게도 얌전했다.

어쩌면 하라가 예민하게 생각하는 건지 모르지만 황 이사의 이런 모습은 입사 후 처음인 건 확실했다.

아주 적응이 안 되는 상황이었다. 내일은 분명히 해가 서쪽에서 뜰 것 같았다.

"대리님, 황 이사님 요즘 병원 다녀요?"

그녀만 느끼는 게 아닌 모양이었다. 주영이 눈을 가늘게 뜨며 그녀에게 말했다.

"어?"

"사람이 달라져서요. 어느 병원 의사인지 참 용하단 생각이 들어서……."

"쿡쿡."

주영의 말에 저도 모르게 웃음이 나와 버렸다.

"그러게 아주 훌륭한 의사인가 봐."

주영과 하라는 쿡쿡거리며 웃음을 참지 못했다. 그들의 맞은편에 앉은 홍민이 아주 궁금하다는 시선으로 바라보고 있었다.

"같이 웃어요."

옆에 있던 홍민이 궁금한지 물었다.

"아니에요."

"근데 진짜 왜 저렇게 형준 씨를 싸고도는지 궁금하지 않아요?"

홍민이 눈을 가늘게 뜨며 물었다.

"나라도 잘해 주고 싶다. 6개 국어에 업무 능력 짱이지. 육사 출신이라서 상사 말이면 껌뻑 죽지. 그리고 무엇보다 죽이게 생겼지. 저기 여직원들 눈에서 하트 발사되는 거 봐라."

마 과장이 형준 편을 들었다.

"반박은 못 하겠습니다."

홍민이 소주를 한 잔 들이켰다.

"그럼. 가슴 아파도 이게 팩트다."

홍민과 마 과장은 죽이 잘 맞았다.

삼겹살 파티가 끝이 나고 2차로 노래방으로 향했다. 하라는 2차에 대한 악몽이 있어서 사람들이 룸에 들어가면 조용히 빠질 생각이었다. 특히 오늘은 황 이사 때문에 사람들이 많이 취해 있었다. 어찌나 술을 권하는지 평소 자기만 마시던 황 이사가 아니었다.

보아하니 형준도 황 이사 덕분에 많이 취한 것 같았다. 어쨌든 형준은 자신의 몸은 잘 지킬 수 있는 사람이니까 하라는 별 걱정을 하지 않기로 했다.

틈을 노리던 찰나, 하라는 주영의 노래에 모두가 흠뻑 빠진 사이 룸을 나왔다. 다행히 아무도 그녀가 나온 줄 모르는 모양이었다.

"대리를 불러야 하는데……."

아무래도 회사 근처니 오늘은 그냥 걸어가고 내일 차를 가져가야 할 것 같다. 그렇게 생각을 정리하며 노래방에서 나오다가 누군가와 부딪쳤다.

"죄송합니다."

그녀가 스쳐 나오려는 순간 남자가 그녀의 손을 잡아 비어 있는 방 안으로 데리고 들어갔다.

"이거 안 놔!"

소리를 질러 보았지만 소용이 없었다.

"쉿!"

고개를 들어 얼굴을 보니 형준이었다.

"윤형준 씨……."

그의 가슴이 그녀의 얼굴 앞에 있었다. 오랜만에 맡는 그의 살 냄새가 그녀를 혼란스럽게 만들고 있었다.

"위험합니다."

"네?"

그는 마치 무언가에 쫓기고 있는 것 같았다.

"뭐가요?"

"김 병장이 원래 그런 애가 아닌데……."

"김 병장?"

이상했다. 작은 불빛이 룸 안으로 들어오고 있었다.

"걱정 마세요. 금방 끝날 겁니다."

술 냄새가 진하게 나고 있었다. 겉은 멀쩡해 보이는데 완전히 취한 상태였다.

"형준 씨……."

"쉿!"

하라는 잠시 그가 하는 대로 내버려 두었다. 그의 와이셔츠 안의 몸이 얼마나 근사한지 알기에 그녀는 자신의 손바닥 아래에서 전해지는 열기에 취해 있었다. 와이셔츠 위가 아닌 맨살에 손을 올리고 싶었다.

"어머!"

그 순간 그가 그녀를 보호하듯이 안았다. 더욱 그의 몸과 밀착이 되자 심장이 미친 듯이 뛰었다.

"취한 남자가 이렇게 멋져도 되는 거야?"

그는 밖을 살피느라 그녀가 뭐라고 말하는지도 모르는 것 같았다.

"지금은 괜찮나요?"

"아니, 김 병장이 보이지 않아요. 놈은 아주 날렵합니다. 조심해야 합니다."

그의 거친 숨소리가 그녀의 귀에도 들릴 정도로 강하게 들렸다. 하지만 이상하게 모든 게 신경 쓰이지 않았다. 하라는 단지 그가 자신을 안고 있다는 것에만 신경이 쓰였다.

　탄탄한 그의 몸이 주는 섹시한 느낌에 하라는 다리의 힘이 풀리는 것만 같았다. 그가 조금 더 세게 그녀를 안았다. 하라의 가슴이 형준의 가슴에 의해 눌려지고 있었다.

　"형준 씨?"

　"……."

　그는 대답이 없었다. 하지만 여전히 밖을 내다보며 망을 보는 듯했다. 하지만 지금 하라는 자신의 뜨거운 열기를 감당하기 힘이 들었다.

　어디서 이런 뜨거운 감정이 생기는 것일까?

　하라는 저도 모르게 발꿈치를 들고는 그의 입술에 입을 맞추었다. 그녀의 입맞춤에 형준의 눈빛이 갑자기 돌아왔다. 그리고 그녀를 황급히 떼어 놓았다.

　"어떻게 된 거죠?"

　"그건 내가 묻고 싶네요. 김 병장이 누구예요?"

　김 병장이란 말에 그의 표정이 굳었다. 하지만 확실한 건 그가 완전히 술에서 깼다는 것이었다. 그의 눈빛이 무섭게 빛나고 있었다.

　룸마다 사람들의 노랫소리가 들렸지만 지금 그녀는 아무것도 들리지 않았다.

"난……."

갑자기 그의 입술이 그녀의 입술을 덮쳐 왔다. 이제까지 아무런 반응도 보이지 않던 그가 갑자기 왜 이런 갈증이 가득한 키스를 하는지 하라는 알 수가 없었다.

"으읍!"

그의 강한 입술은 그녀의 숨까지 빨아들이고 있었다. 그의 거친 입술의 움직임 때문에 하라의 머릿속은 한순간에 하얗게 변하고 있었다. 왜 이러는지 알고 싶지도 않았다. 그가 계속해서 그녀를 탐해 주기만을 바라고 바랐다.

그의 혀가 그녀의 가지런한 이를 핥아 대자 저도 모르게 입술을 열었다. 그는 기회를 놓치지 않고 그녀의 입안을 서서히 점령해 가고 있었다. 결코 부드럽지 않은 그의 혀가 그녀의 잠든 감각을 깨우고 있는 것 같았다.

감각이라고 해 봐야 그와 나눈 게 다였지만 말이다. 그가 미친 듯이 그녀의 입술을 빨아들이며 그녀의 엉덩이를 양손으로 감싸 강하게 당겼다. 그녀의 배에 그의 부푼 페니스가 닿자 안도의 마음이 생겼다.

그는 그녀를 원하고 있었다. 그게 하라를 기쁘게 할 줄은 몰랐다. 괜히 안심이 되었다. 이제 마음껏 그를 탐할 수 있을 것 같았다.

하라가 그의 목에 팔을 감고 더 깊은 키스를 했다. 그가 하는 만큼 그녀도 적극적으로 그의 혀를 빨았다.

미친 것 같았다. 이렇게 키스만으로 흥분하기는 처음이었다. 그들의 혀는 얽혀서 떨어질 줄을 모르고 서로의 타액에 젖어 있었다. 너무 키스에 몰두한 나머지 그의 손이 그녀의 상의 안으로 들어와 있다는 것도 모르고 있었다.

브래지어 위로 그의 손이 그녀의 가슴을 감쌌다.

"으으음."

절로 신음이 터져 나오며 자신도 모르게 하라는 그의 페니스에 자신의 몸을 비비고 있었다. 언제부터 이런 요사스런 몸짓을 하게 하게 됐는지 모르지만 확실한 건 지금 하라는 요부 그 자체였다.

그의 혀가 점점 아래로 내려와 그녀의 목을 괴롭히고 있었다. 그의 손은 어느새 그녀의 브래지어를 위로 밀어 올리고는 유두를 건드리고 있었다. 거칠게 느껴지는 느낌이 너무나 좋았다. 그는 그녀의 유두를 엄지손가락으로 튕기며 쇄골을 혀로 쓸어 대고 있었다.

"아흐."

거침없이 신음이 터져 나왔지만 주위가 너무 시끄러워 그들의 소리가 묻히는 것 같았다.

쾅!

"어, 죄송합니다."

순간 문이 열리며 누군가 들어왔다. 일순간에 그들의 동작이 멈추었다. 다행히 처음 보는 얼굴이었다. 회사 사람은 아닌 것이다. 그가 빠르게 그녀의 몸을 감싸 안지 않았다면 가슴이 훤히 드러난 그녀를 보게 되었을 것이다.

불청객도 사라지면서 그들의 욕망도 함께 사라졌다. 하라는 빠르게 옷매무새를 만지고 노래방을 빠져나오려다 또다시 그의 손에 잡혔다.

"집으로 가십니까?"

"네? 네……."

조금 전 그의 품에 안겨 있던 게 생각이 나서 그녀는 모기만 한 소리로 답했다.

"같이 가죠."

"저 혼자……."

"밤길은 위험합니다."

"……."

그는 이렇게 말을 하고는 노래방을 나섰다. 더운 여름이라서 그런지 밖은 습한 더위가 그대로 느껴졌다.

"덥죠?"

"네."

아무 말이나 해야겠다는 마음뿐이었다. 습한 공기만큼이나 그들 사이의 공기도 끈적였기 때문이었다.

"대리 불러서 가요."

그가 빨리 그녀의 옆에서 떨어졌으면 싶었다. 밖으로 나오자 노래방에서의 순간적인 행동이 부끄러워졌기 때문이었다. 하지만 형준은 눈치가 없었다. 그녀의 곁에 서서 떠날 생각을 하지 않았다.

"아닙니다."

"전 여기서 집까지 15분 정도 걸으면 되거든요."

"압니다."

그가 그녀의 집을 알 리가 없었다.

"아, 지난번에 친구분이 말해 주셨구나?"

"……."

하긴 그날 친구가 바래다줬으니 당연히 알 것이다. 그 후로 그는 말이 없었다. 하라도 뭐라고 할 말이 없었다. 그저 걸을 뿐이었다.

"아픈 건 괜찮아요?"

"네. 요즘 컨디션이 안 좋아서 그렇지만, 곧 괜찮아질 겁니다."

"다행이네요."

걷는 내내 그가 옆에 있어서 좋았다. 성우와 연애를 할 때도 느끼지 못한 것이었다. 손을 잡지도 않았고 어깨동무도 하지 않았다. 그런데도 꼭 붙어 있는 것보다 설레었다.

그녀는 걷다가 힐끔거리며 그를 보았다. 참 조각같이 잘생긴 남자였다.

그의 이해할 수 없는 행동들이 신경 쓰이는 건 사실이었지만, 존재만으로도 설레는 남자는 아주 큰 유혹이었다.

"다 왔어요."

둘이 같이 걷다 보니 그녀의 오피스텔에 금방 도착했다. 복잡한 서울이라고는 하지만 이곳은 번화한 곳이 아니라서 한적한 편이었다.

"그럼……."

그가 돌아서려 했다.

"저기……."

그녀의 부름에 형준이 걸음을 멈추었다.

"속도 쓰린데 라면 한 그릇 하고 가요."

갑자기 왜 그랬냐고 물으면 그녀도 답을 할 수가 없었다. 다만 그녀의 안전을 위해 이곳까지 와 준 그에게 고마움의 표시를 하고 싶었다.

"유혹하는 겁니까?"

"아니라고 말은 못 하겠지만 솔직하게 속도 풀고 싶어요."

"……."

그녀의 솔직한 말에 그가 그녀의 뒤를 따랐다. 여전히 그는 말이 없었고 하라는 둘 사이의 침묵도 좋게 느껴지고 있었다. 참 이상한 일이었다. 침묵이 따뜻하게 느껴지다니 말이다. 그녀의 원룸에 들어선 그는 아주 익숙한 곳에 오기라도 한 것처럼 작은 소파에 앉았다.

"여자가 사는 집은 이렇군요."

"지난번엔 이사를 갈 준비를 한 상태라서 좀 어수선했죠."

"그땐 정신이 없어서 그런 거 못 느꼈습니다."

그는 표정 하나 변하지 않고 그날 일을 말하고 있었다. 그와 마주할 자신이 없어서 라면 물을 올리고 파를 아주 천천히 썰었다. 그리고 달걀 두 개를 풀고 라면 두 개도 뜯었다.

라면을 끓이는 동안 그는 소파에 앉아서 TV에서 나오는 뉴스를 보고 있었다.

모든 게 너무 자연스러웠다. 그가 집에 있는 것도, 이렇게 라면을 끓여 주는 것도. 다른 사람이 집에 오면 굉장히 불편했는데 그는 아니었다.

"라면 드세요."

그냥 작은 식탁에 라면 냄비를 놓고 덜어 먹을 그릇을 꺼냈다.

혼자 먹을 때와 다르게 예쁜 그릇에 담아 주고 싶었지만 혼자 사는 사람이 예쁜 면기까지 가지고 있는 경우는 드물었다. 그나마 그릇이 두 개 있는 게 다행이었다.

"우리 엄마가 담아 준 총각김치 아주 예술이에요."

다른 건 다 엄마를 닮았는데 음식 솜씨는 닮지 못했다.

"제가 음식은 꽝이에요. 엄마는 굉장히 잘하는데……."

"후루룩."

그가 라면을 먹기 시작했다. 그리도 총각김치도 잘 먹었다.

"정말 솜씨가 좋으시네요. 우리 집 주방장……."

그가 갑자기 하던 말을 멈추었다.

"집에 주방장이 있어요?"

그녀가 놀리듯 물었다.

"아니, 군대에서요……."

"그래요? 엄마가 좋아하겠네요. 엄마는 음식에 자부심이 있거든요."

"내일은 뭐 하십니까?"

"자려고요."

이렇게 없어 보이는 답을 하고 싶진 않지만 진짜 할 일이 없었다. 애인이 있어야 뭘 해도 하지, 솔로들이야 쉬는 날 집에 있기 마련이었다.

"남친 없습니까?"

"남친이 있는데 그렇게 키스하진 않죠. 그리고 우리 기획실은 연애할 시간을 안 주거든요."

"……."

농담처럼 말했는데 분위기가 순간 이상해져 버렸다.

"그러니까……."

그는 말없이 라면의 국물까지 다 먹어 버렸다.

"잘 먹었습니다."

그가 자리에서 일어났다. 가려는 거라고 생각하고 그녀 또한 자리에서 일어났다.

"커피는 안 줍니까?"

"네?"

그의 갑작스러운 말에 당황한 하라였다.

"제가 탈 까요?"

"저기……."

저도 모르게 인스턴트커피가 있는 곳을 가리켰다. 그는 말없이 커피 두 잔을 탔다. 하라는 더 이상 라면이 입으로 들어가지 않았다.

식탁을 정리한 그녀는 그가 타 준 커피를 받아 들었다. 오늘따라 2인용 소파가 굉장히 작게 느껴지고 있었다.

"가족은 없습니까?"

"엄마하고 여동생이 있어요. 아버지는 제가 어릴 때 돌아가셨고요. 소방관이셨거든요. 전 언제나 아빠가 자랑스러워요."

"저는 할아버지와 삽니다."

"부모님은……."

"아버지는 젊은 여자와 바람이 나서 살림을 차리셨고, 어머닌 그런 아버지를 못 견디셔서 돌아가셨습니다."

"죄송해요."

"사실인데 미안해하실 건 없습니다."

"처음과 많이 달라졌어요."

"……."

"좀 대하기 어려운 것 같기도 하고. 첫날은 아주 부드러운 사람이라고 생각했거든요."

그는 대답 없이 커피를 마시고 있었다. 그날과 비교하는 게 싫은 것 같았다.

"아니 뭐, 그렇다는 거죠."

"……."

한동안 어색한 침묵이 흘렀다. 하도 조용해서 옆을 보자 그는 눈을 감고 있었다. 잠이 든 모양이었다. 하라는 조심스럽게 일어나 이불 하나를 꺼내 그에게 덮어 주었다.

"깨워야 하나?"

어떻게 해야 할지 몰라 잠시 자게 내버려 두었다. 어차피 내일
은 쉬는 날이었다. 하라는 조용히 욕실로 들어갔다. 그녀도 이제
피곤했기 때문이었다. 빨리 씻고 그를 보낸 후에 자야겠다는 생각
뿐이었다.

그에게 그녀는 아직 덮치고 싶은 마음이 생길 만큼 섹시하진 않
은 것 같았다. 기회가 있었는데 그는 그냥 무시하고 지나쳤다.

"내가 뭘 생각하는 거야."

부끄러운 생각이 들었다. 화장을 지우고 샤워부스로 들어간 순
간, 갑자기 욕실의 문이 열리고 나체의 형준이 문 앞에 당당하게
서 있었다.

"형준 씨……."

아무리 처음이 아니라고 하지만 갑작스런 그의 등장에 놀란 건
사실이었다. 그는 말없이 성큼성큼 샤워부스 안으로 들어왔다. 유
리문이 닫히고 좁은 공간에 두 사람이 마주 섰다. 쏟아지는 물을
맞으며 하라는 뭐라고 말을 할 수가 없었다.

"난……."

그녀가 입을 때자마자 그가 한 손으론 하라의 허리를 끌어당기
고 다른 한 손으로 그녀의 뒷목을 잡아 꼼작하지 못하게 하고는
거친 키스를 시작했다.

"으읍!"

그와 키스는 할 때마다 느끼는 거지만 진짜 저돌적이었다. 상남자의 키스가 이런 것이구나, 느끼게 만들었다.

"형준 씨……."

겨우 그의 이름을 불렀다.

"우린 어른이니까 서로가 뭘 원하는지 알면 그냥 본능에 충실하면 되는 겁니다."

"……."

그의 말에 더 이상의 토를 달 수가 없었다. 지금 그들은 정말로 본능에 충실하고 있었다. 그의 입술은 뜨거웠고 하라는 미친 듯이 그의 입술을 빨아 들였다. 누가 먼저랄 것도 없이 그들은 서로의 혀를 입안으로 밀어 넣었다. 다급하다는 말은 이럴 때 사용하는 것이었다.

"으흡!"

그의 입술이 그녀의 가슴에 닿자 놀란 하라가 몸을 굳혔다. 하지만 이게 끝이 아니라 시작임을 하라는 알고 있었다.

"으으음……."

그의 혀가 유두에 닿자 저도 모르게 신음이 터져 나왔다. 그는 혀를 돌리며 그녀의 성난 유두를 희롱하기 시작했다. 그의 혀가 유두를 칠 때마다 하라는 몸을 활처럼 휘었다.

그의 팔이 그녀의 허리를 단단히 감고 있지 않다면 뒤로 넘어갈 것 같았다.

그는 그녀의 가슴이 마음에 드는지 계속해서 얼굴을 묻고 혀로 핥았다. 그의 혀가 가슴을 따라 점점 아래로 내려오고 있었고, 하라는 정신을 차릴 수 없었다.

"아아앙⋯⋯."

그는 몸을 일으켜 다시 하라의 입술을 차지했다. 그리고 한 손으로 그녀의 여성을 움켜잡았다.

"앗!"

처음도 아니면서 그녀는 저도 모르게 소리를 질렀다. 그만큼 놀랐고 이런 일에 익숙하지 않았다.

"그 후로 한 번도?"

"안 했어요."

그녀의 말에 그의 호흡이 위험하게 빨라지고 있었다. 흥분한 모양이었다. 그 이외의 남자가 없었다는 소리였다. 형준의 손가락이 갑자기 그녀의 여성을 가르며 아래로 들어왔다. 그녀의 여성은 부끄러운 줄도 모르고 젖어 있었다.

그는 손가락을 젖은 질 안으로 밀어 넣고는 천천히 움직이기 시작했다. 하라는 그의 어깨를 꽉 잡고 몸을 지탱하고 있었다. 이 손을 놓는다면 쓰러질 것처럼 그녀는 지금 다리에 힘이 없었다.

그의 손가락이 깊이 들어갈 때마다 그녀는 발뒤꿈치를 들어 올렸다.

"형준 씨……."

저도 모르게 그의 어깨에 의지하며 그의 이름을 불렀다. 미칠 것 같은 쾌감이 그녀의 온몸을 강타했다.

"헉헉."

그의 끝없는 공격에 그녀의 호흡이 가빠지고 있었다. 전력 질주를 하고 있는 듯 심장이 터질 것 같았다. 그녀와는 다르게 그는 차분하게 그녀를 자극하고 있었다. 얄미웠다. 평온해 보이는 그를 흥분시키고 싶었다.

그의 손이 빠져나온 틈을 타서 하라는 그의 페니스를 손으로 잡았다.

"윽!"

처음으로 그녀의 도발에 반응하는 형준이었다. 그의 단단한 페니스를 잡는 순간 하라는 굵은 막대기를 잡은 것 같았다. 한 손으로 잡기 버거울 만큼 굵고 단단했다. 하라는 본능적으로 그의 페니스를 위아래로 움직였고 그는 입술을 깨물며 흥분을 참고 있었다.

"참지 마요."

"……."

그녀의 말에도 그는 여전히 아랫입술을 깨물고 있었다. 순간 하라는 무릎을 꿇고 그의 페니스를 입에 머금었다.

"하라…… 으……. 안 돼……."

그는 참기 힘들어했고, 하라는 그의 반응에 흥분이 되었다. 하라는 맛있는 사탕을 빨듯이 그의 물건을 빨기 시작했다.

츄읍츄읍.

샤워기의 물과 함께 그의 페니스를 빨자 하라도 같이 흥분이 되었다. 그의 페니스가 입안에서 움찔거리고 있었다. 그녀의 애무가 좋은 모양이었다.

그녀는 한 손으로 그의 물건을 쥐고는 약하게 자극하기 시작했다.

그가 갑자기 몸을 부르르 떨었다. 그리고 더 이상은 참기 힘든지 그녀의 머리를 들어 올리려 했다. 하지만 아직 그의 페니스를 놓아주고 싶지 않은 하라는 혀끝으로 그의 페니스 끝을 눌렀다.

"으윽…… 그만해……. 쌀 것 같아."

그는 이렇게 말을 하고는 그녀를 초인적인 힘으로 단번에 일으켜 세웠다.

"마녀가 따로 없군요."

"좋았나요?"

"네……."

그는 언제나처럼 간결하게 말을 하고는 그녀의 입술을 탐하기 시작했다. 그리고 그녀의 돌발 행동에 벌을 주기라도 하는 것처럼 그도 빠르게 무릎을 꿇었다. 그리고 그녀가 막을 틈도 없이 그녀의 한쪽 다리를 자신의 어깨에 올리고는 그녀의 검은 숲 전체를 입안에 머금었다.

그의 혀가 빠르게 가운데를 가르고 들어와 클리토리스를 자극하기 시작했다.

"아아아앙……. 형준 씨……."

그녀는 자신의 성감대가 클리토리스에 몰려 있다는 걸 알게 되었다. 그가 자극을 줄 때마다 미칠 것 같은 쾌감이 들었기 때문이었다.

"제발……."

그녀는 자신이 무슨 말을 하는지는 모르고 있었다. 이때 갑자기 샤워기 물이 꺼지더니 그녀의 몸이 붕 하고 떴다. 그가 그녀를 안아 올리고는 욕실을 나섰다. 수건으로 물을 대충 닦고는 침대에 그대로 눕혔다.

풀썩!

등에 닿은 침대 시트가 다른 날과는 다른 느낌이었다. 그녀의 집이었지만 오늘은 다 낯설었다. 신기한 일이었다. 그가 침대 위로 올라와 그녀에게로 다가왔다. 그의 커다란 몸이 이 침대에 두 번째 올라오는 것이었다.

"읍!"

그가 그녀의 입술을 자신의 입술로 막았다. 말은 필요 없었지만 공기는 필요했다. 그의 숨 막히는 키스에 그녀가 몸을 틀자 그가 낮게 웃었다. 오늘 그가 웃는 걸 두 번이나 봤다.

"아, 흐……. 웃는 게 좋아요……."

그녀의 말에 그의 표정이 다시 굳었다. 일부러 그녀 앞에선 안 웃는 것 같았다. 그의 얼굴에 언제나 웃음이 가득했으면 좋겠다는 생각이 들었다. 하지만 그 생각도 잠시, 그의 현란한 손놀림에 하라는 다시 머릿속이 하얗게 변하기 시작했다.

그는 정말 그녀를 어떻게 하면 흥분시킬 수 있는지를 아는 것 같았다. 그가 손을 움직이는 곳마다 하라는 전기에 감전된 느낌이었다. 찌릿했다.

"아아아…… 아훗!"

그가 유두를 머금자 하라는 온몸의 털이 다 서는 느낌이었다. 그의 혀가 그녀의 유두를 건드릴 때마다 하라의 이성은 조금씩 사라져 갔다.

그의 손가락은 그녀의 질 안에 벌써 자리를 잡고 질 벽을 긁어 대고 있었다. 질척이는 소리와 함께 하라의 호흡은 점점 더 거칠어져 갔다.

"아흣, 어서 들어와요. 제발……."

그녀는 이제 그의 손가락으로는 만족을 못 했다. 지금은 그의 거대한 페니스가 필요했다. 찢어지는 고통이라도 그의 페니스를 몸 안에 담고 싶었다.

그가 몸을 일으키더니 자신의 페니스를 잡고는 그녀의 질 입구에 살짝 가져다 댔다. 그녀의 좁은 질에 자신의 거대한 페니스를 넣기 위한 준비 작업 같은 것이었다. 하라가 고개를 살짝 들어 그의 페니스를 보는 순간 두려움이 생기기 시작했다. 과연 받아들일 수 있을까?

그는 페니스의 끝에 힘을 주어 조금씩 그녀 안으로 들어오기 시작했다.

"아아악……."

절로 비명이 터져 나왔다. 상대적으로 방음이 약한 오피스텔이라 그녀의 목소리가 양옆 집에 다 들릴 것 같아 하라는 자신의 손으로 입을 막았다.

"으읍."

그가 다시 한 번 공격해 들어왔다. 질이 찢어지는 느낌이었다. 하지만 오묘한 것이 신의 섭리라고 했던가. 희한하게 찢어지지 않고 그녀의 질 안으로 들어왔다.

부드럽게 살이 부딪치는 소리가 방 안을 울리고 있었다. 그는 지금 서두르지 않고 있었다. 다급하게 키스를 하던 때와는 달랐다.

"아아앙, 조금 더 빨리……."

"다쳐…… 윽……."

그녀가 다칠까 봐 그가 참고 있었다.

"아흐…… 괜찮아요."

그녀의 말에 그가 조금씩 빠르게 움직이기 시작했다. 처음엔 고통뿐이었는데 지금은 찌릿한 것이, 아주 이상한 느낌이었다. 그녀의 여성이 마치 전기에 감전된 것 같았다.

"형준 씨……."

그녀는 그의 이름을 부르며 저도 모르게 허리를 움직이기 시작했다.

"하라 씨…… 윽……."

그가 그녀의 움직임에 흥분하고 있었다. 이마에 힘줄이 튀어나올 정도로 지금 형준은 극도로 자제를 하고 있는 중이었다.

"형준 씨 원하는 대로 해요……. 참지 말고……."

그녀의 말이 끝나기가 무섭게 그가 덤벼들었다.

퍽퍽퍽!

야릇한 소리가 점점 더 커졌고 그의 움직임은 말을 타고 달리는 무사처럼 빠르게 질주하고 있었다.

"으으으윽!"

그가 마지막을 달리는 짐승처럼 포효하기 시작하더니 그녀의 배 위에 그의 분신들을 쏟아 내고는 그대로 무너져 내렸다.

"헉……. 헉…….."

여전히 그의 숨은 거칠었다. 하지만 그는 몸을 일으켜 물수건으로 그녀의 배 위의 분신들을 닦아 주었다. 그리고 그녀를 자신의 품에 꼭 끌어안았다.

"……."

둘 다 아무런 말이 없었지만 편안하게 잠을 청할 수 있었다. 다음 날이 쉬는 날이니만큼 그들은 편안하게 잠을 청했다.

얼마나 달게 잤는지 해가 중천에 떠 있다는 것도 모른 그들이었다.

"으음…….."

뭔가 단단하고 무거운 것이 그녀의 허벅지에 하나 그리고 허리에 하나가 걸쳐져 있었다.

하라는 너무 부끄러운 나머지 눈은 떴지만 한참을 움직이지 못하고 있었다.

그러다가 오줌보가 터질 것 같아서 그의 팔과 다리를 살짝 빼려고 했다.

"으으윽!"

그가 기지개를 켜자 하라는 그 틈을 이용해 쏙 빠져나왔다.

"일어나셨습니까?"

"네."

화장실에 가서 대충 씻고 나온 하라는 그를 위해서 아침 겸 점심을 준비했다. 토스트와 달걀프라이를 한 그녀는 커피와 함께 상을 차렸다.

"빨리 와서 먹어요."

그가 샤워를 마치고 수건 한 장만 허리에 두른 채 식탁으로 왔다.

"노출증 있나 봐요?"

"……."

그가 대꾸는 안 하고 입가에 미소만 지었다.

"그렇게 웃어서 몇 명이나 꼬셨어요?"

"한 트럭쯤……."

그는 농담이라고 했겠지만 왠지 진짜 그랬을 것 같았다.

"농담입니다."

"농담 안 어울려요."

그녀의 말에 또다시 그가 웃었다.

"어디 가서 그렇게 웃지 마요."

"왜요?"

"설레니까……."

형준은 그녀를 자꾸만 솔직하게 만들었다. 그녀의 말에 그는 말없이 식사를 했다. 남들이 들으면 미쳤다고 하겠지만 이상하게도 이런 어색한 침묵의 시간이 참 좋았다. 하라는 평소처럼 라디오를 틀었다.

"전 TV보다는 이상하게 라디오가 좋아요. 뭔가 따뜻한 게 느껴지거든요."

라디오에서 들려오는 따뜻함을 가득 담은 DJ들의 음성이 위로가 되었다.

"전 둘 다 별로 좋아하지 않습니다."

"설마 책 읽는 게 좋다고 얘기하려고요?"

"네."

"진짜 재미없는 거 알아요?"

그는 모범생이라고 얼굴에 쓰고 다니는 사람 같았다. 침대에서는 짐승이지만 말이다. 이런 생각을 하니 또다시 얼굴이 붉어졌다.

"오후엔 뭐 할 거예요?"

하라가 주제를 돌렸다.

"할 일이 있어요."

그의 말에 약간 실망한 하라였다. 오후에도 함께 있고 싶다고 말해 주길 바라고 있었기 때문이었다.

"중요한 일인가요?"

"그럴 수도 있고……."

그가 말을 흐렸다. 어쨌든 그는 아침을 먹고 갈 생각인 것 같았다. 왠지 서운한 마음이 들었다. 그녀가 식탁의 접시를 치우고 설거지를 하기 위해 고무장갑을 잡는 순간 그가 그녀를 안아 올렸다.

"어머! 뭐 하는 거예요?"

"오후에 할 일……."

"뭐라고요?"

하라는 어이가 없었다. 그가 이렇게 나올 줄은 꿈에도 상상하지 못했었다. 그가 그녀를 식탁 위에 올려놓았다.

"형준 씨……."

"이제부터 오후 일을 시작할 겁니다."

그가 아주 진지하게 말하자 웃음이 터져 나왔다.

"음, 오늘 하루는 무지 바쁘겠네요?"

"아마도……."

그의 목소리가 갈라졌다. 그는 하라의 다리를 벌리고 중앙에 섰다. 그의 페니스가 그녀의 팬티에 닿았다. 그는 벌써 흥분해 있었다.

그가 그녀에게로 몸을 약간 기울이자 그의 페니스가 그녀의 여성을 더욱 자극했다. 빨리 들어오라고 말하고 싶을 만큼 그녀 역시 흥분해 있었다. 그녀의 팬티가 젖어 들기 시작했다.

"벌써 젖은 거 알아요?"

부끄럽게 그가 지적했다.

"아주 축축해요."

그의 손가락이 그녀의 젖은 곳을 아래위로 자극하고 있었다.

"아아흐."

형준의 이런 짙은 행위에 하라는 또다시 무너져 내렸다. 자신이 이렇게 섹스를 밝히는 여자인지 몰랐다.

쫙!

그가 그녀의 팬티를 단번에 찢어 버렸다. 하라는 자신의 호흡이 거칠어지고 있음을 느꼈다.

"형준 씨……."

그의 손가락이 그녀의 여성을 가르고 들어와 클리토리스를 자극했다.

"아흐."

그의 손가락이 질 안으로 들어가자 하라는 몸을 활처럼 휘었다

그는 토요일 저녁이 되어서야 돌아갔고, 하라는 강한 허전함을
느꼈다.

5장

　우정그룹 본가는 아침부터 아주 시끄러웠다. 언제나 조용한 곳이지만 한 사람이 집에 있으면 미꾸라지 한 마리가 물을 흐려 놓듯이 어수선해지고야 말았다.

　한 집사는 어떻게 해야 조용히 이 사람을 집 밖으로 내보내나생각하고 있었다. 아무리 생각해도 윤 회장이 안다면 집 안에 원자탄이 터진 듯이 초토화될 게 뻔했기 때문이었다. 혼자 왔어도골치가 아픈데, 딸린 혹까지…….

　이 집의 골칫덩어리 윤 사장이 어린 연인을 데리고 집으로 왔다. 한 달도 되지 않아 가지고 갔던 현금을 다 날린 모양이었다. 가져간 금액이 엄청난 걸로 알고 있는데, 여자가 입고 있는 옷이

나 가방을 보니 알 만했다.

한 집사의 눈에 들어온 건 그녀의 쥬얼리들이었다. 반클리프의 목걸이에 다미아니의 다이아 반지는 웬만한 집 한 채 값이었다. 그러니 그 어마어마한 돈을 한 달 안에 쓸 만했다는 생각이 들었다.

"한 집사, 뭐 해?"

"네?"

"아버지 안 계셔?"

계시니까 이렇게 있는 것이었다.

"계십니다."

"그런데?"

이럴 땐 그냥 정공법이 최고였다.

"윤 사장님을 집 안으로 들이지 말라고……."

"아버지 어디 계셔?"

"윤 사장님."

한 집사가 막아섰다. 하지만 이 집안 남자들은 다 기골이 장대해서 작은 몸집의 그가 막기는 역부족이었다. 거의 그의 팔에 매달리다시피 한 한 집사였다.

"안 됩니다."

"왜?"

"도련님이 계십니다."

"……."

윤 사장의 아킬레스건은 형준이었다. 그래도 양심은 있는지 아들 얘기만 나오면 움찔하는 윤 사장이었다. 작은 마님이 돌아가신 원인 제공자가 윤 사장이었다. 어찌나 속을 썩이는지 작은 마님은 결국 자살을 선택했다. 그 이후로 아버지와 아들의 사이는 끝이 나 버렸다.

"자기야, 왜 그러는데?"

"아니야……."

"들어가자. 다리가 아파."

"오늘은 별장으로 갈게. 내일 다시 말하도록 해."

"별장도 싫어하실 텐데……."

"나보고 어쩌라고."

"알겠습니다. 준비해 놓겠습니다. 다만 회장님께서 지금 아주 격노하셨습니다."

"아버지는 내가 알아서 해."

"알겠습니다."

일단은 윤 회장과 형준이 마주치는 걸 막기는 했지만 언제 어디서 둘이 부딪칠 지는 몰랐다.

"사장님."

"왜?"

"도련님은 아직 충격에서 벗어나지 못하셨습니다. 작은 마님 돌아가셨을 때만큼 힘들어하십니다."

"……."

윤 사장은 대답 없이 집을 나섰다. 아들에 대한 미안함이 그에겐 있었다. 하지만 윤 사장과 함께 온 여자는 아무 생각이 없어 보였다. 왜 가야 하냐며 투정만 부리고 있었다. 답답한 현실이었다.

형준은 창가에 서서 굳은 얼굴로 아버지란 존재를 싸늘하게 내려다보고 있었다. 몇 년 만에 보는 얼굴이었다. 아니, 몇 년 전에도 억지로 본 것이었다. 단 한 번을 그를 아들로 대한 적이 없는 사람이었다.

오로지 자기 자신만을 위해 산 사람이었다. 좋은 집에서 태어나 평생 다 쓰지도 못할 만큼의 많은 재산을 물려받은 아버지는 정말 마음 가는 대로 사는 사람이었다. 쓸 줄만 알았지 자신의 위치에 대한 책임감이 없었다.

아버지의 공백은 할아버지가 채워 주었다. 덕분에 그는 아버지 없이도 잘 자랐다. 지금 와서 아버지의 존재는 필요치 않았다. 다만 할아버지가 걱정이었다.

평생을 우정그룹을 위해 살았는데 그룹을 물려줄 아들이 없으니 답답할 것이다.

솔직히 그가 회사로 들어올 마음을 가진 것도 할아버지 때문이었다. 우정그룹을 자신이 물려받기 위해 들어온 것이었다. 경영에는 관심이 없었지만 지금은 어쩔 수 없는 상황이었다. 아버지에게 우정그룹을 그대로 줄 수는 없기 때문이었다.

"답답하군."

그는 머리가 아팠다. 두 달 전부터 그날의 일이 떠오르면 이상하게 머리가 깨질 듯이 아팠다. 아마 상당 기간 동안 그를 괴롭힐 것 같았다. 그의 총이 김 병장의 가슴을 관통하던 순간을 잊을 수가 없었다.

김 병장이 죽어 가면서 그를 원망했던 것과 그에게 용서를 구한 건 정말로 잊히지 않았다.

"나쁜 새끼."

김 병장은 그에게 고통을 주고 떠났다. 특수부대에 있다 보니 사람을 죽인 적이 몇 번 있었다. 적군이었고 위급한 상황이어서 죄책감 따위는 없었다. 하지만 자신의 부하를 죽일 수밖에 없었을 땐 괴로움 그 자체였다.

윙―.

종훈의 전화였다.

“여보세요?”

[종훈입니다. 오하라 씨와 동생, 그리고 어머니께서 호텔에 들어가셨습니다.]

“왜 거기 가 있지?”

[궁금하실 것 같아서…….]

“…….”

어이가 없는 충성심이었다.

[오늘 대장은 스케줄이 없는 것 아닙니까?]

“없어. 그렇다고 누가 거기 가 있으라고 했나?”

[전 또 사귀시는 분인 줄 알고…….]

과잉 충성이었다.

“누가 사귄다고 그래?”

[죄송합니다. 철수할까요?]

“……호텔엔 왜 갔는데?”

[선을 보시는 듯합니다. 하라 씨인지, 동생 하니 씨인지는 잘 모르겠습니다.]

“뭐?”

[이 호텔, 선보는 곳으로 유명한 곳입니다.]

“선을 본다고?”

어제까지 그와 밤을 보낸 그녀가 갑자기 말도 없이 선이라니.

형준은 갑자기 열이 확 받았다.

　[철수할까요?]

　"아니."

　[자세히 보고드리겠습니다.]

　종훈과 통화를 마치고 가뜩이나 열이 받은 형준은 하라에게 전화를 걸까 하다가 핸드폰을 침대 위로 던졌다. 불안한 하루의 출발이었다.

　"엄마!"

　아침 일찍 엄마와 하니가 형준과의 질펀한 섹스로 인해 몸살이 나 버린 하라를 끌고 헤어숍으로 갔다.

　"나 힘들어."

　"어제 쉬었잖아."

　쉬기는. 하루 종일 그에게 시달렸다. 오죽했으면 아침에 몸살 감기약을 먹고 다시 누웠다. 그는 섹스를 격한 운동을 하듯이 했다. 거칠고 뜨겁게……

　"언니!"

　"어?"

　"정신을 어디다가 두고 있는 거야? 오늘 선 자리는 옥수동 이모가 아주 신경 써 준 자리라고. 의사 선생님이래!"

"그래?"

"뭐야, 재미없게."

지금 그녀는 어제의 일로 정신이 하나도 없었다. 몸은 힘이 들었고 머릿속은 온통 형준과의 섹스로 가득했다.

"어떻게 하지?"

선을 보려니 양심에 찔렸다. 물론 그와 사귀는 건 아니지만 말이다.

"뭘?"

"아니야……."

그녀는 혼잣말을 하고 있었다. 어제의 뜨거웠던 기억에 혼자 얼굴에 열이 올랐다가 내렸다가 정신이 없었다. 하라는 열을 식히기 위해 손 부채질을 하고 있었다.

"언니, 이상해."

"난 네가 더 이상해. 왜 따라와서 난리야."

짜증이 난 하라는 괜히 하니에게 화를 냈다.

"궁금하잖아."

"할 일 없어?"

"응."

얄미운 것이었다.

"언니, 나 우정그룹 본사 시험 봤어."

"뭐?"

"잘하면 언니와 함께 회사 다닐지도 몰라. 물론 합격해야 하지만……."

"다른 데서 일해."

"왜?"

진짜 왜인지 몰라서 하는 말인지 궁금했다. 어릴 때부터 하니는 그녀의 껌딱지처럼 따라다녔다. 언제 어디서 그녀가 뭘 하는지 귀신같이 알아내서는 꼭 같이 놀려고 했다.

그런 하니가 어릴 땐 아주 귀찮았다. 그런데 같은 회사라니…….

"농담이지?"

"왜? 난 우정그룹 들어가면 안 되냐?"

하니의 입이 바닥까지 내려왔다.

"우리 하니가 어때서 그래? 동생이면 잘 챙겨 주면 되지."

엄마는 언제나 하니 편이었다.

"자꾸 그렇게 편들면 버릇 나빠진다고."

메이크업과 헤어손질을 받으며 그녀가 투덜거렸다.

"미스코리아 출전하는 것도 아닌데……."

사자 머리를 만들고 있었다.

"호호호, 재미있으시네. 업스타일을 하려고 일부러 띄우는 거죠."

"그런가요? 이런 스타일은 한 번도 안 해 봐서……."

원장이 마법을 부리고 있었다. 베이지색 고급 정장에 잘 맞게 프렌치 트위스트로 헤어를 연출했다. 처음엔 사자 머리 같더니 지금은 완벽하게 스튜어디스 같았다.

"고급스럽죠?"

"우리 딸 예쁘네."

엄마는 만족할지 모르겠지만 하라는 왠지 형준에게 미안했다. 그런 밤을 보내 놓고 다음 날 선이라니…….

"좀 미안한데……."

"뭐가?"

"아니다."

자꾸만 마음속의 얘기가 입 밖으로 나왔다. 하니는 그녀의 일거수일투족에 관심을 가진 아이였다.

"넌 내가 그렇게 궁금하냐?"

"응, 언니는 언제나 재미있어."

"난 네가 귀찮다."

이렇게 직접 말을 해도 소용이 없었다.

헤어숍에서 나온 그녀는 서울 호텔로 향했다. 우리나라의 선은 다 여기 커피숍에서 이루어지는 것 같았다. 엄마와 하니도 그녀의 뒤를 따랐다.

"왜 따라오는데?"

"우리도 궁금하니까. 우리는 다른 테이블에 있을 거야."

어지간히 할 일도 없는 엄마와 하니였다. 하라는 엄마와 하니를 포기하는 게 정신 건강에 좋을 것 같아 그들이 하는 대로 내버려 두었다.

"솔직히 좀 부담스러워. 난 결혼할 마음도 없고."

"우린 널 결혼시킬 마음이 아주 많아."

엄마가 그녀를 보며 경고의 눈빛을 보냈다.

"엄마!"

"입 다물고 최선을 다하는 게 좋을 것이다. 안 그러면 진짜 호적에서 파 버릴 거니까."

"싫어!"

"내가 아빠 없이 널 키우느라……."

"알았어. 알았다고."

엄마의 레퍼토리가 흘러나오고 있었다. 그녀가 어릴 적에 엄마가 어린 동생과 그녀를 키우며 가족의 생계를 책임지느라 안 해 본 일이 없다는 걸 누구보다 잘 아는 하라였다. 그래서 엄마가 이 말을 하면 무조건 따랐다.

왠지 그래야 할 것 같아서였다. 죽으라는 말만 아니면 다 들어

주고 싶었다. 효녀는 아니었지만 그렇다고 엄마의 노고를 모르진 않았다.

"알아서 잘할 테니까 두 사람은 그만 가시죠."

"우리도 호텔에서 커피 한번 마셔 보자."

"알았어. 맘대로 해."

티격태격하며 호텔로 들어서는 순간 하라는 낯익은 얼굴을 보았다.

"형준 씨 친구?"

호텔 로비에서 분명히 그를 본 것 같았다.

"볼일이 있나?"

솔직히 호텔이란 공간은 많은 사람들이 오가는 곳이었다. 그리고 잘못 봤을 수도 있었다. 그녀가 커피숍 안으로 들어가자 직원이 남자가 있는 곳으로 안내해 주었다.

"파이팅!"

하니가 뒤에서 속삭였다. 직원의 뒤를 따르자 걱정이 현실로 다가왔다. 정말 밝게 빛나는 남자가 자리를 지키고 있었다.

"오하라 씨?"

"네? 네."

대머리도 보통 대머리가 아니었다. 탈모로 인해 전체 머리를 시원하게 삭발한 남자였다.

"앉으세요. 사진보다 실물이 더 미인이시네요."

말은 상당히 잘했다. 사람들을 상대하는 개인병원의 원장이다 보니 말이 청산유수였다.

"우정그룹 다니신다고요?"

"네."

"어느 부서신지 물어봐도 될까요? 친구 녀석이 거기 다녀서요."

"기획실이요."

"브레인이시네요."

남자는 음성도 중후하고 편안했다. 솔직히 머리 빼고는 다 괜찮은 사람이었다.

"친구분이……."

"홍보팀에 있는 이성우요. 아시나요?"

"그럼요."

너무 잘 알아서 탈이었다.

"어떻게 아세요?"

"친하진 않았지만 고등학교 동기죠. 우리 동기들 사이에서 장가는 가장 잘 간 녀석이죠. 우정화학 손녀하고 결혼했으니까요."

"……."

"물론 전 재벌가 딸들은 좋아하지 않습니다. 돈 좀 있다고 거들 먹거리는 건 싫어서요. 여자는 남편 잘 모시고 아이들 잘 키우면

된다고 생각합니다."

요즘에도 이런 남자가 있나 할 정도로 아주 가부장적인 남자였다.

"굉장히 보수적이시네요."

"저희 아버지가 그러셔서 저도 좀 영향을 받은 것 같습니다."

"아……."

남녀 관계가 수직 관계라고 생각하는 사람은 싫었다. 시대를 역행하는 일이었다. 그렇다고 굳이 이런 자리에서 그와 토론을 벌이고 싶진 않았다. 다시 볼 사람은 아니었다. 첫 느낌이 그리 좋지는 않았다.

그가 부족해서가 아니라 그녀와는 너무 다른 사고를 가진 사람이었다.

커피만 마시고 헤어지고 싶었지만 남자가 너무나 적극적이어서 저녁까지 먹게 되었다. 옥수동 이모를 생각해서 그녀는 참고 또 참았다. 이렇게 마음이 안 가는 건 처음이었다.

"결혼하시면 어디서 사실 건가요?"

그의 생각이 궁금했다.

"부모님과 같이 살려고요. 제가 외아들이다 보니……."

예상은 언제나 적중했다. 당연히 어른들을 모실 것 같았다. 나쁘다는 게 아니라, 여자를 아주 힘들게 할 남자였다.

"그러시군요."

"싫으세요?"

"같이 살려면 서로 합이 맞아야죠. 무조건 모시기만 하는 게 좋은 건 아니니까요."

솔직히 마음이 맞으면 못 모실 이유는 없었다.

"실망인데요."

오히려 잘된 일이었다. 어느 정도 생각의 차이를 보여 줌으로써 그 스스로 물러나게 할 생각이었다.

"그러게요. 생각이 좀……."

"생각이야 서로 맞춰 가면 되는 거죠."

"……."

불행하게도 그는 하라가 마음에 드는 모양이었다.

저녁식사를 마치고 그는 굳이 그녀를 집까지 바래다주었다. 그녀의 기분은 생각하지 않고 자기 마음대로 하는 사람이었다. 본인은 남자답다고 생각하는 모양인데, 정작 그녀는 불쾌했다.

"감사합니다."

빨리 마무리 짓고 싶었다. 다신 안 볼 거니까 말이다.

"평일엔 제가 시간이 안 되고, 주말에 연락할게요. 준비하고 있어요."

뭔 정신 나간 소린지……. 눈치도 없었다.

"저기⋯⋯."

쪽!

예상치 못한 전개였다. 그가 그녀의 볼에 입을 맞추었다.

"다음엔 입술에⋯⋯."

손가락이 오그라들었다. 미친놈⋯⋯.

어이가 없었지만 하라는 순간적으로 당해 버렸다. 자기가 굉장히 멋있는 사람인 줄 아는 모양이었다. 하라는 헛웃음을 지으며 집으로 향했다. 그에게 입맞춤당한 뺨을 손으로 강하게 문질렀다.

"악! 미친놈!"

성질이 난 하라는 오피스텔 앞에서 발을 동동 굴렀다. 짜증이 나서 참을 수가 없었다. 점집에서 말한 빛나리가 그녀의 뚜껑을 완벽하게 열어 버렸다.

월요일 출근이 이렇게 설레기는 처음이었다. 형준과의 뜨거운 밤을 보내고 그와 처음으로 얼굴을 맞이하는 날이었기 때문이었다.

일요일에 전화라도 한 통 올 줄 알았는데 그에게선 연락이 없었다. 은근히 기대했는데 말이다.

"하긴. 죄인이 뭘 바라."

그는 모르겠지만 그녀는 선을 보았다. 그리고 남자에게서 애프

터까지 받았다. 마음에 걸리긴 했지만 그녀도 예의상 나간 것이었
다.

"모르겠지……."

하라는 이렇게 혼잣말을 하며 엘리베이터에 올랐다. 그런데 정
말 무슨 거짓말처럼 그가 엘리베이터 안에 타고 있었다. 지하 주
차장에서 올라온 모양이었다.

"안녕……."

사람들에 막혀서 인사도 다 끝내지 못하고 뒤돌아서야 했다. 엘
리베이터의 거울로도 그가 보이지 않았다. 괜히 찔린 그녀는 기분
이 이상했다.

"설마……."

그가 알 리가 없었다. 엘리베이터에서 내린 그녀는 일부러 그가
내리길 기다렸다.

"잘 쉬었어요?"

"네."

아주 간결한 답이었다. 그는 언제나 그랬는데 오늘은 아주 기분
이 묘했다. 마치 그녀가 선을 본 것을 알기라도 한 것 같은 느낌이
었다. 설마……. 여자의 직감이 제발 맞지 않기를 기도하는 심정
이었다.

"안녕하세요."

주영이 밝은 목소리로 인사를 해서 잠시 어색했던 정적을 깰 수 있었다.

"주말 잘 보내셨어요? 언제 가셨어요? 황 이사님이 찾고 난리도 아니었어요."

"날?"

"아뇨, 형준 씨요. 어찌나 애타게 찾으시는지 꼭 연인 찾는 거 같았다니까요."

"왜 그렇게 찾으셨어?"

"모르죠. 완전 꽂혀서 노래방 마이크에 대고 형준 씨 찾아오라고……. 아시죠? 주사 심한 거."

왜 그렇게 형준을 찾았을까? 하지만 정작 형준은 자리에 앉아서 자신의 업무를 시작하고 있었다.

"황 이사님이 왜 찾으신 거죠?"

"모르죠."

그녀의 말에 또다시 차갑게 답했다. 오늘은 뭔가 확실하게 달랐다. 그들은 점심시간까지 일에만 몰두했다.

"오늘 점심은 어디로 갈까요? 오늘 구내식당 메뉴가 완전 좋은데……."

주영의 말에 모두 구내식당으로 가기로 했다. 하지만 형준은 그들과 함께 식사를 하지 않았다. 약속이 있다는 말을 하며 사라졌다.

"오늘 형준 씨 컨디션이 안 좋아 보이죠? 대리님이 뭐라고 했어요?"

"아니, 왜?"

"대리님을 한참 무서운 눈으로 보던데요."

"날?"

"네, 홍민 씨도 봤다고 했어요. 몰래 야단치셨어요? 형준 씨 일 잘하는데 왜 그러셨어요."

"……."

순간 하라는 서울 호텔 앞에서 스치듯 본 사람이 종훈이 맞았고, 그가 그녀의 선 자리에 대해 형준에게 말한 것 같다는 생각이 들었다.

"이 몹쓸 예감."

아무래도 그에게 무슨 말이라도 해야 할 것 같았다.

그 후로 어떻게 시간이 갔는지 알 수가 없었다. 형준과 이야기할 기회만 찾았다. 하지만 그런 기회는 없었다.

퇴근 시간이 되자 하라는 먼저 일어나 주차장으로 갔다. 형준과 이야기를 하고 싶었기 때문이었다.

하지만 기다리는 형준은 오지 않고, 성우가 그녀 앞에 나타났다.

"오 대리."

"……."

목소리만으로도 소름이 끼쳤다.

"날 기다린 거야?"

"유학 가서 하라는 공부는 안 하고 버터를 너무 많이 먹었나 봐
요."

"말이 많이 늘었어."

그냥 가던 길이나 갔으면 싶었다. 하지만 그는 여전히 그녀 앞
에 있었다. 잠시도 같이 있고 싶지 않았다. 왜 이런 인간과 사귀었
을까? 남자 보는 눈이 이렇게 없었나 하는 생각이 들었다.

"요즘 연애해?"

"뭐요?"

"상당히 섹시해졌어. 뭔가 예전과는 달라. 예전엔 건조한 과일
이었으면 이젠 물기를 머금은 햇과일인데?"

"성희롱 그만하고 당장 꺼지세요."

"고소하시든가."

얄미움은 업그레이드된 것 같았다. 지난번 회의 때 열 받았던
걸 그대로 뿜어내고 있는 찌질이였다.

"그만하죠."

"난 그만 못 하겠어."

"뭐가 그렇게 불만이에요? 당신이 날 걷어차 놓고 왜 이래요?"

"내가 걷어차고 싶어서 찬 줄 알아? 어쩔 수 없는 상황이었어. 난 아직도 널 사랑해. 다른 놈이 네 옆에 있는 게 싫다고."

하라는 어이가 없었다. 이 인간은 지금 제정신이 아니었다.

"사랑? 사랑이라고?"

"그래, 사랑. 생각해 보니 우리처럼 잘 어울리는 커플도 없지."

"유부남이 부인한테 미안하지도 않아?"

그가 그녀의 말을 비웃었다.

"미쳤어요?"

"그런가 봐."

그가 갑자기 그녀의 팔을 잡고는 자신의 차 쪽으로 끌고 갔다.

"이거 안 놔요?"

"여기서 소리 질러 봤자 손해는 너만 보는 거야."

눈빛이 심상치 않았다.

"미쳤어. 소리 지를 거예요!"

"질러 봐."

그는 그녀가 소리치지 못할 거란 걸 알고 있었다. 회사에서 한 번 소문에 휩싸이면 남자보다는 여자가 훨씬 더 불리했기 때문이었다.

한참을 실랑이를 하고 있는데 갑자기 그녀의 손목이 자유로워졌다.

퍽, 퍼벅!

순식간에 일어난 일이었다. 성우는 찍소리도 하지 못하고 그대로 바닥으로 고꾸라졌다.

지난번 팔을 꺾었던 것과는 차원이 다른 것이었다. 짧은 순간 액션영화 한 편을 보았다. 완벽하게 군인들이 행사하는 무술이었다.

형준의 손은 거의 보이지 않을 정도로 빨랐다. 그가 군인이었음을 다시 한 번 떠올리게 되는 순간이었다.

개구리가 쫙 뻗어 있는 것처럼 성우가 바닥에 대자로 엎어져 있었다. 순간적으로 '죽은 게 아닌가?' 하는 생각이 들 정도로 그는 거의 움직임이 없었다.

"죽었어요?"

헤어지고 처음으로 성우가 걱정이 되었다.

"갈비뼈만 나갔을 겁니다."

형준은 화가 나서 씩씩거리고 있었다. 잠시 숨고르기를 하던 그가 112에 전화를 걸었다. 여자를 납치하려던 놈을 제압했고 119가 필요하다고 말이다. 그리고 그녀의 손을 잡고는 그 자리를 빠져나왔다.

"나 때문에 이래도 괜찮겠어요?"

"괜찮아요. 이성우는 날 고소하지 못할 거니까."

알 수 없는 말을 한 그는 자신의 차에 그녀를 태우고 그 자리를 떴다.

6장

하라는 두려운 마음이 들었다. 울퉁불퉁한 비포장도로를 달리는 게 무서운 게 아니라 성우가 진짜 죽지 않았을까 하는 두려움 때문이었다.

"그렇게 하지 말았어야 했어요."

"그럼 그렇게 끌려가게 됐어야 했습니까?"

"……."

그는 정말로 화를 내고 있었다.

"왜 이렇게 차가운 거예요? 토요일까진 안 그래 놓고. 왜 이렇게 사람 헷갈리게 만들어요?"

"……."

그는 입을 다물어 버렸다.

"설마 내가 선본 거 때문에 그래요?"

"……."

"난 그냥 끌려간 것뿐이라고요."

끼이익!

차가 급정거했다.

"무슨 짓이에요! 정말 사고 날 뻔했다고요!"

툭!

그가 뭔가를 그녀의 무릎 위에 던졌다. 그건 그의 핸드폰이었
다. 그리고 그 화면엔 선본 남자에게 뽀뽀를 당하는 그녀가 찍혀
있었다.

"……종훈 씨, 흥신소해요?"

"……."

"호텔 앞에서 종훈 씨를 봤는데, 이 사람 별짓을 다 하는군요."

"종훈이 잘못은 아닙니다. 종훈이는 날 위해 한 거니까."

"그러면 다 용서되는 거예요? 난 그 사람에게 당한 거라고요."

"그럼 왜 틈을 보이는 겁니까?"

"틈이요?"

형준이 그녀를 아주 싸구려로 취급하는 것 같아서 하라는 참을
수가 없었다. 갑자기 하라가 그의 멱살을 잡고는 그가 피할 틈도

없이 그의 입술에 입을 맞추었다.

"틈은 형준 씨도 많군요."

그녀는 여전히 그의 멱살을 잡은 채 그와 눈을 마주했다. 그의 눈빛이 짙어지고 있었다. 사냥을 하기 전 맹수의 눈이었다.

"그러니까……."

다음 말을 하기 전에 그의 입술이 그녀의 입술을 덮어 버렸다. 그들은 언제 싸웠나 싶을 정도로 키스에 빠져들었다. 미칠 것 같은 갈증이 키스를 하는 중에도 느껴지고 있었다. 이렇게 밝히는 여자인 줄 몰랐는데. 하라는 자신이 키스와 섹스에 빠져 버릴 줄은 몰랐다.

그의 손이 그녀의 목을 감싸고는 점점 더 깊은 키스를 했다. 그의 혀가 그녀의 목젖까지 깊이 들어와 있었다.

"으으음."

하라의 손이 저도 모르게 그의 와이셔츠 속으로 들어가 그의 탄탄한 가슴을 더듬고 있었다.

아무도 오지 않은 비포장도로였다. 여기가 어딘지는 그리 중요하지 않았다. 다만 지금 둘만의 시간을 가질 수 있는 장소라는 게 중요했다.

"으으읍."

그의 깊은 키스는 계속되어 갔다. 서로의 타액이 오가며 미친 듯이 혀를 빨고 있었다. 그는 약간 이성을 놓아 버린 것 같았다. 그녀의 블라우스 앞의 단추는 어디론가 다 날아가 버렸다.

그는 다급하게 그녀의 브래지어를 풀어 버리고 그녀의 맨가슴이 드러나게 만들었다. 그는 잠시의 망설임 없이 그녀를 자신의 앞에 마주 앉혔다. 두 사람이 하나 되어 운전석에 앉아 있었다.

"빨아 줘요."

그녀는 어디서 그런 용기가 났는지 그의 입술에 자신의 풍만한 가슴을 들이대며 말했다.

"읍!"

그가 숨을 들이마시는 소리가 차 안을 울렸다. 그녀는 그의 반응에 용기를 내서 유두를 그의 입술에 대며 야릇하게 움직였다.

"하라 씨……."

그가 이름을 불러 줄 때가 정말 좋았다. 사랑한다고 고백한 것도 아닌데 그녀는 세상을 다 얻은 기분이었다. 형준의 손이 그녀의 풍만한 가슴을 만지며 입술로는 그녀의 유두를 빨기 시작했다.

츄읍츄읍.

야한 소리는 더 크게 들리는 모양이었다. 그가 이로 살짝 물었을 땐 흥분한 그녀의 팬티가 애액으로 젖어 버렸다. 형준도 흥분을 했는지 딱딱한 그의 페니스가 그녀의 팬티를 뚫고 들어올 기세였다.

그녀의 치마는 이미 허리 위로 올라와 있었다. 그들 사이의 장막은 거의 없어진 상황이었다.

쫘악!

그는 힘들이지 않고 그녀의 팬티를 찢어 버렸고, 불편하지만 엉덩이를 들어 올려 바지를 황급히 무릎 아래로 내렸다.

"아, 흐, 우리 너무 야한 거 아니에요?"

"이건 시작에 불과합니다."

그의 페니스가 그녀의 질 입구에 닿자 하라는 빨리 그의 것을 자신에게 담고 싶었다. 하라는 손을 아래로 넣어 그의 페니스를 손으로 잡았다.

"너무 커요."

"싫은가요?"

"아니, 그 반대죠. 내가 너무 밝히나요?"

"아뇨, 전 솔직한 여자가 좋습니다."

그의 말에 힘을 얻은 하라가 그의 페니스를 자신의 질에 넣었다.

"아아악!"

여전히 그의 것은 감당하기 버거운 사이즈였다.

"윽."

167

위에서 그녀가 조여 오자 그가 신음 소리를 냈다.

"아아앙."

하라는 저도 모르게 격하게 허리를 움직이기 시작했다. 평소의 그녀라면 상상하기 힘든 몸짓이었다. 남자의 몸 위에서 나체로 엉덩이를 흔들어 대고 있는 자신을 어떻게 상상했겠는가? 마치 포르노의 한 장면처럼 그녀는 야릇한 몸짓으로 그를 홀리고 있었다. 그냥 성인 영화라고 말하기엔 그들의 몸짓은 너무나 적나라했다.

그가 운전석을 완전히 젖히고 그녀를 자신의 가슴에 앉혔다. 그리고 그녀의 여성을 자신의 얼굴 앞에 오게 만들었다.

"허억, 헉······."

그녀의 향기가 그대로 그에게 전해질 것이다.

"지금은 좀······."

그가 뭘 할지 알기에 그녀는 씻고 싶다는 생각이 들었다.

"이렇게 자연스러운 게 좋습니다."

그가 숨을 헐떡이며 말했다. 그리고 그녀가 뭐라고 할 틈도 없이 그녀의 여성을 빨아들였다.

"아아악, 하지 마······."

하지만 그의 현란한 혀 놀림에 그녀는 더 이상의 말을 하지 못했다. 그는 섹스를 위해 태어난 남자 같았다. 그녀의 여성을 혀로 빨기도 했고 클리토리스를 손가락으로 건드리며 그녀를 완전히 패닉 상태로 빠트리고 있었다.

"헉헉, 제발……."

그녀의 말을 빠르게 이해한 그는 그녀를 조금 내려 페니스에 질이 닿도록 만들었다.

"움직여 봐요."

그녀는 그가 시키는 대로 했다. 그의 페니스를 넣고는 허리를 위아래로 움직이기 시작했다. 미칠 것 같은 감각이 온몸을 덮쳐 오고 있었다.

"내가 미쳤나 봐요."

"으윽…… 허억헉……."

미친 건 그녀만이 아닌 것 같았다. 그녀가 허리를 돌릴 때마다 질척이는 소리가 요란하게 들렸다. 애액은 흘러넘치며 그들의 윤활유 역할을 하고 있었다.

"제가 하겠습니다."

그가 이렇게 말을 하더니 아래에서 허리를 튕기기 시작했다.

"아아앙, 형준 씨……."

하라는 그의 어깨를 손가락으로 꽉 잡고 있었다.

몇 번이나 격하게 움직이던 그가 그녀의 몸에 자신의 분신들을 쏟아 냈다. 그리고 그녀의 허리를 꽉 끌어안고 가슴에 얼굴을 묻었다.

"허억, 헉, 낙원이 따로 없군요."

그는 이렇게 말을 하며 거친 숨을 고르기 시작했다. 그들은 한참을 서로를 안고 있었다.

"여기가 어디예요?"

"가평일 거예요."

"가평이요? 여긴 왜?"

"여기 별장이 있어요. 동해에 있는 별장에는 아버지가 계셔서……."

별장이 두 개나 있다는 소리였다.

"그러니까…… 우리가 왜 여기에 온 거죠?"

"우린 오늘 여기서 쉴 거예요."

"네? 그럼 내일 출근은……."

"내가 알아서 할게요."

"알아서라뇨? 내가 사수인데……."

갑자기 그가 어디론가 전화를 걸었다.

"황 이사님, 저 내일 급한 볼일이 있어서 출근 못 합니다. 황 이사님이 오 대리하고 지방 출장 보냈다고 말해 주세요. 감사합니다."

하라는 멍하게 그를 보았다.

"그러니까 황 이사가 그 황 이사?"

"……."

"농담이죠?"

"전 농담 같은 거 안 합니다."

"제가 확인해 봐도 될까요?"

"그럴 필요 없고, 잘릴 일도 없습니다. 다만 다른 직원들에겐 황 이사가 출장을 보낸 걸로 말하십시오."

"형준 씨……."

"옷이 그래서 어디 출근은 할 수 있겠습니까?"

그의 말에 하라는 처음으로 자신의 모습을 내려다보았다. 운전석으로 이동해서 앉아 있었지만 그녀가 지금 걸치고 있는 건 튜브처럼 허리에 걸쳐진 치마가 전부였다.

"진짜 너무해요."

그녀는 앞이 다 뜯겨진 블라우스 대신에 그의 재킷을 담요처럼 덮었다.

"금방 도착합니다. 너무 작다고 투덜대진 말아요."

개인 별장에 가 보는 것 자체가 처음인데, 큰지 작은지 알 길이 없었다. 별장에 간다면 그저 신기해할 것 같았다.

"작기는……."

가도 가도 끝이 없는 넓은 벌판 위에 그의 별장이 있었다. 마치 동화 속의 통나무집같이 생긴 곳이었다. 겉은 투박했지만 별장 안은 온기가 가득했다. 특히 나무 향이 그녀의 코끝을 자극했다.

　"너무 멋지네요."

　"다행입니다."

　"굉장히 부잔가 봐요?"

　"……."

　"이렇게 멋진 별장도 2개나 있고……."

　"제가 아니고 할아버지가 부자시죠."

　"아…… 여기도 할아버지 소유인가요?"

　"맞아요."

　하라는 솔직하게 놀랐다. 다른 건 잘 모르겠지만 집 안의 가구들은 다 고가의 것이었다. 북유럽 스타일의 별장은 명품 가구들의 집합 장소 같았다.

　"할아버님께서 아주 안목이 대단하시네요."

　"그렇습니까?"

　그가 커피를 그녀에게 건넸다. 그녀는 지금 완전히 벗은 상태로 그의 재킷만 걸치고 있었다.

　"저…… 옷 좀……."

그녀가 재킷을 손으로 여몄다. 그리고 불쌍한 표정으로 그를 보았다. 하지만 그는 미동도 하지 않았다.

"아주 못됐어요."

"……."

"형준 씨……."

다음 생엔 말이 많은 남자를 만나야겠다는 생각이 들었다. 대신 이번 생의 남자는 이 남자 하나로 족하단 생각이 들었다. 이런 관계가 얼마나 이어질지 모르지만 말이다. 하지만 하라가 분명하게 느낄 수 있는 건 그가 그녀의 마지막 남자라는 것이었다.

커피 잔을 든 그의 눈은 아주 짙은 색을 띠고 있었다. 그가 원하는 게 무엇인지 하라는 느낄 수 있었다. 그녀는 그의 앞에 서서 조용히 재킷을 떨어뜨렸다.

"내 옷이 마음에 드나요?"

"아주 많이……."

그의 목소리가 욕망에 젖어 있었다. 그들은 아주 뜨거운 밤을 보낼 것이라는 걸 믿어 의심치 않았다.

우정그룹의 본가 서재에 전운이 감돌았다. 윤 회장과 그의 아들 윤 사장이 대치 중이었다.

"아버지······."

"돈 없어."

"이번엔 진짜라고요."

"너한테 진짜는 형준이 어미밖에 없었어."

"그 사람은 죽었어요. 죽은 사람을 데려올 수도 없잖아요."

나이가 오십이 넘었어도 어리광을 부리는 윤 사장을 한 집사는 한숨을 쉬며 바라보고 있었다.

윤 사장은 일직 장가를 갔기 때문에 손자를 볼 수도 있는 나이였다.

"그러면 아버지, 저 회사 출근할게요."

"안 돼!"

윤 사장이 회사에 출근을 하면 엉망으로 일을 처리할 게 뻔했다. 아니, 경험은 이미 충분히 했기 때문에 윤 회장이 허락하지 않을 것이다.

"회사 말아먹을 일 있어?"

"아버지!"

윤 사장은 아들인 형준에게 약했고, 아버지 윤 회장에겐 굉장히 강한 아들이었다.

"너 진짜 이럴 거야? 회사에 가려면 형준이 하고 단판 지어."

"아버지, 제가 형준이를 어떻게 이겨요?"

"그럼 나는."

그때였다. 갑자기 한 집사가 핸드폰을 들고 윤 회장에게 건넸다.

"회장님, 우정화학 박 사장님입니다."

윤 회장의 이종사촌이었다.

"여보세요? 뭐? 우리 형준이가? 잘못 안 건 아니고? 손녀사위는 어때? 알았어. 내가 알아보지."

윤 회장의 표정이 방금 전보다 더 굳어 버렸다.

"내가 이래서 이 녀석 군대에 안 보내려고 했는데. 싸움 기술만 배워 왔어."

"아버지!"

"형준이 호출해!"

"네. 알겠습니다."

"연락이 되지 않습니다."

"형준이 부하는?"

"종훈이도……."

"답답하게들 왜 이래?"

한꺼번에 스트레스를 받은 윤 회장이 뒷목을 잡았다.

"아버지 괜찮으세요?"

"아니, 하나도 안 괜찮으니까 나가!"

"아버지!"

"이 물건 치워!"

윤 회장이 단단히 화가 난 모양이었다. 영철은 집을 투덜거리면서 나왔다. 아버진 그의 인생에서 별로 도움이 되지 않았다.

"아, 짜증 나."

그는 요즘 따뜻한 섬나라에서 조용히 살고 싶었다. 하지만 조용히 살아도 돈은 드는 법이었다. 더구나 명품을 좋아하는 여자 친구가 있다면 말이다. 오늘은 여러 가지로 그의 기분이 좋지 않았다.

빵!

집을 나오다가 괜히 경적을 울렸다. 형준이 아닌 아버지를 설득해서 큰돈을 받을 방법을 찾아야 했다. 이미 그는 상속받을 재산을 거의 탕진한 상황이었다.

"자린고비 같으니라고……."

그는 이렇게 말하며 동해의 별장으로 향했다.

성지영 인생 최대의 난관이 펼쳐지고 있었다. 옥수동 친구가 소개해 준 남자는 완전 빛나리였는데 그걸 하라가 싫어했다. 자신이 운영하고 있는 개인 병원도 있는 남잔데, 쥐뿔도 없는 하라가 마음에 들지 않는다며 남자를 단칼에 끝냈다.

남자 쪽에선 아주 마음에 들어 했다고 하니 아까워서 죽을 지경이었다.

"엄마 뭐 해?"

"기도."

평소엔 읽지도 않는 성경책을 꺼내 놓고 두 손을 합장하고 있었다.

"엄마, 그런데 묵주 들었어."

"어느 분이라도 엄마의 소원을 들어주시겠지."

"두 분 다 등을 돌리신 듯해."

"왜?"

"하라 언니 남자 있어."

"어?"

"지난번에 아파트에서 남자가 늦은 시간에 들어가는 거 봤대."

"누가?"

하니가 엄마의 귀에 대고 대답을 들려주었다. 지영의 친구 중에서도 가장 말이 많은 인간이었다. 가뜩이나 기분이 나쁜데 더 나빠졌다.

"근데 엄마 진짜 잘생겼데."

"언니한테 전화해."

"전화 안 받아."

"미친 거 아니야?"

"엄마 진정해. 그래도 남자 만난다잖아."

"의사가 아니잖아……."

지영은 아까운 기회를 놓친 것 같아서 속이 상했다.

"네 언니는 헛똑똑이야."

윙―.

"엄마, 언니 전화."

"여보세요?"

[엄마, 왜 이렇게 전화를 많이 했어?]

"너 어디야?"

[그러니까…….]

"우리나라에 '그러니까' 라는 동네는 없다."

[큭큭큭…….]

"웃음이 나와? 미쳤어? 의사 차 버리고 어떤 놈 만나냐고."

[아니야…….]

"아니긴 현주가 너 남자랑 오피스텔 들어가는 게 봤다는데."

하라가 갑자기 조용해졌다. 수화기 너머로 남자가 하라는 부르는 소리가 들렸다.

"누구야!"

[깜짝이야.]

그녀가 갑자기 소리를 지르는 바람에 하라가 놀란 모양이었다.

"나쁜 년, 넌 딸도 아니야."

[엄마, 가서 말할게.]

"지금 당장 와."

[내일 갈게.]

"너 어디야? 외박까지 하는 거야? 진짜 미친 거 아니야? 너 당장 집으로 와."

[내일 가서 맞을게.]

하라가 이러는 게 솔직하게 믿어지지 않았다.

"내가 어떻게 널 키웠는데……."

[엄마, 미안한데 이번만 용서해 줘.]

전화가 일방적으로 끊어졌다.

"하니야, 우리 하라가 이상해졌어……."

"엄마, 괜찮아? 내가 언니 집에 가 볼까?"

"하라 집에 없어. 어떤 놈이랑 여행 갔나 봐."

"무슨 소리를 하는 거야? 내일 출근인데. 그냥 지금 남자랑 같이 있는 거지. 엄마도 너무 오버하지 마."

"우리 지금 하라 집에 가자."

"엄마, 언니도 사생활이 있는……."

짝!

등짝을 치는 차진 소리가 났다.

"아, 따가워! 왜 그래? 나한테……."

"빨리 일어나."

"알았어."

지영은 하니와 함께 하라 집으로 쳐들어갔다. 비밀번호야 원래 공유하는 사이니 그냥 집 안으로 들어가서 소파에 그대로 앉아 있었다.

"엄마, 나 출근해야 해."

"……."

"엄마."

하니의 말에도 지영은 그렇게 요지부동 자세로 앉아 밤을 새웠다.

성우는 갈비뼈가 세 대나 부러진 사실에 경악을 금치 못하고 있었다.

그의 부인인 미호가 그의 옆에 앉아서 걱정스러운 얼굴로 그를 보고 있었다. 미호는 우정화학 박성철 사장의 하나뿐인 손녀였다.

우정그룹은 손이 귀하기로 유명했다. 윤 회장부터가 자식이 하나고 손자도 하나였다.

그걸 노리고 미호와 결혼한 성우였다. 당시 성우는 박 사장의 비서로 우정화학에 입사해서 잘생기진 않았지만 깔끔한 외모로 여직원들에게 인기가 많았었다.

미호는 가끔씩 회사에 들렀고, 그런 미호를 성우가 꼬셨다. 미호는 작고 통통한 체격에 귀여운 얼굴이었지만 솔직히 예쁜 얼굴은 아니었다.

처음부터 정이 가질 않았다. 그가 첫눈에 반한 여자는 하라가 유일했다.

그녀의 업무 능력과 외모는 그의 마음을 건드리기에 충분했기에 하라를 유혹하기 위해 얼마나 애를 썼는지 모른다. 우정화학은 부산에 있었고 집도 부산에 있었다. 박 사장의 추천으로 그는 우정그룹 본사로 들어왔다. 박 사장도 그와 같이 야망이 있는 사람이었다.

윤 회장의 아들이 시원치 않은 걸 알고 자신의 손자사위를 본사에 심은 것이다. 그가 떠날 때 신신당부하던 것들이 생각이 났다.

윤 회장과 눈도장을 찍으라고 말이다. 1년은 하라를 꼬시느라 그럴 여유가 없었다. 하지만 지금은 달랐다.

"자기야, 왜 이렇게 된 거야?"

"회사에 있는 이상한 녀석에게 당했어."

"왜?"

"자기가 좋아하는 여자가 날 좋아한다고 질투가 난 거지 뭐."

성우는 어차피 그놈을 미호가 모른다는 생각으로 둘러댔다.

"완전 미친놈이네."

"맞아."

"할아버지가 가만히 안 둔다고 하셨어. 아빠도 완전히 화가 나셨고. 하나뿐인 사위를 건드렸으니 어른들이 가만히 안 계실 거야."

그럴 필요는 없는데. 일이 커져 봐야 좋을 게 하나도 없었다.

"괜찮아, 내가 알아서 할 테니까 우리 자기는 참아."

"안 돼. 갈비뼈가 세 대가 나갔는데 어떻게 참아?"

미호가 열을 내고 있었다.

"그래서? 어른들이 지금 그놈 만나고 계신 거야?"

"아니, 본사에서 영상 확인해서 그놈이 누군지 알았다나 봐."

"내가 아는데 뭐."

"누군데?"

"기획실 얼간이."

"기획실이면 아주 브레인 아니야?"

"다 같은 브레인은 아니야. 멍청한 게 힘만 좋아."

그는 형준을 용서할 수가 없었다.

"아빠!"

병실로 장인이 들어왔다. 그는 사실 성우를 탐탁지 않게 여기고 있어서 성우는 장인보다 미호의 할아버지인 박 사장과 더 친하게 지내고 있었다.

"표정이 왜 그래?"

"형준이하고는 왜 싸운 거야?"

"장인어른이 어떻게 그 자식을……."

"말이면 단 줄 알아? 윤형준, 우정그룹 후계자이자 우리와는 팔촌 관계지. 결혼식에도 왔어. 군 출신이라서 눈에 띄었을 텐데? 잘 생기기도 했고."

성우의 얼굴에서 핏기가 사라졌다. 우정그룹에 백이 있는 사람은 자신뿐이라고 생각했는데, 형준이 우정그룹의 차기 주인이라니 할 말이 없었다.

"……."

"형준이는 참 바른 아이야. 도대체 왜 그런 거야?"

"죄송합니다."

"게다가 CCTV에서 여직원을 끌고 가는 장면이 찍혔다는데, 무슨 소리야?"

"다툼이 있었습니다."

"그걸 보고 형준이가 여자를 구했다고 하는데?"

"아닙니다. 소리가 없으니 그림만 보면 충분히 오해할 수 있는 상황입니다."

"아빠, 오해라잖아요."

"일단 오늘 일은 덮어. 그리고 사건을 파악한 후에 우린 다시 얘기하자고. 형준이하고 여자를 만나 봐야지."

"장인어른……."

"뭐 찔리는 거라도 있나?"

장인어른의 얼굴 표정이 그리 좋지 않았다. 알 만하다는 표정이었다.

"없습니다."

"그거야 조사해 보면 알 일이고."

성우는 뒷목이 당겨 옴을 느꼈다. 이렇게 있다가는 제대로 당할 판이었다.

"그건 아버님 뜻대로 하십시오."

성우를 미심쩍은 눈으로 바라보는 장인이었다.

"아빠, 우리 아현이 옷 고마워요."

때마침 미호가 주제를 돌렸다.

"아현이가 아빠 닮아서 너무 예뻐요."

"날 닮아서 돈 번 거지."

장인어른의 입이 귀에 걸렸다. 하마터면 미호나 예쁘게 만들어

내시지, 라고 말할 뻔했다.

미호는 장인을 다룰 줄 알았다. 하지만 그는 미호에게 진한 애정 같은 건 없었다. 준재벌가의 딸이라서 매력이 있는 것이었다.

장인어른의 눈길이 그에게 다시 향하자 성우는 얼른 시선을 피했다.

형준이 우정그룹의 후계자라니, 말이 되지 않았다. 그냥 말단 직원에 하라가 사수로 있는데 무슨 후계자란 말인가? 후계자라면 이사 정도로 시작을 했어야 정상이었다. 그리고 형준이 어떤 사람인지 아는 사람이 아무도 없었다.

갈비뼈에 금이 간 건 그렇지만, 이번 기회에 형준을 자기 아버지처럼 무능력한 인간으로 만들어야 했다.

"자기는 나 때린 놈, 아니 우정그룹 후계자에 대해 알아?"

"뭐, 조금……."

장인어른이 나가고 아내와 둘만 있게 되자 그가 물었다.

"경영을 하기 싫어서 육사에 들어갔고 군인이 꿈인 애야."

"그만두고 회사에 들어왔잖아. 아무도 모르게 말이야."

"그건……."

뭔가 아는 눈치였다. 하지만 섣불리 입에 담고 싶지는 않은 것 같았다.

"왜 그러는데?"

"그게…… 나도 자세한 건 모르는데 군대에서 사고가 있었나
봐."

"사고?"

"응, 사람을 죽였다고……."

사람을 죽였다는 게 하나도 이상하지 않았다.

"왜? 폭력적인 성향인 거지?"

"그게 아니라, 그 사건 당신도 알걸? 왜, 김 병장이라고 5명을
총으로 죽인 병장……."

어렴풋이 뉴스에서 본 기억이 났다.

"그 사건 진압을 형준이가 했어."

그럼 정당방위인 것이다.

"그런데 그 김 병장을 형준이가 총으로 직접 쐈나 봐."

"거봐, 폭력적이라니까."

"그게 아니라 총으로 병사들을 위협했고, 무엇보다 제압하다가
형준이가 칼에 찔려서 다른 병사가 잡으려고 했는데, 김 병사가
그 병사까지 죽였나 봐. 그래서 어쩔 수 없이 총으로 쐈다고 하더
라고."

"어쩔 수 없는 게 어딨어?"

형준을 떠올리자 다시 속에서 천불이 났다. 진짜 눈에서 불이
나게 얻어 터졌는데 정작 그는 한 대도 때리지 못했다. 한마디로

상대가 되지 않았다.

"그래서 정신과 치료받나 보더라고……. 공황 장애에 색맹까지 오고 말이야."

"당신, 형준인가 뭔가 하는 놈 편드는 거야?"

"아니야, 그렇다고……."

미호의 말속에서 안쓰러워하는 게 느껴지자 화가 머리끝까지 나는 성우였다. 힘으로 안 된다면 다른 방법으로라도 그를 가만히 두지 않을 것이다.

"그나저나 몇 달은 오른손을 못 쓰는데 어떻게?"

"뭐?"

"갈비뼈는 붙일 방법이 없어서 한쪽 팔하고 같이 그대로 고정 시키잖아. 그리고 웃지도 못해. 아파서."

"알아. 지금도 충분히 아파."

약이 올라서 미칠 것 같았다.

"미호야."

"왜?"

"이번엔 미호가 나 좀 도와줘."

"뭘?"

성우는 남을 이용하는 천부적인 재주가 있었다. 오 대리도 그랬고, 지금의 미호도 그럴 것이다.

"나, 우정그룹 먹으려고."

"어?"

미호의 눈이 점점 커지고 있었다.

7장

별장을 다녀온 지 일주일이 흘렀다.

다녀오면 아주 시끄러울 줄 알았는데 이상하게 모든 게 조용했다. 황 이사가 이상한 눈으로 그녀를 힐끔거리며 보는 걸 제외하고는 별일이 없었다. 너무 별일이 없어서 이상할 지경이었다.

왜냐면 성우가 미친개처럼 달려들어야 정상인데 그쪽에선 아무런 말도 나오지 않았다.

하긴 두 달간 병가를 냈다는 소리를 홍보실 장 대리에게 듣기는 했다.

"오 대리님."

주영이 그녀를 불렀다.

"왜?"

"이사님 호출이요."

"나를?"

그때 형준과 눈이 마주쳤다. 형준과는 별장을 다녀온 뒤로 퇴근 후에 전화하는 사이가 됐다. 사귀는 건지는 아직 모르겠지만 그래도 조금은 부드러운 관계가 되었다. 하라가 어깨를 살짝 들어 올렸다가 내렸다.

형준은 여전히 무표정하게 그녀를 보았다가 다시 일에 몰두했다.

"찾으셨습니까?"

이사실엔 정말 큰일이 아니면 들어가지 않는 하라였다.

"하라 씨, 요즘 고생이 많아."

"네?"

갑작스러운 친절 모드에 깜짝 놀란 그녀였다. 왜 저러는 거지?

"하라 씨, 형준 씨랑 사귀는 거야?"

"네?"

"아니, 같이 쉬고 하니까……."

말끝을 흐리긴 했지만 그게 중요한 것 같았다.

"형준 씨하고 아는 사이세요?"

"아, 아니⋯⋯."

수상했다. 뭔가 아주 꽁꽁 숨기고 싶어 하는 것 같았다.

"아닌 것 같은데요?"

"아, 아니라니까 그래⋯⋯."

황 이사의 얼굴에 당황이라는 글자가 쓰여 있었다.

"왜 부르셨어요?"

"어, 오 대리하고 형준 씨한테 맡길 일이 있어서⋯⋯."

황 이사가 카드 하나를 꺼내 들어 그녀에게 주었다.

"이건⋯⋯."

"대사관 초대장이야."

"대사관이요?"

"응, 미국 대사관에서 초대장이 왔어. 내가 가야 하는데 알다시
피 난 영어 알러지가 있어서 말이야. 거기다가 여긴 부부동반인데
난 와이프도 없고⋯⋯."

"형준 씨와 저는 부부가 아닌데⋯⋯."

"둘 다 영어 잘하잖아. 그냥 부부인 척해."

"꼭 가야 하는 자린가요?"

"그래."

"⋯⋯네."

내용을 보니 대미무역과 연관되어 있는 기업들의 경영인들을

상대로 보낸 것이었다.

우정그룹은 윤 회장의 나이가 많다 보니 밀리고 밀려서 황 이사한테까지 그 차례가 온 것 같았다.

"여긴 우리 같은 말단 직원이 갈 자리가 아닌데……."

자리에 돌아온 하라는 초대장을 형준에게 내밀었다.

"이번 주 금요일에 시간 돼요?"

"……."

주영이 아주 흥미로운 눈으로 그들을 보았다.

"둘이 출장 다녀오랍니다."

"요즘 두 분 같이 출장 자주 가십니다."

"그러네……."

"싫으시면 제가 가도 되는데……."

주영이 부러움을 그대로 드러내고 있었다.

"주영 씨는 나중에 나랑 같이 가자."

홍민이 끼어들었다.

"됐거든요."

초대장을 보니 큰 행사인 것 같은데, 당장 입을 드레스도 없는 하라였다.

"드레스도 없는데……."

책상에 앉아 혼잣말을 하고는 초청장을 덮어 서랍에 넣었다. 파티는 그녀의 체질에 맞지 않았다.

점심시간에 하라는 드레스 대여점을 검색하느라 정신이 없었다.

"이거 어때?"

"완전 예뻐요. 대리님이야 몸매 되고 얼굴 되니 뭘 입어도 완전 예쁠 거예요."

"아부는……."

"이건 아부가 아니라 진실이라고 하는 거죠."

주영과 하라는 정신없이 드레스 검색에 빠져 있었다.

"형준 씨는 턱시도 있어?"

마 과장이 갑작스럽게 물었다.

"네."

"오……. 웬만한 집에선 그런 거 없는데……."

"학교 다닐 때 맞춰 둔 게 있습니다."

"육사에선 그런 것도 입어?"

"네……."

왠지 형준이 말을 흐렸다.

"가끔 형준 씨는 사람을 놀라게 할 때가 있어. 6개 국어를 하는 능력자에 집도 부유한 것 같고 말이야. 황 이사도 이상하게 형준 씨 앞에선 꼬리를 내린단 말이야? 아버님이 뭐 하시는 분이야?"

"백수이십니다."

"뭐?"

마 과장이 머쓱했는지 더 이상은 묻지 않았다.

점심을 먹은 후에 그들은 사무실로 향했다. 어김없이 바쁜 하루를 보냈지만 하라는 형준을 옆에서 보는 것만으로도 솔직히 기분이 좋았다.

서울의 고급 아파트는 명품으로 도배가 되어 있었다. 주방은 명품 펜디의 주방인 페스쿠치네였고 집 안의 의자와 소파들은 다 각자 다른 디자이너들의 작품이었다. 조명 하나에서도 기품이 흐르고 있었다.

집 안은 명품인데 사람은 그렇지 못했다. 아기의 울음소리에 화가 머리끝까지 난 성우는 미호가 없는 사이에 아이를 향해 소리를 질렀다.

"시끄러워!"

아기의 유모는 아기의 귀를 손으로 막았다. 미호가 마사지를 받으러 가고 나면 성우는 못된 본모습을 드러내곤 했다. 나이 오십이 넘은 유모는 성우가 무서워 미호에게 한 마디도 하지 못하고 있었다.

"으아앙!"

아빠가 소리를 지르니 놀란 아기가 더 울었다.

"아줌마, 시끄럽다고!"

"네……."

오늘도 유모는 아기를 안고 구석방으로 들어가 문을 잠갔다. 성우가 집에 없을 때가 훨씬 좋았다는 생각을 하는 유모가 오늘은 소리 지르는 걸 전부 녹음했다. 요즘은 기계가 좋아서 이런 것도 가능했다.

유모는 미호에게 성우가 하는 짓을 다 보여 줄 생각이었다. 미호도 아기에게 잘하는 편은 아니었지만 그래도 성우보다는 나았다. 돌도 안 된 자신의 딸에게 너무나 못되게 구는 아빠였다.

"아, 답답해."

그는 아침부터 맥주에 땅콩을 먹으며 열심히 야구 중계를 보고 있었다. 야구 광팬인 그였지만 이렇게 매일 야구만 보고 있자니 조금은 불안한 마음이 들었다.

윙―.

그가 기다리던 전화였다.

"여보세요."

[이성우 사장님이시죠? 이번에 사장님 일을 돕게 된 바람돌이

입니다.]

사장이란 소리에 성우의 입이 절로 귀에 걸렸다. 자신의 신분을
감춘 남자는 흥신소 사람이었다.

"윤형준 대위에 대한 것들을 하나도 빠짐없이 조사했나요?"

[네, 그렇습니다. 자세한 건 모두 우편물로 보냈습니다.]

"고생했어요. 확인 후에 다음 사안도 주문하죠."

[네, 사장님.]

다음 날, 그는 우편물을 받았다. 그 안에는 그날 사건에 관한 것
들과 윤형준이 정신과 진료를 받은 사실들이 들어 있었다.

"꼼꼼하군."

마치 하라처럼 말이다. 일은 하라가 정말 잘했다. 그녀의 도움
으로 그는 편하게 승진을 할 수 있었고 상사들의 신임을 얻을 수
있었다. 지난 일이지만 말이다.

처음으로 마음에 든 여자였고, 지금은 그가 가질 수 없는 여자
였다.

그녀와 헤어지던 날, 그는 미국에 가서 새로운 삶을 살 생각이
었다. 그때는 무작정 그를 위해 헌신하는 하라를 그냥 편하게 생
각했던 것 같았다.

하지만 막상 미국에서 돌아와 보니 하라는 조금 달라져 있었
다.

뭔가 섹시해졌다고 해야 하나? 철벽 방어녀에서 색기를 뿜어내는 아주 자극적인 여자가 되어 자꾸만 그의 눈앞에 어른거렸다.

자꾸만 아쉬움을 자아내게 만들고 있었다. 처음엔 무시하려고 애를 썼는데 마주치면 마주칠수록 갖고 싶은 여자가 되어 갔다.

거기에 아내 미호와 비교되는 하라의 관능미가 그를 더 하라에게 집착하게 만들었다. 그리고 형준이라는 놈이 하라를 바라보는 걸 보니 하라가 더 야릇하게 보였다.

형준은 하라를 먹잇감처럼 보고 있었다. 그녀를 잡아먹고 싶어 하는 눈빛이었다. 하라에게 관심이 있는 게 분명했다. 그렇다고 형준에게 주고 싶은 마음도 없었다.

"윤형준, 이제부터 내가 네 것을 다 빼앗아 주겠어."

성우는 이를 갈았다.

내일이 파티인데 대여한 드레스가 올 생각을 하지 않고 있는 데다, 그녀의 집엔 엄마가 와서 상주를 하고 있었다.

그녀가 외박을 한 이래로 엄마는 수시로 집에 와서 잠을 자고 갔다. 오늘은 들어올 때 두부를 사 가지고 오라는 문자가 와 있었다.

"완전 돌아 버리겠군."

"아직 안 왔어요?"

"보냈대."

"도착은요?"

"자기들도 확실히 모른다네. 오늘 퇴근 전에만 와도 좋겠는데……."

"올 거예요. 지금 11신데요, 뭐."

주영이 위로를 해 주자 그나마 마음이 좀 편했다. 그래도 자꾸 신경이 쓰였다. 돈은 돈대로 들이고 신경은 신경대로 쓰고…….

파티가 갑자기 취소됐다는 연락이 왔으면 좋겠다는 생각이 들었다.

"오 대리님."

형준이 그녀를 불렀다.

"왜요?"

"잠깐 드릴 말씀이 있습니다."

그가 갑자기 그녀를 불러냈다.

"점심 같이해요."

"네?"

갑작스런 데이트 신청에 심장이 콩당거리고 있었다.

"물어볼 것도 있고 해서요."

"네, 좋아요."

그와 함께 있는 건 무조건 좋았다. 이번 주는 금요일에 일찍 퇴근하기 위해서 일을 몰아서 하고 있어서 그와 무슨 말이든 할 시간이 없었다.

그래도 늦은 저녁 그에게 오늘 고생했고 잘 자라는 문자를 받을 때면 하루의 피로가 풀리는 것 같았다.

그런 그가 갑자기 점심을 함께하자고 하니 설레는 마음이 생겼다.

"뭐가 그렇게 좋으세요?"

"네?"

"아주 얼굴에 웃음꽃이 가득하십니다."

홍민이 그녀에게 서류를 가져다주며 말했다.

"연애하십니까?"

"아니요!"

"왜 이렇게 펄쩍 뛰시는지……."

홍민이 눈을 가늘게 뜨며 말했다.

윙—.

거래처의 전화가 그녀를 살렸다.

"여보세요? 네……. 실장님……."

하라는 전화를 받으며 홍민에게서 몸을 돌렸다.

점심시간이 되어 하라는 형준과 함께 회사를 나왔다. 형준은 말 없이 근처 백화점으로 그녀를 안내했다.

밥만 먹으러 나와 봤지, 점심시간에 백화점에 온 적은 처음이었다.

"우리 여기 식당가에서 밥 먹어요?"

"……."

여전히 답답할 정도로 말이 없는 그였다. 그들이 백화점에 들어서자 사람들의 시선이 그들 쪽으로 몰렸다.

형준은 사람들의 시선을 아는지 모르는지 그냥 앞만 보고 걸었다.

"엘리베이터 타고 가요. 식당가는 10층인데……."

"이쪽으로……."

그녀의 말을 산뜻하게 무시한 그는 에스컬레이터를 이용해 위로 올라갔다.

"사람들이 힐끔거리면 부담스럽지 않아요?"

"……."

"난 조금 신경 쓰이는데……."

그와 있으면 왠지 벽을 보고 이야기하는 것 같아 민망할 때가 있었다.

"말하기 싫어요?"

하라가 툴툴거리고 있었다.

"아닙니다."

그렇게 말을 하며 갑자기 그녀의 손목을 잡았다.

"손……."

멍하게 중얼거리다가 3층에서 내린 그들이었다. 하라의 온 신경은 그의 손에 잡힌 손목에 가 있었다. 그와 섹스를 할 때도 이렇게 설레지는 않았는데 그가 손을 잡아 주자 심장이 두근거리고 있었다.

"우리 밥 먹는 거 아니에요?"

"밥은 시간이 되면……."

"뭐 사러 왔어요?"

혹시 선물을 사러 올 수도 있었다.

"어른들 생신이세요?"

"아닙니다."

"그래도 이렇게 답을 해 주니까 좋네요."

"제가 원래 말을 많이 하는 사람은 아닙니다."

말을 많이 안 하는 게 아니라 거의 안 한다고 봐야 했다. 무거운 표정만 짓고 무뚝뚝하기까지 했다. 뭘 바라겠는가?

그녀의 생각과는 다르게 그는 굉장히 비싸기로 유명한 명품 매장으로 그녀를 이끌었다.

부자긴 한 모양이었다. 너무 부자인 사람은 부담스러운데. 이렇게 그와 차이점을 하나씩 발견할 때면 괜히 멀어지는 기분이 들기도 했다.

하라는 풀이 죽은 표정이 되었다. 그 때문에 기분이 하루에도 수천 번은 변하는 것 같았다.

"어서 오십시오."

굉장히 예쁜 직원이 그들에게 미소 지으며 다가왔다. 하라는 직원의 시선이 그녀가 아닌 형준에게 고정되어 있음을 느끼고 있었다.

"찾으시는 게 있으십니까?"

"여기 숙녀분께 드레스 좀 보여 주세요."

"형준 씨, 난……."

그녀가 계산할 수 있는 브랜드가 아니었다.

"가격은 생각하지 말고 가장 핫한 디자인으로 보여 주세요."

이곳의 드레스의 가격은 상상을 초월하는 액수였다. 몇 천만 원대라고 알고 있었다.

"시간이 없으니까 빨리요."

"네."

"형준 씨 난……."

"그냥 아무 생각하지 말고 받아요. 나도 내 파트너가 아름다웠으면 하니까⋯⋯."

그다음부터는 눈치 빠른 직원 때문에 드레스를 계속 갈아입기에 바빴다.

"이거 어때요?"

오프 숄더 드레스에 마음이 간 하라는 그 옷을 입고는 그의 앞에 섰다.

"마음에 들어요?"

"네, 형준 씨는요?"

"예쁩니다."

그가 처음으로 그녀에게 예쁘다는 말을 했다.

"사이즈도 딱 맞으시고, 완전 모델같이 핏이 너무 예쁘세요."

직원의 아첨이 아주 끝내줬다.

"호호호, 남자 친구분이 반하셨나 봐요. 눈을 못 떼시네."

하라는 차마 형준을 보지 못하고 거울 속 자신의 모습을 보았다.

상큼한 레몬색이 이렇게 잘 어울리는지 몰랐다.

"목선이 예쁘시니까 업스타일로 헤어를 연출하시면 잘 어울리실 거예요."

"네⋯⋯."

눈길을 돌리자 형준이 계산을 하고 있었다.

"옷은 내일 저희가 찾으러 올 테니 여기 두세요."

"네, 손님."

하긴 쇼핑백을 들고 회사로 갈 수는 없었다. 매장을 나와서도 그는 그녀의 손목을 잡고 어디론가 끌고 가고 있었다. 이번엔 다시 1층이었다.

"고마워요. 부담스럽긴 하지만……."

"부담 갖지 않아도 됩니다. 날 위해 하는 거니까."

"네?"

"내 파트너가 아름답길 바라니까."

"근데 어쩌죠? 생긴 건 단시간에 어쩔 수 없어서요."

"오 대리님, 미인이십니다."

"……."

무심한 듯이 말했지만 하라의 얼굴에 미소가 떠올랐다. 다음으로 그들이 간곳은 명품백 코너였다.

"저기……."

"클러치 백 하나 사려고요."

그녀의 말은 무시한 채 그는 그녀에게 클러치 백을 선물했고 화려한 귀걸이까지 선물했다.

"이렇게 하면 파티장에서 가장 돋보이는 사람이 될 겁니다."

"형준 씨……."

"절 위해서 해 주십시오."

왜 자꾸 그를 위해 해 달라고 하는 것일까? 이해할 수는 없었지만 설레기는 했다.

쇼핑을 마친 그들은 점심시간이 부족해서 샌드위치와 커피를 사 들고 사무실로 향했다.

"배고프지 않겠어요?"

"괜찮습니다."

형준은 언제나 그녀에게 정중했다. 침대에서는 짐승 같았지만 말이다. 그 생각을 하니 얼굴이 붉어지고 있었다.

"어디 다녀오셨어요?"

"볼일이 있어서……."

주영은 궁금한 게 많은 모양이었다. 형준은 업무로 복귀했고 서류를 살피는 그의 모습을 하라가 물끄러미 보고 있었다. 지난번 별장에서 그는 하라와 함께 침대에서 한순간도 벗어나지 않았다.

식사도 이틀 동안 겨우 한 끼 먹었을 정도였다.

그는 집착에 가깝게 그녀를 탐했고, 하라도 그에 호응했다. 그의 뜨거움이 좋았고 마치 먹이를 먹는 짐승처럼 거칠게 그녀를 안는 것도 좋았다.

그의 뜨거운 입맞춤에 하라는 미친 듯이 빠져들어 버렸고 그의
혀가 몸을 훑고 지나갈 때마다 흥분했다. 둘의 속궁합은 그에게
물어보지 않아도 최고의 것이었다.

나무 향이 가득했던 별장의 침실은 지금도 향으로 기억되고 있
었다.

일어서서 어디론가 가는 그의 뒷모습이 그녀를 사로잡고 있었
다.

"인정하지 않을 수가 없다."

"저도요."

그녀의 말을 들은 주영이 얼굴을 손으로 괴고는 형준을 보고 있
었다.

"대리님, 그거 알아요?"

"뭐?"

"형준 씨 완전 부자래요."

형준이 부자임은 이미 알고 있었다.

"그런데?"

"그냥 보통 부자가 아니란 소문이 있어요."

"누가 그러는데?"

"홍보팀 선혜가 그러는데, 이성우 과장 갈비뼈를 형준 씨가 부
러트렸는데 이 과장이 항의 한번 못 했데요."

그건 그녀도 조금 의아한 생각이 들었다.

"왜?"

"형준 씨 백이 상상을 초월한다고 하네요."

"진짜야?"

"네…… 형준 씨 와요."

형준이 다시 자리로 돌아오고 있었다. 까도 까도 뭔가가 나오는 양파 같은 사람이었다. 도대체 저 남자는 뭘까? 궁금한 마음이 더 커져만 갔다.

성우는 오랜만에 외출을 준비하고 있었다. 미호의 도움을 받아 블랙 슈트를 입고 넥타이도 블랙으로 선택했다.

"상갓집 가요?"

"아니, 상갓집을 만들러 가."

"네?"

"아니야, 할아버님을 좀 뵈려고."

"할아버지를요?"

"응, 아주 중요한 일이 생겼거든."

성우의 눈빛이 강하게 빛이 났다. 성우는 한 번도 자신에게 온 기회를 놓친 적은 없었다. 이번은 그의 인생에서 두 번째로 온 기회였다. 첫 번째는 미호를 만나 우정화학의 사위가 된 것이었다.

그는 우정화학 박 사장의 본가로 무작정 찾아갔다. 미호와 자주 온 곳이지만 오늘은 좀 더 새롭게 느껴지고 있었다. 그에게 새로운 삶을 줄 곳이기 때문이었다.

우정화학의 박 사장은 아주 욕심이 많은 사람이었다. 그의 아들이자 성우의 장인인 박 전무는 아버지의 손아귀에 있지만 성품이 유순해서 우정그룹을 건드릴 인물이 아니었다. 박 사장은 성우의 간교함을 알아본 유일한 사람이었다.

그의 비서로 근무하면서 유심히 본 것이었다. 그래서 미호와의 결혼도 반대하지 않았다.

재벌가 남자와 결혼을 시키는 것보다 데릴사위를 얻어서 우정그룹을 어떻게 해서든지 차지하려는 욕망이 있는 사람이었다.

올 때마다 느끼는 거지만 아무리 지방이라도 박 사장의 집은 굉장히 크고 화려했다.

그가 우정그룹으로 인해 얼마나 많은 돈을 벌었는지 알 수 있었다.

지하 주차장에 차를 세우고 그는 넓은 정원을 지나 박 사장이 쉬고 있는 정자로 향했다.

"할아버님."

모시로 된 한복을 입은 박 사장은 그가 오자 안경 너머로 그를 봤다. 눈매가 아주 매서웠다.

"안녕하십니까?"

"그래, 몸은?"

"걱정해 주신 덕분에 괜찮습니다."

"다행이구나. 혼자서 어쩐 일인가?"

"드릴 말씀이 있습니다."

"그런 것 같구나. 이리 와서 앉아."

박 사장이 정자에 오르기를 권했다. 그와 동시에 박 사장의 핸드폰이 울렸다.

"아이고, 이 여사. 잘 지내? 다행이구만……. 그래서 우정그룹의 주식을 샀어? 고마워. 우리 이 여사뿐이야. 잘 가지고 있어. 나중에 나에게 도움이 되니까. 그래."

우정그룹의 주식을 사 모으고 있는 모양이었다. 때가 좋았다. 박 사장이 전화를 끊자마자 성우는 그의 앞에 무릎을 꿇었다.

"왜 그래?"

"저에게 기회를 주십시오."

"무슨 기회?"

"우정그룹을 손에 넣을 기회 말입니다."

"뭐?"

"윤형준은 지금 정신병을 앓고 있습니다."

박 사장의 표정이 아주 다채롭게 변하고 있었다.

"윤 회장님의 아들인 윤 사장님은 지금 연예인과 살림을 차리느라 회사를 내팽개쳤고, 윤 회장이 믿고 있는 유일한 혈육인 윤형준은 지금 정신병을 앓고 있습니다."

"확실해?"

그가 어렵게 구한 의료기록을 박 사장에게 내밀었다.

"우울증? 공황 장애? 이런 건 정신병이 아니야."

"윤형준이 절 때린 걸로 사이코 패스라고 몰아 가면 됩니다."

"너무 억지야."

"윤형준은 군에서 사람을 죽인 경험도 많고 분노 조절이 거의 안 됩니다. 분노 조절 장애는 너무 약하니까 그렇게 몰고 가도 될 것 같습니다."

"자신 있어?"

"네, 그리고 윤형준이 지금 공황 장애를 앓고 있으니 외상 후 스트레스 장애가 있을 때 일을 빠르게 처리하는 게 좋습니다."

성우가 아주 자신감 있게 말했다.

"그렇게 쉬운 게 아니야."

"그렇게 어려운 일도 아니죠. 그리고 지금이 기회입니다. 윤형준은 회복이 아주 빠른 녀석입니다."

"음……."

박 사장은 생각에 잠겼다. 그리고 곧 성우를 아래위로 천천히 훑어보았다.

"한 번만 믿어 주십시오."

아주 절절하게 말을 하고 있는 성우였다.

"내가 믿어야 하나?"

"어차피 할아버님께서는 우정화학 하나만으로는 만족 못 하시지 않습니까?"

"……."

"제가 할아버님의 바람을 채워 드리도록 하겠습니다."

"건방지구나."

박 사장이 코웃음을 쳤다.

"장인어른은 절대로 이런 일을 못하실 걸 아시고 절 들이신 게 아닙니까? 주식도 모으시고……."

"입을 함부로 놀리면 다치는 법이야."

"저 아니고는 할아버님의 뜻을 따를 사람이 없습니다."

박 사장의 눈빛이 우호적으로 변하고 있었다. 하지만 아직 성우의 입장에서도 박 사장이 자신의 편인지 어떤지 확실하지 않았다.

"넌 왜 우정그룹에 탐을 내는 거지?"

무심한 듯 툭 던진 말이었다.

"전 우정화학의 사위 자리에 만족하지 않습니다. 더 큰 걸 가지고 싶습니다."

"맹랑한 놈."

"어떻게 말씀하셔도 저의 마음은 변함이 없습니다."

정자 앞에 물 흐르는 소리가 들리고 있었다.

"저도 이렇게 호화로운 삶을 미호와 함께하고 싶습니다."

솔직한 심정은 최고가 되어 즐기는 삶을 살고 싶었다. 그리고 윤형준의 코를 납작하게 만들어 주고 싶었다. 성우는 형준이 자신을 무시하기 때문에 그렇게 매번 폭력을 행사한 것이라는 생각이 들었다.

성우의 눈을 한참을 바라보던 박 사장이 입가에 미소를 띠었다.

"식사는 했어?"

"아직……."

"점심이나 같이 먹지. 할 말이 많아질 것 같으니까 말이야."

이제야 안심을 할 수 있는 말이 박 사장의 입을 통해서 나오고 있었다.

"감사합니다."

"그런 말은 그렇게 먼저 하는 게 아니야. 아직 가르칠 게 많군……."

"열심히 배우겠습니다."

박 사장이 그를 보며 만족스러운 표정을 지었다.

8장

　광화문에 위치한 미국대사관 근처의 유명 호텔에서 열리는 이번 파티는 하라의 생각보다 그 규모가 훨씬 컸다. 오전에 근무를 하고 점심시간 이후부터 태어나서 처음으로 파티에 참석하기 위해 꽃단장을 하게 된 하라였다.

　평소 다니던 동네의 헤어숍이 아니라 청담동에 위치한, 이름만 들어도 알 만한 헤어숍에서 요즘 가장 핫하다는 연예인과 함께 메이크업과 헤어를 했다.

　머리를 하면서도 어찌나 신기하던지 세상 살면서 이런 일이 또 있을까 하는 생각이 들었다.

　하라는 그녀를 헤어숍에 떨구고 사라진 형준이 어디에 있는지 궁금했었다. 그리고 막상 그가 그녀 앞에 나타났을 때 그녀는 심장이 멈추는 줄 알았다.

턱시도가 이만큼 잘 어울리는 남자는 살면서 한 번도 보지 못했다.

"와……."

저도 모르게 감탄사가 튀어나온 건 그녀가 아니라 그녀 옆에 있던 연예인이었다.

주변에 예쁘고 멋지다는 사람들이 수두룩할 연예인이 그를 보고 감탄사를 연발했다. 솔직히 하라는 감탄사도 뱉지 못할 만큼 놀랐었다.

하지만 그도 그녀의 모습이 만족스러운 듯 한참을 보았다. 레몬색 오프 숄더 드레스에 업스타일 머리와 화려한 귀걸이를 포인트로 한 그녀의 모습은 옆의 연예인과 비교해도 결코 뒤처지지 않았다.

그녀는 지금 그가 내민 손을 잡은 채 호텔 로비에 도착해 있었다.

"정말 규모가 큰 행사네요. 그런데 우리 같은 말단이 이런 곳에 와도 되는지 모르겠어요."

"걱정하지 말아요. 지금 가장 빛이 나니까."

그가 그녀의 귀에 대고 속삭였다. 물론 예의상 한 말이겠지만 그녀의 심장은 미친 듯이 뛰고 있었다. 파티장 안에는 외국인들도 많았고 국내 기업인들도 많이 있었다. TV에서만 보던 회장들도 보였다.

"형준 씨, 우리가 올 자리가 아닌데 이사님이 착각하신 것 같아요. 나한테는 기업 실무자들이 오는 파티라고 했거든요."

하라는 주위를 두리번거리며 말했다.

"그래요?"

"네, 진짜 그랬어요."

그때 갑자기 사회자가 마이크로 말을 하기 시작해서 그들의 대화가 잠시 멈추었다.

하라는 주위를 두리번거리기에 바빴다. 오늘은 헤어숍에서부터 유명인들만 보는 날인 것 같았다.

"형준 씨, 진짜 유명한 사람들 많이 왔어요. 신기하죠?"

"⋯⋯."

그는 답은 안 하고 사회자만 보고 있었다. 민망해진 하라는 고개를 돌려 사회자를 보았지만 눈동자는 유명인들을 향해 있었다.

핸드폰이라도 꺼내서 같이 사진이라도 찍고 싶은 마음이었다.

그리고 그런 그녀의 눈을 사로잡은 사람이 있었으니, 그는 우리나라 차세대 경영인 1위를 차지한 동인그룹의 최태우 사장이었다.

"와…… 오늘 계 탔네."

그녀는 저도 모르게 얼빠진 사람처럼 중얼거리고 있었다.

"저, 저기 최태우 사장이 있어요. 완전 팬인데……."

"누구요?"

여태까지 아무런 말이 없던 그가 한 마디 했다. 그의 눈길이 최태우에게로 향했다.

"멋지죠? 제 롤모델 같은 사람이에요."

"……."

"재벌인데도 불구하고 인성도 좋은 사람이죠. 직원들에게도 인기가 많은가 봐요."

"……."

하라는 그때까지 형준의 얼굴이 굳은 줄도 모르고 있었다. 얼마 후에 하라는 아주 놀랄 일을 눈으로 보게 되었다.

그녀가 잠깐 화장실을 다녀온 사이에 형준과 최태우가 나란히 서 있었다.

"어떻게 된 일이지?"

그리고 멀리서 보기에 그들은 아주 자연스러운 관계로 보였다.

"설마……."

하라는 자신의 눈을 의심하며 형준의 곁으로 갔다. 최태우는 가까이서 보니 더 미남이었다.

하지만 형준이 훨씬 더 잘생기긴 했다.

"이분이야?"

최태우가 그녀를 보며 말을 하는, 아주 비현실적인 상황이 만들어졌다.

"응……."

"안녕하세요. 최태우입니다."

최태우가 그녀에게 손을 내밀었다. 하라는 하마터면 두 손으로 악수를 할 뻔했다.

"상당히 미인이십니다."

"감사합니다."

하라는 얼이 빠져서는 겨우 태우의 칭찬에 답했다. 사람이 어쩜 이렇게 매너가 좋은지…….

"형준이 넌 오늘 웬일이야? 할아버지가 보내셨어?"

"뭐 그런 셈이야."

형준이 반말을 했다. 최태우에게, 우리나라 차세대 경영인 1위의 재벌남에게 말이다. 정신이 온전한 걸까? 지난번엔 쓰러지더니 지금은…….

하라의 머리가 바쁘게 돌아가기 시작했다. 더 실수하기 전에 형준을 최 사장과 떼어 놓아야 한다.

"형준아……."

유한상사 회장이 형준의 이름을 부르며 그에게 다가왔다.

"아저씨."

형준이 미쳤거나 지금 하라가 꿈을 꾸고 있는 게 분명했다. 그가 우리나라에서 손꼽히는 무역회사인 유한상사 회장에게 아저씨라 했다.

"아버지는?"

"항상 그러시죠."

"그놈이 정신을 차려야 하는데……."

"아이쿠, 아가씨가 있었네. 방금 내 말은 잊어요. 난 이 녀석 아버지와 친구거든."

유한상사 회장이 형준이 아버지와 친구 사이였다.

"아…… 네."

머리가 복잡해지기 시작했다. 옆에 서서 줄곧 그녀만 바라보고 있던 최태우가 물었다.

"처음 보는 아가씬데, 여자 친구?"

"아니."

그가 딱 잘라 말했다.

"그래? 그럼 아가씨의 전화번호를 물어도 될까?"

"안 돼, 약혼자야."

"……."

이건 꿈이었다. 꿈이 분명했다. 아주 난해하며 복잡한 꿈이었다. 깨면 하나도 기억나지 않을 꿈이었다.

"잠깐만요……."

속이 울렁거려서 하라는 다시 화장실로 향했다.

"웩!"

너무 놀라서 헛구역질을 했다. 그래도 속이 계속 울렁거렸다. 하라는 클러치 백에서 핸드폰을 꺼내 집으로 전화를 걸었다.

"엄마……."

[어딘데 아직 안 기어들어 가?]

음악 소리가 들리는 모양이었다. 요즘 엄마는 그녀의 집에 오는 걸 멈췄다. 엄마도 직장 생활을 하는데 두 집 살림을 하기엔 체력이 달리는 것이다.

"오늘 파티 있다고……."

[파티 같은 소리 하네. 또 외박하면 진짜 너 죽고 나 죽는 거야!]

엄마의 목소리가 이렇게 핸드폰 너머까지 울리는 걸 보니 꿈은 아니었다.

"엄마."

[왜?]

"나 꿈꾸고 있나 봐."

[미쳤어? 밖에 기어 나가서 꿈을 꾸게?]

"그러니까……."

[빨리 들어가. 안 그러면 엄마 또 네 집에 가있을 거야.]

"알았어."

하라는 전화를 끊고 자신의 허벅지를 꼬집어 보았다.

"악!"

분명히 꿈은 아니었다. 그러면 환각 상태? 뭘 잘못 먹은 걸까?
아무리 생각해도 먹은 게 없었다.

"그래, 착각일 거야."

다시 한 번 확인을 하기 위해 그녀는 심호흡을 크게 한 번 하고
는 파티장으로 들어갔다. 그런데 이번엔 더 놀라운 장면이 그녀의
눈앞에 펼쳐졌다. 우정그룹 회장인 윤석희 회장이 형준의 옆에 서
있었다.

"이건 진짜 무슨 상황이지?"

그녀는 불안한 마음으로 그들에게 가까이 다가갔다.

"오 대리님."

분명히 형준이 그녀를 불렀다.

"네? 네……."

마치 사형장이 끌려가는 죄수처럼 그녀는 형준의 앞으로 향했

다. 형준이 갑자기 그녀의 손을 잡았다.

"오하라 씨, 반가워요."

윤 회장이 그녀의 이름을 불렀다. 분명히 형준은 '오 대리'라고 했는데 말이다.

"우리 형준이 사수 하느라 힘들죠?"

"네? 아닙니다."

'우리 형준이'라니 오늘 여러모로 놀랄 일의 연속이었다.

"우리 형준이하고 결혼을 약속했다고 하던데……."

"네?"

"약혼식은 생략하기로 하고?"

형준이 그녀의 손을 꽉 잡았다. 그렇다고 대답하라는 것이었다.

"하하하, 뭐…… 그렇죠."

"난 약혼식 하는 것도 좋을 것 같은데……."

"요즘 약혼식을 하는 사람이 없어서 저희도 안 하기로 했습니다."

갑자기 결혼을 하게 생겨 버렸다. 무슨 상황인지도 모르고 팔려 가는 느낌이었다.

"우리 형준이가 내 얘기는 안 하던가?"

윤 회장이 눈을 반짝이며 물었고 형준이 손을 꽉 잡았다.

"하하하, 아주 좋은 분이라고……."

무슨 일인지 상황을 알아야 대처를 하지, 도저히 알 수가 없는 상황이었다.

"자기야, 잠깐만……."

그녀가 이를 악물며 형준에게 말했다. 그러자 형준이 그녀와 함께 사람들이 그나마 없는 구석으로 향했다.

"도대체 무슨 일이에요?"

"말 그대로 나와 결혼해 줘요."

"뭐라고요? 결혼이 장난이에요?"

"그건 아니지만 지금 나한텐 아주 절실하게 필요한 일이에요."

"싫어요."

그녀는 이런 식으로 결혼을 하는 건 싫었다. 그녀의 삶도 있는 것이다.

"난 형준 씨에 대해 몰라요."

"윤형준, 나이 30세. 육군 대위로 전역했고, 지금은 우정그룹 기획실 직원이고, 할아버지가 우정그룹 회장이시고……."

"잠깐…… 그러니까 지금 형준 씨가 우리 회사 후계자란 말을 지금 나한테 아무렇지도 않게 하고 있는 거고요?"

"뭐 말하자면……."

"그래서 황 이사가 그렇게 쩔쩔맨 거고요?"

그가 고개를 끄덕였다.

"난 싫어요."

"왜죠?"

"사랑 없는 결혼은 싫다고요."

"나랑 하는 섹스는 마음에 들어 하면서……."

"형준 씨!"

"생각해 봐요. 그리고 지금은 약혼자인 척해 주세요. 나중에 더 자세한 사정을 이야기해 드리겠습니다."

뭔가 사정이 있는 모양이었다. 후계자에게 말 못 할 고민이란 게 뭘까?

하긴 지금 그를 걱정할 상태가 아니었다. 하라는 뭔가에 홀린 기분이었다.

"할아버지 앞에서는 아주 다정한 척해야 합니다."

"내가요? 왜요? 설마 이런 일 시키려고 그렇게 명품을 막 사 준 거예요?"

"아니라곤 못 합니다."

"형준 씨!"

명품에 팔려서 시집을 가게 생겼다.

"진짜 너무……."

갑자기 그가 그녀의 허리에 팔을 감더니 자신의 품에 안았다.

"뭐, 뭐 하는 거예요? 사람들이 본다고요."

"보라고 하는 겁니다."

"뭐요?"

어이가 없었다. 아주 에로틱한 여인들처럼 그들은 한 치의 오차도 없이 겹쳐져 있었다. 그의 숨결이 그녀의 목에 닿았다.

"뭐, 뭐 하는 짓이에요?"

그는 등을 돌리고 있어서 모르겠지만 그녀의 눈엔 흥미로운 눈으로 그들을 보는 많은 눈들이 있었다.

"키스하면 죽일 거예요."

하지만 그건 어디까지나 그녀의 바람이었다. 입술엔 하지 않았지만 그녀의 목에 그의 입술이 닿아 있었다. 하라는 그의 입술이 닿은 곳이 타들어 가는 느낌이었다. 사람들은 호기심 어린 눈으로 그들을 보았다.

"왜 이러는지 물어봐도 될까요?"

그녀가 이를 악물며 물었다.

"선전포고라고 생각해요."

"선전포고?"

알아들을 수 없는 말을 하는 그였다. 하여튼 그녀는 지금 형준에게 끌려가고 있었다. 그를 거부할 수 있는 힘이 그녀에겐 없었다.

그러다가 그가 갑자기 그녀에게서 몸을 떼었다. 그리고 그녀를 이끌고 사람들 사이로 들어갔다.

그런 그들을 윤 회장이 아주 흐뭇한 시선으로 보고 있었다.

"형준아!"

그때 누군가 형준을 불렀다. 우정화학 박 사장이었다. 자회사 중에서도 우정화학은 큰 규모에 속하는 회사였다.

"안녕하세요? 할아버지."

형준이 박 사장에게 정중하게 인사했다. 그녀도 덩달아 고개를 숙였다.

"이 예쁜 아가씨는 누구지?"

"제 약혼자입니다."

"그런 소린 못 들었는데, 서운하구나."

"결혼식에 초대하겠습니다. 약혼식은 제가 몸이 좋지 않아서 안 하기로 했습니다."

"몸은 왜? 지금은 괜찮니?"

"지금은 괜찮습니다."

하라가 보기에 박 사장의 눈빛은 친절했지만 뭔가 어색한 눈빛 이었다. 형준을 좋아하는 것 같지 않았다.

"다행이구나. 윤 회장님은?"

"저쪽에 계십니다."

"그래. 아가씨, 우리 결혼식 때 만나요."

"네……."

박 사장이 갑자기 그녀에게 말을 걸어서 깜짝 놀란 하라였다. 그 후로 파티는 완벽하게 가시방석이었다.

하라가 웃고 있었다. 그냥 넋을 놓고 본다는 게 이런 거구나, 라는 생각이 들자 형준은 얼른 고개를 돌렸다. 오늘 파티장에서 가장 빛나는 사람은 하라였다.

다른 건 보이지 않고 신기할 만큼 하라만 그의 눈에 들어왔다.

대부분 어두운 색상의 드레스를 입고 왔는데 하라는 눈에 띄는 레몬색의 드레스를 입었기 때문만은 아니었다. 그녀는 그 자체로 빛이 나는 사람이었다.

하라가 드레스로 고민을 하는 걸 듣고 그녀에게 드레스를 사 준 건 아니었다.

오늘 그녀를 이 자리에 서게 한 건 그의 계획이었다. 요즘 그의 뒤를 캐고 다니는 놈이 있다는 걸 종훈에게 들었고, 그놈이 누구인지 알게 되면서부터 그는 오늘을 준비했다.

그가 김 병장 때문에 마음의 병을 얻은 건 사실이었지만 정신병자는 아니었다. 그의 진료기록과 군에서 일어났던 일들을 캐고 다닌다는 걸 알고는 형준은 그들이 왜 그러는지 곰곰이 생각했다.

그리고 주식을 모으는 우정화학의 박 사장의 야망을 알기에 더 이상은 가만히 있을 수 없다는 생각이 들었다. 그들의 계획은 뻔했다.

주총을 열어서 그가 정신병자라는 걸 주주들에게 알려서 경영권을 박탈할 생각인 것이다.

그렇게 하기 전에 빠르게 움직여야 했다. 더 이상 김 병장의 일에 얽매어 할아버지까지 곤란하게 만들 수는 없었다. 그게 재벌로 태어난 그의 숙명인 것이다. 거기에 그의 버팀목이 되어 주어야 하는 아버지마저 정신을 차리지 못하고 어린 여자들과 스캔들만 일으키고 있었다.

그래서 할아버지에게 결혼할 여자가 있다고 말했다. 일단 하라도 그를 싫어하는 것 같지 않았기 때문에 일을 진행할 수 있었다.

그리고 이상하게 하라에겐 믿음이 있었다. 그보다 한 살 어리지만 그녀는 그의 사수였다.

그래서일까? 하라가 많이 의지가 되었다. 사랑은 한 번도 해 보지 않아서 모르겠지만 좋아는 하는 것 같았다. 일단 결혼을 한다면 좋은 남편이 될 것이다.

그의 아버지처럼은 안 될 거라고 어린 나이서부터 맹세를 했었다.

자신이 만약 아버지를 닮은 행동을 하게 된다면 그는 그 누구와도 결혼을 하지 않을 거라 맹세했다. 오늘 이곳에 오기 위해 황 이사를 시켜 할아버지에게서 온 초대장을 하라에게 주게 했다.

이 정도의 파티라야 자신이 결혼할 여자를 선보일 수 있고, 그가 건강하다는 걸 많은 사람에게 보일 수 있기 때문이었다.

그런데 문제는 그의 시선이 자꾸만 하라에게 향한다는 것이었다. 물론 하라를 처음 본 순간부터 끌린 건 사실이었지만 지금은 조금 혼란스러웠다. 왜 그녀에게 이렇게 신경을 쓰는지 스스로도 알 수 없었다.

이런 연극에 필요한 여자들은 얼마든지 있었다. 굳이 하라가 아니어도 됐다. 그런데 그는 굳이 이런 모험을 하고 있었다. 왜일까?

그는 사람들 사이에서 빛을 내고 있는 아름다운 하라를 또 보고 있었다.

"누구야?"

"……"

"아까부터 넋을 놓고 저 여자를 보고 있는 건 너만은 아닌 것 같다."

어릴 때부터 알고 지낸 태우가 하라를 보며 말했다. 하라가 잠깐 화장실을 갔다가 파티장으로 들어오자 그녀를 바라보는 남자들의 시선이 많았다. 그걸 태우가 본 모양이었다. 형준은 하라를 보느라 다른 남자들이 시선 따위는 안중에도 없었는데, 태우의 말을 듣고 보니 대부분의 젊은 남자들의 시선은 다 하라에게 가 있었다.

왜 이렇게 신경이 쓰이는 건진 모르겠지만 지금 형준은 하라를 바라보는 남자들을 주먹으로 한 대 치고 싶었다.

태우를 겨우 떼어 내고 할아버지에게 하라를 소개했을 땐 조금 이상한 마음이었다. 하라가 진짜 그의 여자인 것 같은 느낌이 들었다.

그리고 그녀를 사람들이 많은 곳에서 껴안았다. 마치 소유권을 주장하는 것처럼 말이다. 평소 그답지 않았다. 하라와 얽히면 이상하게 평상시 그가 하지 않은 일들을 하게 되었다. 처음의 원나 잇 때도 그랬다. 모르는 여자와 그렇게 하루를 보낸 건 맹세코 처음이었다.

지금은 파티가 거의 끝나가고 있었고, 하라는 아직 충격에서 벗어나지 못한 것 같았다.

그가 우정그룹의 후계자란 것도 놀란 것 같고 갑자기 약혼자 역할을 하려니 부담스러운 것 같았다. 차분하게 이야기를 해 봐야할 것 같았다. 차분하게…….

여전히 그녀에게 시선을 떼지 못한 늑대 녀석들이 차례차례로 그녀의 곁을 맴돌고 있었다.

아무래도 이 파티가 끝날 때까지 있다가는 큰일이 날 것 같았다.

이성보다 빠른 그의 주먹이 누구에게든 향할 것 같았기 때문이었다.

"아! 아파요."

하라의 손을 잡고 무작정 파티장을 나온 그였다.

"왜 그래요? 화났어요?"

"……."

"오늘 화를 내야 할 사람은 나 아니에요?"

그는 그녀가 불만을 쏟아 내는 동안 지하 주차장으로 가기에 바빴다. 그리고 벤틀리에 올랐다.

"그러니까 이것도 형준 씨 거예요?"

"……."

"다 거짓말이네. 진실은 뭐예요?"

그녀가 차에 타서는 쉴 새 없이 불만을 터트렸다.

"진실?"

"네, 진실이요. 아직도 우정그룹 후계자가 형준 씨라는 게 믿기지 않아요. 오늘 일어난 일들도 그렇고. 마치 복잡한 꿈을 꾸고 있는 기분이에요.”

“진실을 알고 싶습니까?”

“네.”

그가 그녀의 얼굴을 양손으로 잡아 입을 맞추었다. 지금 그의
진심은 그녀를 차에 눕히고 갖는 것이었다.

그녀의 풍만한 가슴에 얼굴을 묻고 거칠게 유두를 빨고 싶었다.
그리고 미칠 것 같은 느낌을 주는 그녀의 질 안에 자신의 페니스
를 넣고 싶었다.

그의 혀가 놀란 그녀의 입안으로 들어가서 마구 휘젓기 시작했
다. 그녀의 타액을 모조리 마시며 혀의 돌기 하나하나까지 다 느
끼고 있었다.

파티장에서 이렇게 하고 싶은 걸 참느라고 혼이 난 그였다. 여
자에게 이렇게까지 강한 욕망을 느낀 적은 단 한 번도 없었다. 그
녀의 영혼까지 빨아들일 것처럼 그는 강하게 그녀의 입술을 탐했
다.

“으읍!”

숨조차 쉬기 힘이 들었다. 이내 그가 키스를 멈췄다.

“헉헉……. 형준 씨…….”

“하라 씨 집으로 갈 겁니다.”

“네?”

"더 이상 참는 건 무리입니다."

그는 이렇게 말을 하고는 시동을 걸었다. 최대한 빠르게 그는 그녀의 집에 도착했다.

"형준 씨……. 난……."

"뭐라고 해도 날 멈출 수는 없습니다."

그녀의 손을 잡고 그녀의 집에 들어서는 순간부터 침대에 가기까지 그들의 입술은 떨어지지 않았다. 오프 숄더 드레스는 벗기기 너무 쉬운 옷이란 걸 형준은 처음으로 알았다. 그의 손길 한 번에 그녀는 팬티만 입게 되었다.

그는 턱시도를 빠르게 벗고는 그녀의 침대 위로 뛰어들었다. 그의 입술이 그녀의 입술을 탐하는 동안 그의 손은 그녀의 가슴을 터트릴 듯이 거칠게 만지고 있었다.

"아아아……."

그녀의 신음 소리마저도 그를 흥분하게 만들고 있었다. 손끝에 느껴지는 유두의 단단함이 좋았고, 풍만한 가슴의 부드러운 느낌도 그를 미치게 했다. 형준은 입술을 내려 그녀의 유두를 물었다.

"아아아……. 아……흐."

그가 유두를 빨 때마다 그녀는 자지러질 것 같은 신음을 내뱉었다.

그녀의 가슴을 손으로 뭉개며 그는 황홀함에 빠져들었다. 여자가 그에게 줄 수 있는 극도의 쾌감을 하라가 주고 있었다. 처음엔 섹스를 시작하면 놓아주기 싫어서 몇 번이고 계속했는데, 이제는 그녀를 볼 때마다 그의 남성이 반응을 하고 있었다. 미칠 것같이 그녀를 원했다.

　매일매일 이렇게 섹스를 하고 싶었다. 그녀를 그의 침대에 묶어두고 싶은 마음이었다. 다른 건 생각이 나지 않았다. 그녀는 그를 짐승으로 만드는 재주를 가지고 있었다.

　그의 혀가 점점 더 아래로 내려왔다. 그녀의 검은 숲은 언제나 그를 위해 존재하는 것 같았다. 어쩜 이렇게 풍성한지 깊게 파고들어야 그녀의 클리토리스를 찾아낼 수가 있었다.

　"형준 씨!"

　그가 그녀의 숲에 입으로 바람을 불자 그녀가 그의 이름을 불렀다.

　그녀도 흥분한 것이다. 이미 젖어 있는 그녀의 질 안으로 손가락을 넣었다. 뜨거운 용광로 같은 그녀의 질은 그를 매료시키고 있었다.

　"헉헉……."

　그의 숨소리가 점점 거칠어지고 있었다. 그의 모든 신경 세포가 그녀를 향해 열리는 느낌이었다. 사람이 이렇게 부드러울 수 있다는 게 놀라웠다.

더 이상 참기가 힘이 들었다. 그는 자신의 몸에 걸쳐진 옷들을 하나도 남김없이 벗어 내렸다. 그런 그를 하라가 뜨겁게 바라보고 있었다.

그는 순간 자신도 그녀를 저렇게 욕망 어린 눈빛으로 보고 있는지 궁금했다. 그는 하라의 다리를 잡아 벌렸다.

불이 환하게 켜진 방에서 이렇게 미친 듯이 여자를 탐한 적이 없었다. 하지만 오늘은 하라의 모든 걸 보고 느끼고 싶어 그는 불을 끄지 않았다.

다행히 하라는 불이 켜져 있다는 것도 잊은 듯했다. 그녀의 다리를 옆으로 벌리자 그녀의 여성이 한눈에 들어왔다. 그녀의 여성은 이슬을 머금은 핑크색의 꽃 같았다. 수줍음이 가득하다기보다는 비에 점점 젖어 드는 것 같았다.

하라는 흥분하면 많이 젖어 들었다. 그것이 너무나 마음에 드는 형준이었다. 그의 페니스가 젖은 질 안으로 들어갈 때의 느낌이 너무나 좋았다. 그는 한참 동안 그녀의 여성을 내려다보았다.

언제나 급하게 섹스를 해서 그녀의 여성이 이렇게 예쁘다는 걸 알지 못했다.

그저 그녀의 안에 들어가 미친 듯이 부풀어 있는 페니스와 분신들을 해방시켜 주기에 바빴기 때문이었다.

"아아앙……. 제발 그만 봐요. 부끄럽단 말이에요."

"헉헉……."

그녀의 말은 그의 귀에 들리지 않았고 호흡만 더 거칠어질 뿐이었다.

그는 하라의 여성에 가볍게 입을 맞춘 후에 그의 다리 사이에서 아우성을 치고 있는 페니스를 손으로 잡았다. 그리고 그녀의 질 입구에 살짝 대고는 그녀의 애액이 질 입구에서 번들거릴 때까지 살며시 문지르기만 했다.

"아…… 넣어 줘요."

"으윽……."

그도 더 이상은 참기 어려웠다. 하지만 더 큰 쾌감을 위해 그는 조금 더 참기로 했다. 그는 한 손으로 자신의 페니스를 잡고 그녀의 질 입구를 문지르며 다른 한 손으론 그녀의 클리토리스를 자극하기 시작했다.

"아아앙……. 미치겠어요."

그녀가 몸을 활처럼 휘기 시작했다. 침대시트가 젖을 정도로 그녀의 애액이 흘러넘치고 있었다. 더 이상 버티기는 힘이 들었다.

그는 자신의 페니스를 그녀의 질 안으로 밀어 넣었다.

"아아아악!"

여전히 아픈 모양이었다. 하지만 그녀만 고통을 느끼는 건 아니었다. 그도 똑같이 고통을 느끼지만 처음만 잘 들어가면 완전한 천국을 맛볼 수 있었다.

오늘은 너무 흥분했기 때문에 오히려 더 조심스럽게 움직였다. 안 그러면 그녀가 고통스러울 게 뻔했다.

"형준 씨……."

그녀가 거친 숨을 몰아쉬며 그의 이름을 불렀고 그는 허리와 엉덩이를 이용해서 거친 몸짓을 하고 있었다. 그녀 안에 들어간 페니스는 밖으로 나오고 싶지 않다는 듯이 한참을 그녀 안에서 피스톤 운동을 하고 있었다.

그녀가 그의 가슴 위에 손을 올렸다. 아마도 그의 커다란 페니스 때문에 아픈 모양이었다.

그녀의 고통이 안쓰럽기는 했지만 그는 타이트하게 조여 오는 질의 느낌이 너무나 좋았다.

"하라 씨……. 헉헉……."

거친 숨과 함께 마지막을 향해 달리고 있는 그였다. 그가 그녀의 몸 안에 그의 분신을 뿌렸다. 그리고 그녀 위로 무너져 내렸다.

손 하나 까닥할 힘이 없었지만 좋았다. 그리고 잠시 후에 언제 그랬냐는 듯이 녀석이 다시 부풀어 올랐다.

형준은 알았다. 그는 그녀를 절대로 놓아줄 수 없다는 걸 말이
다.

9장

파티에 다녀온 후에 많은 것이 변했다. 갑작스럽게 형준이 우정 그룹의 후계자인 걸 알게 되었고, 윤 회장에게 형준의 약혼자로 소개가 되었다. 그날 밤에 그들은 뜨거운 밤을 함께했지만 그들이 미래에 관해선 들은 바가 없었다.

그는 다음 날까지 있지 머무르지 않고 새벽에 자신의 집으로 가 버렸다. 그의 마음을 알 수가 없었다. 왜 갑자기 이러는지, 결혼은 무슨 말인지, 그날은 정신이 하도 없어서 제대로 묻지 못했었다.

그가 하자는 대로 하기는 했지만 이게 옳은 것인지는 아직 확신이 가지 않았다.

정신을 차리고 보니 예식장이었다는 결혼한 친구의 말이 생각이 났다. 지금 그녀가 딱 그 상황이었다. 정신이 들면 진짜 예식장에 서 있을 것만 같았다.

"대리님······."

"어, 주영 씨, 주말 잘 보냈어?"

"네, 대리님은요? 파티는 좋았어요. 규모는 컸어요? 혹시 연예인도 봤어요? 나도 가고 싶었는데······."

"파티 좋았고, 규모는 상상을 초월했고, 연예인은 정신이 없어서 못 봤고, 못 데려가서 미안해."

"아니에요."

주영이 풀이 죽은 얼굴로 답했다.

"혹시 형준 씨 턱시도 입은 거 사진 찍은 거 없어요?"

"그럴 시간이 없었어."

얼이 빠진 상황에서 사진이라니······.

"안녕하세요? 대리님."

홍보실의 혜은이 그들을 보며 반갑게 인사를 했다.

"출근이 빠르네."

"오늘 바빠서요. TV광고 때문에요. 오늘까지라서······."

혜은은 하라가 보기에 굉장히 일을 열심히 하는 직원이었다.

"아, 근데 그게 아세요?"

"뭘?"

"사내에 며칠 전부터 이상한 소문이 돌아서요. 윤 회장님 손자가 우리 회사에서 근무를 한다네요."

혜은의 말에 하라의 표정이 굳었다.

"그런데, 윤 사장님보다 상태가 더 안 좋다고 하네요."

"바람둥이 윤 사장님보다 더 바람둥이래요?"

주영이 끼어들었다.

"아니, 군인이었는데 사람을 많이 죽여서 정신병에 걸렸대……."

"혜은 씨!"

하라가 정색을 하며 혜은이 입을 막았다.

"그런 말 함부로 하고 다니면 안 돼. 그런 정신병을 앓고 있는데 브레인들의 집합소인 우정그룹 본사에서 일을 할 수 있겠어? 그리고 그렇게 정신병자면 우리가 모를까?"

"하긴, 대리님 말이 맞네요."

주영이 하라의 말에 맞장구를 쳐 주었다.

"그런가?"

"이 소문을 윗선에서 알면 인사에 영향이 있을 것 같은데 말조심해."

"네, 죄송해요."

하라가 주영과 사무실에 들어서자 형준은 이미 출근해 있었다. 사내에 그런 소문이 도는 걸 형준도 알아야 할 것 같아서 하라는 형준을 휴게실로 불렀다.

"형준 씨 사내에 이상한 소문이 돌고 있는 거 알아요?"

그녀가 자판기 커피를 건네며 말했다.

"무슨⋯⋯."

"형준 씨가 우리 본사에 입사를 했고 정신병에 걸렸다는⋯⋯."

"알고 있습니다."

"네?"

"그걸 알기 때문에 우리가 파티에도 간 것이고 대리님께 결혼하자는 말도 한 겁니다."

"엄밀히 말해 결혼하자는 말을 통보한 거지, 허락을 구한 건 아니잖아요."

"도와주시리라 믿었으니까요."

그는 그녀에게 관심이 있어서가 아니라 사태를 수습하고 싶었던 것이었다.

"곧 있으면 주총이 있을 겁니다. 아마도 아버지와 저를 경영에서 물러나게 할 겁니다. 아버지에 관한 소문은 거의 다 맞지만 저는 아닙니다."

"당연하죠. 형준 씨가 정신병자라니, 말도 안돼요."

"치료는 받았습니다. 군대에서의 일은 제게 쉽게 극복할 수 있는 일이 아닙니다. 사람들이 사고를 당한 후에 겪는 게 스트레스성 장애인데, 저도 그렇다고 보면 됩니다. 일시적인 것이었고 지금은 괜찮으니까요."

"네⋯⋯."

"할아버지의 자리를 호시탐탐 노리는 세력이 있습니다. 은혜를 원수로 갚으려는 자들이죠. 전 용서하지 않을 겁니다. 대리님이 도와주세요."

"제가 무슨 도움이 될까요?"

"곁에 있는 것만으로도 도움이 됩니다."

사람을 헷갈리게 만드는 재주가 상당한 사람이었다. 이런 말은 사랑하는 사람에게나 하는 말이었다. 또 한 번 그의 말에 벽이 무너지는 하라였다.

이 상태라면 뭐든 도와줄 상황이었다. 그는 그녀를 꼼짝 못하게 하는 힘이 있었다.

"주총이 열리기 전까지는 우리도 대비를 해야죠."

"대비요?"

"네."

"어떻게 하면 되는데요?"

"이렇게⋯⋯."

그가 갑자기 그녀의 허리를 안고 키스했다. 언제 누가 들어올지 모르는 회사 휴게실에서, 그것도 혀를 밀어 넣는 딥키스를 하고 있었다.

"오 대리님……."

주영의 목소리가 들린 것 같은데 하라는 지금 신경 쓸 여유가 없었다. 그에게 매달려 있기 바빴기 때문이었다.

요즘 하도 꿈같은 일이 많아서 지금 그와의 키스가 그리 놀랍지도 않았다.

"이사님이 찾으세요……. 마무리 짓고 오세요……."

주영도 자신이 무슨 말을 하고 사라졌는지 모르는 것 같았다. 주영이 사라지자 그가 하라를 놓아주었다.

"들어가죠."

무심하게 말하며 돌아서는 그의 뒤통수를 한 대 치고 싶을 만큼 그는 얄미운 인간이었다.

사무실에 들어가자 주영은 거의 울상인 얼굴로 그들의 눈길을 피했다. 충격을 받은 모양이었다.

"저희 사귑니다."

주영만 들리게 형준이 조용히 말했다.

"딸꾹, 축……하드려요. 딸꾹."

많이 놀란 모양이었다. 하라는 형준의 얄미움의 끝이 어딘가를 생각해 보았다.

"주영 씨, 왜 그래?"

주영이 계속해서 딸꾹질을 하자 마 과장이 물었다.

"딸꾹, 아닙니다."

"물 마셔."

"딸꾹, 네……."

주영은 한동안 그렇게 딸꾹질을 했고, 하라는 책상에 머리를 박은 채 한동안 고개도 들지 못했다.

"분위기가 아주 싸한 오전이었어. 지난번에 산업스파이 사건 터졌을 때보다 더……."

마 과장이 점심시간에 그들을 보며 말했다.

"과장님도 느끼셨어요? 저도요."

홍민이 끼어들었다. 하지만 하라, 주영 그리고 형준은 밥만 먹을 뿐이었다.

"왜 이러는데?"

"그러게요. 마치 삼류드라마를 보는 기분입니다. 세 사람의 삼각관계를 보는 듯한……."

홍민이 아주 신이 나서 말하고 있었다.

"뭐야?"

"……."

"빨리 말 안 해?"

마 과장의 의심의 눈초리가 하라에게 머물렀다. 아주 흥미로운 걸 발견했다는 듯 마 과장의 눈동자가 반짝이고 있었다.

"뭐요?"

"까칠하게 구는 게 의심스러워. 사수 하라고 했지, 누가 연애하라고 했어?"

"…….."

답을 할 수가 없었다.

"진짠가 보네."

또다시 마 과장이 부추겼다.

"과장님 그만해요. 재미없어요."

"난 재미로 묻는 거 아닌데. 진짜야?"

"뭐가 진짜예요. 오늘 과장님이 너무 예민하시네."

주제를 바꾸고 싶은데 마 과장은 그럴 생각이 조금도 없는 듯했다.

"주영 씨가 말해 봐."

"알아도 모릅니다."

"뭐?"

주영은 차마 하라와 형준이 휴게실에서 벌인 일을 이야기하지 못할 것이다.

"저희 사귑니다."

"……."

밥을 먹다가 말고는 마 과장이 수저를 놓쳤다. 홍민은 멍하게 젓가락을 들고 있었고, 주영은 그들에게서 고개를 돌렸다.

"너무 쇼킹한데?"

"우리 사내 연애 안 되는 거 아니에요?"

"그거 사라진 지 얼마나 오래됐는데?"

"부러워서 한번 말해 봤습니다."

마 과장과 홍민은 텀 앤 더머 같은 만담을 하고 있었다. 구내식당이 아닌 근처의 백반집에 왔기에 망정이지, 회사 내였으면 형준의 입을 손을 막았을 것이다.

"언제부터?"

"좀 됐습니다."

"첫눈에 반한 거야?"

"네."

"오올―."

밥 먹을 생각들은 하지 않은 것 같았다.

"점심시간 다 지나가요."

"점심이 중요해? 점심은 앞으로 계속 먹을 수 있지만 이런 얘기는 바로 들어야 맛이지."

마 과장이 제일 신난 것 같았다.

"과장님……."

말려 봐야 소용이 없었다. 점심시간이 어떻게 지나갔는지 모르게 지나갔다. 하지만 힘든 하루는 여기서 끝난 게 아니었다.

오후의 일을 시작하려는데 갑자기 황 이사가 그녀와 형준을 호출했다.

"회장님 호출이야."

이제는 윤 회장의 호출이었다. 하라는 앞으로 회사 생활이 힘들어질 것 같다는 생각이 들었다. 회장실로 향하는 발걸음이 무거웠다.

"왜 이렇게 일을 크게 만들어요?"

"미안하게 생각합니다."

"난 조용히 넘겼으면 했는데……."

"저도 그랬으면 좋겠는데 상황이 그렇게 안 되네요."

"상황을 만드는 건 아니고요? 형준 씨의 상황은 알겠고 돕겠다고 생각하고 있는데 자꾸 이렇게 불편하게 하면 생각이 복잡해진다고요."

다른 사람들은 어떨지 몰라도 하라는 형준이 재벌이라는 게 부담스러웠다. 형준 자체만으로는 좋은데 평범한 그녀에게 재벌은 넘사벽인 것이다.

사랑하는 남자와 결혼해서 남들처럼 사는 게 그녀가 생각하는 결혼생활인데, 이건 좀 상황이 달랐다.

"평범한 게 더 어려운가 봐요."

"……"

그는 답을 하진 않았지만 하라를 알 수 없는 눈길로 바라봤다. 그는 가만히 있는 모습도 멋졌다. 솔직히 형준의 모든 게 하라를 흔들었다. 그는 하라에게 많은 영향을 주고 있었다. 좋아하는 것을 넘어서는 감정이었다.

그를 사랑하는 걸까? 하라의 머릿속은 날이 갈수록 복잡해지고 있었다.

회장실에 들어서자 윤 회장 혼자만이 아니란 걸 알았다. 그의 옆에는 형준의 아버지인 윤 사장이 있었다.

사진으로만 본 인물을 이렇게 실물로 보니 왜 그녀가 형준을 알아보지 못했나 하는 생각이 들었다. 윤 사장과 이렇게 닮은 것을…….

"어서 와."

윤 회장이 얼굴 전체로 웃으며 그녀와 형준을 맞이했고 윤 사장도 웃으며 그들을 맞이했다. 이 방에서 가장 표정이 안 좋은 사람은 형준이었다. 왜인지 모르겠지만 형준은 지금 기분이 아주 나쁜 것 같았다.

"영철아, 형준이와 결혼할 아가씨다."

윤 회장의 말에 윤 사장은 아주 반갑게 그녀에게 악수를 청했다.

"반가워요."

"네, 안녕하십니까? 오하라입니다."

"이름이 아주 예뻐요."

"감사합니다. 아버지께서 지어 주신 이름인데 저도 아주 좋습니다."

윤 사장은 하라에게 많은 흥미를 느끼고 있는 것 같았다.

"아버님은?"

"소방관이셨는데 순직하셨습니다."

"미안하군."

"아닙니다."

"훌륭한 아버지를 뒀어."

"감사합니다."

윤 사장은 그녀에게 호의적이었지만 그의 아들은 아버지에게 그다지 호의적이지 않은 것 같았다.

"여긴 어쩐 일이십니까?"

"사장이 회사에 무슨 일이긴……."

"명함만 사장 아니십니까?"

"형준아!"

윤 회장이 그를 말렸다. 아무래도 하라 앞에서 안 좋은 꼴을 보이기 싫은 모양이었다.

"전 이만 나가 볼까요?"

"아닙니다. 여기 계세요."

형준이 딱 잘라 말했다.

"이제 우리 집 식구가 될 텐데 진실을 알아야죠. 부자간에 얼마나 깊은 골이 있는지……."

"……."

그의 말에 윤 사장은 죄인처럼 대꾸도 하지 못했다.

"그만해. 지금은 그게 중요한 게 아니야. 하라도 곧 우리 식구가될 테니 편하게 말하마. 우리의 주식을 지금 큰손들이 모으고 있어. 그렇게 해도 날 이길 수는 없지만 너희들에게 상처를 낼 수도있고 경영에서 물러나게 할 수도 있어."

"……."

"윤 사장을 부른 건 형준이가 자리를 잡을 때까지 회사에서 너의 위치를 잡고 있으라는 거야. 안 그러면 형준이가 위험하고, 더나아가서는 우정그룹이 다른 놈들 손에 넘어갈 수 있어."

윤 회장의 말에 형준은 귀까지 빨갛게 변해 있었다. 그의 일에아버지를 끌어들이기 싫었다. 아버지 윤 사장의 도움은 조금도 원하지 않았다.

"할아버지, 제가 알아서 합니다."

"알아, 너는 너대로 따로 준비해. 여기는 당분간 나와 윤 사장이 막고 있을 테니까. 조심해서 나쁠 건 없어."

이 말씀을 하시려고 부른 건지는 모르지만 하라는 매우 불편한 자리였다. 형준의 얼굴은 펴질 기미를 보이지 않았다.

"아버지는 이 일에 참여하지 않으셨으면 합니다."

찬바람이 시베리아 바람보다 더 차갑게 불고 있었다.

"형준아……."

"아버지는 아버지의 인생을 즐기시면 됩니다. 어차피 회사엔 관심도 없으시고 가족에겐 더더욱 관심이 없으시니까요. 이번에 걸그룹 아가씨와도 헤어지셨다고요?"

하라도 그 스캔들 기사를 보았다. 나이 차이가 서른 살이었다.

"돈이 떨어지셨으면 제가 드리도록 할 테니 회사는 안 나오셨으면 좋겠습니다."

그가 자리에서 일어나며 옆에 앉은 하라의 손을 잡아 일으켜 세웠다.

"앉아."

"전 더 이상 들을 말이 없습니다."

차가운 줄은 알았지만 이 정도일 줄은 몰랐다.

"너희들 결혼에 관해서도……."

"하라 씨, 어머님께 허락받는 대로 바로 식을 올리도록 하겠습니다."

"형준아……."

그는 하라의 손을 잡고 방을 나섰다.

"형준 씨……."

"어머님께 이번 주말에 찾아뵙는다고…… 아니, 오늘 찾아뵙는 게 좋을 것 같습니다. 저쪽 사람들의 움직임이 빨라지고 있어요."

형준은 할 말만 하고는 앞으로 사라졌다. 다른 건 모르겠지만 그는 오늘 그녀를 은근히 피하고 있는 느낌이었다. 말로는 사귄다고 해 놓고 정작 그녀와는 어느 정도 거리를 두는 느낌이었다.

서운한 마음이 드는 건 어쩔 수 없었다. 그리고 당장 그를 집으로 초대한다면 엄마는 아주 기절을 할 것이다. 하지만 하라는 엄마와 하니에게 정확하게 말할 것이다. 그와 결혼까지는 가지 않을 것이라고 말이다.

남편이 순직한 이후에 그녀의 집에 남자가 오는 건 처음이었다.

그녀는 친척도 없었고 집에 와 봐야 여자 친구들이 전부였다. 두 딸을 키우느라 그녀는 남자를 만날 시간도 없었다. 그렇게 바쁘게 살다 보니 세월이 흘러 딸이 남자 친구를 집으로 데리고 오는 날이 왔다.

"언니는 왜 갑자기 남친을 데려온다고 그러는 걸까? 불같은 사랑인가? 선본 지도 얼마 안 됐는데. 그때는 없었잖아?"

"시끄러우니까 빨리 양파하고 파나 까."

"네, 네."

하니는 까칠하게 말은 했지만 엄마를 잘 도와주는 딸이었다.

"언제 오는데? 난 화장도 못 지우고 이러고 있는 건데?"

"늦게 왔으면 싶은데 올 때 다 됐어."

집에 먹을 게 없어서 빨리 고기를 사 왔다. 초면에 냄새 풍기며 삼겹살을 구울 수는 없어서 불고기를 만들기로 했다.

"하여튼 아주 내가 늙어. 미리미리 말하면 얼마나 좋아."

"언니 성격에 이런 걸 이렇게 즉흥적으로 할 리가 없는데 이상해. 남자가 막 적극적으로 온다고 한 거 아닐까? 완전 로맨틱하다……."

"양파!"

"넵!"

음식을 빠르게 준비하느라 정신이 없었다.

"빛이 날까?"

"엄마는 그 말을 믿어?"

"믿고 싶다."

"나도……. 빛나는 우리 형부가 나한테 좋은 사람 소개시켜 준다잖아. 큭큭큭."

"불고기 좀 볶아."

빠르게 음식을 하느라 맛도 제대로 보지 못했다.

"엄마, 파출부 계속해서 나갈 거야?"

"엄마가 이렇게 벌 때 너희들도 얼른얼른 벌어서 시집가. 나중에 너희 덕에 좀 놀게."

딸들에게 짐이 되지 않기 위해 지영은 힘이 닿는 대로 노력하고 있었다. 지영의 삶에서 하라와 하니가 차지하는 비중은 전부나 마찬가지였다.

딩동!

"엄마 언니 왔나 봐!"

"그러게. 엄마 어때?"

"엄마가 선봐?"

"그래도 첫 만남인데……."

"아름다우십니다. 지영 씨!"

"엉뚱한 소리 그만하고 문이나 열어."

하니가 현관문을 열어 주러 가는 사이에 지영은 기도했다.

"빛나는 사람이 빛나리가 제발 아니길……."

지난번 남자가 대머리였던 게 마음에 걸렸었다. 그래도 귀하게 키운 딸인데 그렇게 보내는 건 싫었다.

"엄마!"

하니의 목소리 톤이 높아졌다. 24평 아파트에 남자가 들어오자 집 안이 꽉 차는 느낌이었다. 키가 꽤 컸다. 그리고 말문이 막힐 정도의 외모를 가진 남자였다.

"여자들이 줄을 서겠는데……."

잘생겨도 걱정이었다. 하라가 맘고생을 할 것 같았기 때문이었다. 엄마다 보니 별게 다 걱정거리였다.

"안녕하십니까?"

지영이 좋아하는 분홍색 장미 바구니를 든 남자가 인사를 했다.

그냥 잘생긴 게 아니라 빛이 났다. '너였구나?' 라는 생각이 들자 입에서 미소가 떠나지 않았다. 드디어 하라가 짝을 만난 것 같았다.

"오느라고 고생했어요. 여자들만 사는 집이라 작고 누추해서……."

"아닙니다. 사람 사는 집 같습니다."

"그렇게 생각해 주니 고마워요. 배고프죠?"

"네."

남자는 아주 성격이 좋아 보였다. 일단은 하라와 아주 잘 어울렸다.

"밥부터 먹게 앉아요."

"엄마 딸도 왔어."

"언제 왔어?"

지영이 농담을 했다. 하라의 얼굴이 붉게 물든 걸 보니 하라도 남자가 마음에 드는 모양이었다.

"이름이……."

"죄송합니다. 소개가 늦었습니다. 윤형준입니다."

"형준 씨, 난 하라 엄마고 이쪽은 하라 동생 하니예요."

하니가 고개를 숙여 인사했고 형준도 웃음으로 답했다. 부모님이 아주 뿌듯하게 여길 만한 아들이었다.

아주 잘생기고 부티가 뿜어져 나오고 있는 형준을 지영이 넋을 놓고 보고 있었다.

"엄마!"

"어, 내 정신 좀 봐."

상을 차리다 말고 정신을 놓고 형준을 보던 지영이 서둘러 움직이기 시작했다.

"많이 먹어요. 하라가 갑자기 말을 하는 바람에 차린 게 없네요."

"아닙니다. 어머니께서 차려 주신 밥상은 처음이라 좋습니다."

"어머님이 바쁘신가?"

"돌아가셨습니다."

"미안해요."

"아닙니다."

지영은 괜한 말을 했다는 생각이 들었다.

"가족 관계가……."

"할아버지와 아버지 그리고 저 이렇게 세 식구입니다."

"우리와 비슷한 처지네."

그녀를 보며 형준이 웃었고, 지영은 형준을 데리고 온 일이 하라가 태어나서 가장 잘한 일이란 생각이 들었다.

신이 형준을 만들 땐 컨디션이 아주 좋았던 모양이었다. 완벽했다.

"무슨 일을 하죠?"

"우정그룹 기획실에 있습니다. 오 대리님이 제 사수죠."

"사수?"

"신입 사원 가르치는……."

하니가 끼어들었다.

"아, 그럼 신입? 나이가…….'

"서른입니다."

다행히 하라보다 한 살 많았다. 연하도 좋긴 하지만 이왕이면 하라가 기댈 수 있는 연상이 나을 것 같았는데 다행이었다. 직장도 번듯하고 잘생기고 뭐 하나 나무랄 게 없었다.

"어서 먹어요. 내가 말이 많았죠?"

"아닙니다."

하라는 신경이 쓰이는지 밥도 안 먹고 있었다.

"하라도 얼른 먹어."

"알았어. 엄마도 드셔요."

형준은 과묵한 타입이었지만 묻는 말에 답을 다 했다.

"둘이 어떻게 만났어요? 얼마 전까지 언니 남친 없었는데?"

"예전에 만났다가 최근 다시 만난 겁니다."

"진짜요? 그래서 속도가 빠르구나."

하니가 이제야 이해를 하는 것 같은 표정을 지었다.

"아버님은 뭘 하시는 분이신데 이렇게 아들을 훌륭하게 키우셨을까?"

아주 궁금했다. 그런데 그 질문을 하자마자 하라는 창백한 얼굴이 되었다. 이상한 사람인가?

"아버지는 할아버지의 사업체에서 근무하십니다."

할아버지가 사업을 하신다는 말에 지영의 입이 귀에 걸렸다. 중소기업 사장의 아들인 것 같았다. 어쩐지 부티가 흐른다고 생각했다.

"어디서 사업을 하시는지……."

"할아버지께서는 우정그룹 윤석희 회장님이십니다."

픕!

하니가 밥을 먹다가 말고 거의 뱉어 냈다.

"엄마! 잠깐만……. 형준 씨 밥 먹고 있을 수 있죠?"

하라가 그녀와 하니의 손을 잡고 안방으로 끌고 들어왔다.

"뭐, 뭐야? 진짜야? 언니네 회사 회장 손자야? 그러니까 우리나라 최고 기업인 우정그룹 후계자가 언니 남친이라고? 저기 저 잘생긴 오빠가?"

하니가 거의 턱이 빠질 지경이 되어 말을 하고 있었다.

"사실이야."

"사실일 수밖에 없는 게, 언니랑 같은 회사 다닌다며? 속일 수가 없는 일이지."

"어제 회장님과도 인사했어."

지영과 하니는 서로의 얼굴을 쳐다보며 꿈인지 생신지 분간을 못하는 얼굴이 되어 있었다.

"대박!"

대박 사건이었다. 점쟁이가 맞았다. 빛이 나는 남자가 대머리가
아닌 재벌이었다.

"엄마, 그런데 나 저 사람하고 결혼 안 해."

"어?"

"저런 사람하고 어떻게 부담스러워서……."

짝!

"아!"

"미쳤어? 굴러들어 온 복을 차게?"

"부담스러워."

"하긴 평범하게 진행되는 상황은 아니지."

하라에게 말은 했지만 지영의 표정도 그렇게 좋은 것만은 아닌
상태로 변했다.

"부담스럽긴 하지. 우리의 상황과 비교하면 그렇지만, 하라 너
도 이제 고생은 그만할 때도 되지 않았어? 엄마는 그렇게 생각
해."

지영도 속물은 아니었다. 그냥 좋은 남자를 만나서 좋아하는 거
지, 형준이 재벌이라서 좋아하는 건 아니었다.

"윤 회장님은 뭐라고 하셔?"

"좋아하시지."

"그런데? 왜 네가 난리야?"

"그냥 생각이 많아져."

그런 하라를 지영도 생각이 많은 눈으로 바라보았다.

"넌 그냥 윤 서방이 하자는 대로 해."

"윤 서방?"

"그런 윤 서방이지. 윤형준이라며?"

지영은 심장이 두근거려서 죽을 것 같았다. 재벌가 사위라니……

"엄마, 다시 한 번 말하는데 이 결혼은 안 해."

"왜?"

"부담스러워. 난 평범하게 행복하고 싶어."

"나도 언니 말에 동감."

"미친 것들!"

하라가 방을 나가고 지영은 나가려는 하니의 옷을 잡았다.

"초 치지 말고 잘해. 그래야 윤 서방이 너한테 좋은 남자 소개해 주지."

하라가 잘됐으니 이번엔 하니 차례였다. 하라와 하니는 많이 달랐다. 하라보다 하니가 더 외향적이었다. 말이 외향적이지 아주 말괄량이였다.

"엄마, 언니가 결혼까지는……."

"시끄러!"

"알았어."

오늘은 인생 최고의 날이었다. 지영의 인생에 가장 행복한 쇼크를 받은 날이었다. 하지만 마냥 행복하기만 한 건 아니었다. 말 그대로 쇼크가 맞았다.

끝까지 결혼까지 가게 하는 게 중요한 숙제였다. 하라를 믿었지만 그래도 상대가 너무 어마어마하니 걱정이었다.

방에서 나와 보니 형준과 종훈이 나란히 앉아서 밥을 맛있게 먹고 있었다.

형준도 마음에 들었지만 종훈이란 남자도 아주 마음에 들었다. 하라와 하니고 아주 잘 어울리는 것 같았다.

"잘 먹었습니다."

"그래요? 커피 한 잔 줄까요? 아니면 애들 먹이려고 수정과 담았는데……."

"수정과 주십시오."

"그래요."

목소리도 아주 멋졌다. 지영은 수정과를 가져다주고는 형준을 바라보았다.

형준이 하라를 보는 눈빛이 참 마음에 들었다. 정말 사랑에 빠진 남자의 눈빛이었다. 형준이 말을 안 해도 알 수 있었다. 살아온 연륜이 있기 때문이었다.

지영은 하라와 형준이 잘됐으면, 하고 기도했다. 일단 점집에 간 건 회개하고 말이다.

10장

　시간이 이렇게 빠르게 갈 수 있다는 걸 하라는 요즘 실감을 하고 있었다.

　하루는 총알처럼 가고 일주일도 마찬가지고 한 달도 쉽게 달력에서 사라졌다.

　그도 그럴 것이 형준이 결혼 준비를 하라고 하도 닦달을 해서 그런 것도 있지만 엄마가 거의 형준을 사위로 맞아들일 생각인 것 같아 마음이 복잡해서인 것도 있었다.

　형준이 재벌이라서가 아니라 잘생겨서 좋다고 했다. 단순하게 살아오신 분이었다. 요즘 오랜만에 기분이 좋은 엄마를 실망시키고 싶진 않았다.

톡!

시원한 맥주를 따서 하니에게 건넸다. 오늘은 모처럼 하니와 같이 쉬는 날이었다.

"축하한다."

"고마워."

하니도 우정그룹 본사에 출근을 하고 있었다. 홍보팀에 출근을 하게 되어 좀 신경이 쓰이긴 했다. 성우와 그녀의 관계를 하니는 알지 못했다.

괜히 알게 되면 안 좋을 것 같은데 걱정이었다. 하니는 하라와는 다르게 가끔은 앞뒤 재 보지도 않고 달려드는 경향이 있기 때문이었다.

그리고 엄마도 성우가 다시 나타난 걸 알면 충격을 받을 게 뻔했다. 전에 엄마하고 술 한 잔 마시다가 술김에 그가 유부남이란 것까지 다 말해 버린 하라였다.

다시 돌아온 걸 안다면 성우의 머리카락은 남아나질 않을 것 같았다.

하라는 오랜만에 하니와 단둘만의 시간을 가졌다.

"영화 볼까?"

"좋지."

영화 하나를 다운받아 틀어 놓았지만 자매는 영화에는 관심이 없었다.

"언니는 뭐가 그렇게 두려운 거야? 언니 남자 친구는 완전 언니
한테 꽂혔던데……."

"그렇게 보일 뿐이야. 워낙에 포커페이스니까."

다른 사람들이 보기에 형준이 그녀를 아주 사랑하는 것처럼 보
이는 모양이었다.

"포커페이스는 아니던데? 집에 왔을 때 보니까 시선이 언니에
게 고정되어 있더라고."

"집에 왔을 땐 자기도 좀 어색했겠지. 아는 사람이 나뿐인
데……."

"그건 아닌 것 같았어. 언니를 보던 눈빛이 심상치 않았어."

상황을 모르니 당연히 그렇게 말을 하는 것이다. 답답했다.
하니가 보기에 그녀가 이상해 보일 것 같았다. 남자 친구는 사
랑의 눈빛을 보내고 있는데 그녀가 극구 아니라고 말을 하니 말
이다.

"우리 그냥 계약 관계야."

속 시원하게 말해 버렸다.

"뭔 소리야?"

하니가 눈을 동그랗게 뜨고 그녀에게 반문했다.

"계약 관계라고."

"우리 언니 요즘 영화 많이 보는구나?"

하니는 기가 막히는지 좀처럼 믿으려고 하지 않았다.

"믿기 싫으면 말아."

"아니 그건 아니고, 좀 놀라서 그랬지."

"계약한 거 맞아."

"계약? 돈 받고?"

하니는 계약이면 다 돈을 받고 하는 줄 아는 모양이었다.

"그런 건 아니고……."

"그럼?"

"그 사람의 경영권이 달린 문제거든."

하니는 그녀의 말이 이해가 가지 않는 모양이었다.

"뭔 소리야? 빨리 말해!"

"엄마가 그날 하도 좋아해서 다 말하진 못했지만, 사실은 그 사람과 결혼 안 할 거야. 그냥 하는 척만 하는 거라고."

"진짜야?"

"그래, 이 상황이 언제 종료될지 모른다고."

이렇게 다시 한 번 말을 하고 나니 하라의 마음이 무너지고 있었다.

그들의 관계는 그렇게 끝이 나더라도 하라는 분명히 상처를 받게 될 것이다.

"언니 마음은 어때?"

뜻밖의 질문이었다. 지금까지는 그녀의 마음이 어떤지 중요하지 않았다. 그의 일만 잘되길 바라는 마음뿐이었다.

"어?"

"언니는 진짜 마음이 없어?"

"아니……."

하라의 얼굴에 눈물이 고이기 시작했다.

"좋아하는구나."

"응, 그래서 마음이 좋지 않아……."

하라의 눈에서 눈물이 흘러내리고 있었다. 하니가 볼까 하라는 얼른 볼에 흐르는 눈물을 닦았다.

"그냥 진짜 사귀면 안 되는 거야?"

한 번도 그렇게 생각한 적은 없었다.

"아니, 못 할 것도 없잖아. 보니까 윤형준 씨도 언니 좋아하는 눈빛이던데……."

"결혼은 혼자 하는 게 아니잖아. 상대와 어느 정도 수준이 맞아야 한다는 생각이 들어."

"과연 그럴까? 사랑하면 되는 거 아닌가?"

말처럼 쉬웠으면 좋겠지만 그러기엔 하라가 너무나 현실적이었다.

안 되는 것에 희망을 걸긴 싫었다.

"언니, 난 언제나 언니 편인데 이번은 좀 달라."

"……."

"새로운 형부가 좋은 남자를 소개시켜 준다잖아. 거기다가 형부가 재벌이니 나도 재벌을 소개해 줄 거 아니야. 난 재벌이라면 완전 땡큐지. 언니처럼 망설일 것 같지는 않아."

하니가 똑 부러지게 말했다.

"하니야."

"난 언니가 조금 더 자신감을 가지는 게 좋을 것 같아."

하니는 형준이 마음에 드는 모양이었다.

"맥주나 마셔. 넌 출근해서 어때?"

"아주 나이스하지. 완전 좋아. 내일 이 과장님이 출근하신다는데 좀 걱정이야."

이 과장이라면 성우였다.

"선배들이 그러는데 아주 사소한 것까지 다 시킨대. 내 성질에 잘 참을까?"

"참지 마."

"잘리면?"

"그렇게 쉽게 안 잘려."

"얘기 듣기론 이성우 과장은 우정화학 사위라던데? 우정화학이면 계열사 중에 제일 크잖아."

성우가 우정화학 사위인 걸 알던 날, 그녀는 사랑도 미움도 사라져 버렸었다.

돈을 좇는 비열한 인간을 좋아했다는 게 부끄러웠다. 그리고 재벌에 대한 거부감도 생겼다. 그래서인지 형준이 더 두려운 것이었다.

자매의 대화는 밤늦게까지 계속되었다.

"오늘 엄마한테 언니네서 자고 내일 같이 출근한다고 말하고 왔어."

"그래, 잘했어."

오랜만에 둘은 한 침대에서 밤새 수다를 떨었다.

점심시간, 하니는 아주 고급스러운 레스토랑에 앉아 있었다. 부담스럽진 않았지만 시선이 자꾸만 레스토랑을 둘러보게 만들었다.

강남의 셀럽들만 갈 수 있다는 최고급 레스토랑이었다. 마음 같아선 저녁을 여유 있게 먹었으면 좋겠지만 그건 어디까지나 밥 사주는 사람 마음이었다.

초대를 받았으면 찍소리 안 하고 맛있게 먹으면 그뿐이었다. 오늘 점심은 형준이 그녀를 초대했다.

갑작스러운 초대에 좀 놀랐지만 지금은 아주 행복한 상태였다.

"조금 있으면 오실 겁니다."

그의 보디가드가 아까부터 그녀의 옆에 서 있었다. 지난번에 집에 왔던 종훈이라는 남자였다.

뭐랄까, 완전 짐승남 버전이었다. 거기에 직업도 보디가드니 아주 매력적이었다.

"하니 씨, 미안."

형준이 조금 늦게 도착했다.

"괜찮아요. 형부."

"형부? 아주 듣기 좋은데?"

그가 미소를 지었다.

"레드카드요."

하니가 테이블 위에 붉은색 냅킨을 집어 들었다.

"왜?"

"아무한테나 그런 미소를 지으면 안 되죠. 언니가 있는데."

"아, 그런가? 미안."

"오늘은 어인 일로 이렇게 황송한 장소에서 보자고 하셨어요? 설마 커피 한 잔 먹여서 보내시는 건 아니죠?"

"물론 아니지."

그가 또다시 설레는 미소를 지었다.

"부탁이 있어서."

"무슨 부탁이요?"

"이성우라는 인간 알아?"

"말은 들었어요. 얼굴은 보지 못했고. 언니가 사귀던 남자고, 유부남에 아주 저질인데 우리 부서 과장님이시라고."

"맞아."

"지금은 형부한테 맞아서 병가 중이고요."

"그것도 맞아."

왜 형준이 자신에게 그런 말을 하는지 알 수 없었다.

"날 좀 도와줘."

"뭘요?"

"이거."

그가 봉투에 담긴 뭔가를 그녀에게 내밀었다. 아주 예쁜 브로치였다.

"이것은 뭐죠?"

"카메라야."

"네?"

"처제가 날 좀 도와줘."

"뭔지 말씀해 보세요."

"이성우를 그냥 가까이서 찍기만 하면 돼. 이성우의 책상엔 이미 카메라가 설치되어 있고, 이건 이성우가 이동했을 때 찍으라는 거야."

언니가 좋아하는 사람이 원하는 일이었다. 거기다가 진짜 형부가 될 수도 있는 사람이었다. 그럼 가족이나 마찬가지였다.

"도와줄게요."

"언니한테는 비밀이야. 하라 씨는 걱정이 너무 많아서……."

"알았어요."

그 후로 그들은 맛있게 저녁을 먹었다. 가까이서 보니 형준은 형부로서도, 회사 후계자로서도 아주 괜찮은 사람 같았다.

성우는 오랜만에 출근이란 걸 했다. 아직 다 회복은 되지 않았지만 그래도 심하게 움직이지 않으면 일은 할 수 있었다. 손을 쓸 일이 있다면 직원들을 시킬 생각이었다.

"좋은 아침!"

"안녕하십니까? 과장님. 괜찮으세요?"

직원들이 그의 주변으로 몰려들었다. 그런데 그중에 그의 눈에 들어오는 직원이 있었다.

"누구?"

"안녕하십니까? 신입사원 오하니입니다."

상당한 미인이었다. 딱 그의 스타일이었다. 지루했던 날들을 한 꺼번에 보상받는 기분이었다. 하늘이 무심하지는 않았다. 오하라를 닮은 모습이었다.

그래서 더 끌리는지도 몰랐다. 그의 이상형인 오하라는 그의 손을 떠났다.

"만나서 반가워요."

다른 사람들은 안중에도 없이 하니와만 인사를 나눈 그였다. 자리로 돌아간 성우는 우선 그동안의 일들을 살피기 시작했다.

"오하니 씨!"

"네."

하라와는 다르게 하니는 아주 밝은 성격의 소유자인 것 같았다. 그가 부르니 웃으며 바로 그의 옆으로 왔다.

"내가 아직 팔을 쓰기가 불편하니까 서류 좀 넘겨 주겠어?"

"네."

역시 밝게 웃으며 하니가 그의 옆에 바짝 붙었다. 그녀에게서 상큼한 꽃 향이 나고 있었다.

"향수 뭐 쓰지?"

"안 쓰는데요."

"그래?"

옆으로 슬쩍 보니 가슴도 상당히 컸다. 회사에 이런 글래머들만

뽑으라고 건의를 해야 할 것 같았다. 아니, 법으로 만들어야 할 것 같았다.

"넘길까요?"

"어?"

"서류요."

하니가 그를 보며 섹시하게 웃었다. 중요한 시점이라서 이런 섹시녀를 꼬시지 못한다는 게 한스러웠다.

"하니 씨는 남자 친구 있어?"

"어떨 것 같아요?"

제법이었다. 남자를 꼬시는 건 하니에겐 식은 죽 먹기인 것 같았다.

"문어발?"

"호호호, 아니에요. 문어발은 아닌데 공백은 없죠."

"남자들의 보는 눈은 항상 같으니 이렇게 섹시한 여자를 가만히 둘 리 없지."

"호호호, 농담도 잘하셔."

"진심이야."

두 사람은 사람들이 듣지 않게 은밀하게 대화를 하고 있었다. 그때였다. 눈치 없는 바람돌이의 전화였다.

"여보세요?"

하니가 조금 뒤로 물러섰다. 완전 센스쟁이였다.

"어, 그래?"

[자료는 없는 것 같습니다.]

"뭐?"

[의사가 액수가 마음에 안 드는지 주지 않으려고 합니다.]

"어떻게 해서든지 받아 내. 돈은 얼마든지 준다고. 이참에 형준이 그 자식의 코를 완전히 납작하게 만들어야 한다고!"

성우는 남들이 들을까 작은 소리로 바람돌이에게 짜증을 냈다.

전화를 끊자 다시 하니가 그의 옆에 자리를 잡았다.

"과장님, 기분 푸세요."

"그럴까? 이렇게 미인이 옆에 있는데 기분 풀어야지."

성우는 갑자기 기분이 풀리는 느낌이었다. 지금 하니와 침대에서 뒹굴면 더 기분이 좋아질 것만 같았다.

"하니 씨, 다음 장으로 넘겨."

"네, 과장님."

여자가 이렇게 싹싹해야지. 그는 모처럼 기분이 아주 좋았다.

윙—.

그의 표정이 좋지 않았다. 분위기 깨게 미호에게 전화가 왔다. 요즘 미호는 스테이크에 미쳐서 매일 고기만 먹다 보니 살이 예전보다 더 쪘다. 자기 관리가 그렇게 안 되는 여자는 보다 보다 처음이었다.

마음이 떠나서 그런지 그는 요즘 미호의 모든 게 마음에 들지 않았다. 정말로 돈 때문에 사는 것이었다. 하지만 성호의 마음속엔 계획이 있었다.

어느 정도의 자리를 차지하면 하니처럼 아름다운 여자와 살고, 미호와는 이혼을 할 것이었다.

지금 그는 미호의 입안의 혀처럼 굴었다. 그가 갈비뼈가 부러지고 며칠은 잘해 주던 미호도 원래 그를 막 대하던 미호로 돌아가 있었다.

정말 집에 있기가 싫었다. 하지만 이번에 열리는 주주총회만 지나면 그의 세상이 올 게 분명했다.

오늘은 박 사장과 저녁을 함께하기로 했다. 자주 만나는 게 좋을 것 같았다. 그를 만나기 위해 박 사장은 부산에서 서울까지 온다.

지금 박 사장에겐 그가 아주 꼭 필요한 사람이었다. 우정그룹을 차지하기 위해서 말이다.

"과장님?"

"어, 계속해."

하니가 그를 위해 천천히 서류를 넘겨 주고 있었다.

톡톡톡…….

볼펜으로 몇 분째 책상을 내려치고 있는 하라의 시선은 형준에게 가 있었다. 파티션 너머로 그의 정수리만 보이고 있었지만 말이다.

"후……."

한숨이 나왔다. 도대체 어떻게 해야 할지 알 수가 없었다. 아무래도 결혼하지 않겠다고 말하는 것이 옳은 일일 것 같았다. 하니는 그가 그녀를 좋아하는 것 같다고 말했지만, 하라는 아닌 것 같았다.

"삐리리만 좋은 거겠지."

확실한 건 그와의 섹스가 좋기는 했다. 그도 만족하고 있고 말이다.

"삐리리만으로도 결혼이 가능할까?"

톡톡톡…….

"비 맞았어?"

"네?"

"삐리리가 어쨌다고 자체 음소거야?"

마 과장이 다 듣고 있었던 것 같았다.

"아니 아까부터 도대체 뭐라고 중얼거리면서 왜 그렇게 톡톡

거려?"

"제가요?"

"어, 책상 좀 그만 쳐. 신경 쓰여."

"제가요?"

"왜 그래? 정신을 어디다가 둔 거냐고?"

손을 보니 볼펜이 들려 있긴 했다. 사무실 직원들도 다 그녀를 보고 있었다.

얼마나 크게 말한 거야? 설마 그가 들었을까 싶어 하라는 형준을 슬쩍 보았지만 그는 아무렇지 않아 보였다.

"죄송합니다."

입을 쭉 내미는데 형준과 눈이 마주쳤다.

"내가 요즘 아주 미치겠다고. 열심히 일을 하면 뭐 해? 월급은 그대로고 승진은 안 되고⋯⋯. 마누라는 돈 많이 벌어 오라고 쪼고⋯⋯."

마 과장의 불만이 폭발을 했다.

"성과를 내면 뭐 해? 황 이사가 다 채 가는데⋯⋯."

마 과장이 속이 상한 모양이었다. 이번 필리핀 반도체 공장 기획안을 황 이사가 가로챘다.

"참으세요."

"참긴 뭘 참아⋯⋯. 백이 없는 게 죄지⋯⋯."

마 과장이 한숨을 푹 내쉬었다.

"실력만 있으면 다 알게 될 겁니다."

형준이 가만히 있다가 처음으로 말을 뗐다.

"형준 씨가 뭘 안다고 그래?"

"여기서 일어나는 일은 다 압니다."

형준이 이렇게 말을 하고는 자리를 떴다.

"신입 사원도 아는 일을 왜 윗사람들은 모르는지……."

마 과장은 한숨을 쉬며 다시 모니터에 열중했다.

"과장님……."

"뭐야 또?"

"인터넷 보셨어요? 그러니까……."

"왜 그래?"

주영의 호들갑에 모두들 갑자기 인터넷을 검색하기 시작했다.

"그, 그러니까 이 사람 형준 씨 아니에요?"

하라의 눈도 점점 커지고 있었다. 형준의 기사가 1면 톱이었다.

"우정그룹 후계자 정신병 치료 중?"

헤드라인은 그랬고, 그 아래 화면은 군복을 입고 있는 형준이 병원에 있는 CCTV 캡쳐 화면이 올라와 있었다.

"동영상엔 정신과에 들어가는 장면인데……."

"요즘 우울증이 워낙 많으니까……."

"형준 씨가 우정그룹 후계자야?"

"그러니까, 윤석희 회장님의 손자야? 회장님의 손자가 육사 출신에……."

모두가 입을 다물었고, 그와 동시에 형준이 사무실로 들어왔다.

"형준 씨?"

"네, 과장님."

"그러니까……."

"네?"

"내가 잘못했어. 아까는 내가 정신이 어떻게 됐었나 봐. 난 애들도 있고……."

마 과장이 울기 직전의 모습으로 말했다. 하라는 자리에서 일어나 형준을 휴게실로 데리고 나갔다.

"왜 그러는 겁니까?"

"이거."

스마트폰으로 마 과장이 읽은 기사를 보여 준 하라였다. 기사를 본 형준의 표정도 굳어 버렸다.

"어쩌죠?"

"이제 시작인 거죠."

"괜찮은 거예요?"

"괜찮습니다. 아주 멀쩡해요. 하지만 누군가는 괜찮지 않을 겁니다. 내가 가만히 두지 않을 테니까."

형준의 눈이 무섭게 빛이 났다.

"형준 씨⋯⋯."

"괜찮아요. 괜히 걱정 끼쳐서 미안합니다."

형준은 휴게실에 그녀만 남겨 두고 나가 버렸다.

하라가 사무실에 들어서자 완전 난리였다. 마 과장이 그녀에게 다가왔다.

"진짜 윤 회장님 손자야?"

"네."

어차피 이제 다들 알아 버린 일이니 굳이 숨길 필요는 없을 것 같았다. 마 과장이 양손으로 입을 막았다. 놀란 모양이었다.

"어디 가셨어?"

이제 아주 존대까지 하고 있었다.

"나 때문에 화나셨대?"

마 과장은 아주 애가 탔다.

"누가 화가 나셔요?"

"형준 님⋯⋯."

"형준 님이요?"

아주 기가 막힌 순간이었다.

"형준 님, 형준느님께서 나 때문에 언짢지는 않으셨는지 걱정이 돼서……."

"저도요……."

홍민까지 가세했다.

"안 그러니 걱정 마세요."

"그런데 오 대리는 알고 있었어?"

"……."

"서운해. 알고 있었으면서 말도 안 하고. 진짜 나 잘릴 뻔했잖아."

"안 그래요. 형준 씨가 마 과장님을 얼마나 좋아하는데요."

"진짜야?"

"네, 진짜니까 안심하세요."

하지만 마 과장은 여전히 불안한 눈빛이었다.

"진짜 괜찮을까?"

"네."

"그런데 형준 씨와는 진짜 사귀는 거야?"

"네."

말은 이렇게 했지만 마음이 편하지 않았다. 연애는 서로 사랑해야 하는 건데, 이도 저도 아닌 오로지 섹스에 미쳐서 그가 뭘 하든 봐주는 그런 관계인 것 같았다.

"후— 답답하다."

"하라 씨도 답답하지? 나도 그래. 내가 왜 아까 그랬을까?"

마 과장이 소심한 줄은 알았지만, 이번 건 너무 심하다 싶었다.

"과장님, 그렇게 걱정하실 일이 아니에요."

"오 대리님. 아니죠, 부장님은 가정이 달려 있는 문젠데요. 잘리면 나이 마흔에 어딜 가시겠어요."

주영이 마 과장의 가슴 아픈 얘기를 콕 찍어 했다.

"주영 씨가 더 상처를 드린 것 같아."

하라는 이렇게 말하고 형준을 찾아 사무실을 나왔다. 이렇게 형준을 찾는 자신이 싫었다. 무시했어야 하는데 말이다.

그런데 이상하게 형준과 하니가 복사실에서 웃으며 이야기를 하고 있었다. 둘은 또 언제 저렇게 친해졌는지 도통 알 수가 없었다.

"하니!"

하라가 이름을 조금 크게 부르자 하니가 검지를 입술에 대고 조용히하라는 포즈를 취했다.

"왜?"

하니의 오버하는 모습이 마음에 들지 않았고, 형준이 하니를 보고 웃고 있는 것도 싫었다. 아무리 동생이라도 그가 웃어 주는 것에 싫은 마음이 들다니 정말 이상한 것 같았다. 한 번도 이런 적은 없었는데 말이다.

"아니야. 언니, 나 먼저 간다. 아참, 그리고 내가 언니 동생인 건 당분간 비밀이다."

"끝까지 비밀로 할 테니까 너나 불쑥불쑥 알은척하지 마."

하니가 나가고 하라는 그와 복사실에 단둘이 있게 되었다.

"형준 씨, 오늘 저녁에 시간 돼요? 잠깐 봤으면 해요."

"알겠습니다."

형준은 할 말만 간단히 하고 자리를 떴다.

퇴근 후에 집으로 가기보다는 조용한 곳에서 이야기를 하고 싶은 마음에 형준은 하라를 태우고 한강으로 향했다. 사람들이 그리 많지 않은 곳이어서 편하게 말을 할 수도 있을 것 같았다. 도대체 무슨 말을 하고 싶은 걸까?

솔직히 오늘 기사를 보고 할아버지는 아주 노발대발이었다. 감히 손자를 정신병자로 취급했다며 기사를 낸 매체를 고소했다.

그로서는 손자를 생각하는 할아버지를 말릴 명분이 없었다. 오늘 여러 가지로 머리가 복잡한데 마무리는 하라가 지을 것 같았다.

오면서 사 온 커피를 한 손에 쥐고 그들은 말없이 한강을 보고 있었다.

"저기……."

"말씀하십시오."

"오늘 기사 때문에 상처 받았겠어요?"

"상처는 아니고 귀찮아졌죠."

그녀의 표정이 더 상처 받은 것 같았다.

"제 여친이라고 소문이 난 마당에 오늘 그런 일이 있어서 놀라셨을 겁니다."

"아니에요."

둘의 말이 쉽게 이어지지 않았다. 깊은 생각에 빠져 있는 하라를 힐끔 보았다. 볼 때마다 느끼는 것이지만 정말 예쁘게 생긴 여자였다. 작고 아름다운 얼굴은 그뿐만이 아니라 그 속에서 뿜어나는 아우라가 있었다.

여자에 대해 이렇게 깊은 생각해 본 적은 한 번도 없는 그였다. 이제까지 만난 여자와 과연 뭐가 다를까? 그가 우정그룹의 후계자임을 알고 만난 여자는 아무도 없었다. 그가 여자를 만날 때는 군인이었다.

군인이 재벌이라고 생각하는 여자들은 없었다. 대부분 그가 여자에게 마음을 주지 않았고, 한 번 이상 같은 여자를 만난 적은 없었다. 그동안은 그가 여자에 관심이 없다고 생각했는데 요즘 보니 그런 건 아니 것 같았다.

그는 하라를 볼 때마다 짐승처럼 덤비게 됐다. 스스로 생각해도 어이가 없었다. 그런 적인 한 번도 없었기 때문이었다. 차 안의 불빛이 전부인데도 하라는 빛이 났다. 그는 피식 웃음이 터졌다. 이런 경험은 처음이었다.

"커피 안 드세요?"

그녀만 힐끔거리느라 손에 커피가 들려 있는지도 잊고 있었다.

"오늘은 생각이 없습니다."

"저기……."

드디어 말을 꺼낼 것 같았다. 뭔가 말하려고 아까부터 기회를 보고 있었던 것 같은데 좋은 일은 아닐 것 같은 불안한 예감이 들었다.

"전 이 결혼 못 할 것 같아요."

결국 그가 제일 두려워하는 말을 해 버렸다.

"왜죠?"

"전 평범한 사람과 평범한 결혼 생활을 하고 싶어요. 적은 나이도 아니고, 결혼을 안 할 것도 아니에요. 그러니까 진짜 생각이 많아졌어요. 그리고 형준 씨도 비슷한 사람을 만나야 한다고 생각해요."

"저까지 생각해 주는 겁니까?"

평소의 그답지 않게 화가 났다.

"그게 아니라……."

"남들은 재벌이라고 하면 좋아서 안달이고 접근하려고 애쓰는데, 왜 다르게 생각하는 겁니까?"

"난 남들이 아니에요."

"그런 것 같군요. 평생 다 쓰지도 못하고 죽을 정도의 돈이 있고 우리가 낳은 아이들은 완벽한 미래를 보장받을 텐데, 그런 게 평범한 삶과 비교가 되다니 이해할 수 없습니다."

"형준 씨……."

"절 납득시키시려면 더 그럴싸한 말을 하셔야 할 겁니다."

"그래도 전 안 해요."

"제가 싫습니까? 그렇게 뜨거운 섹스를 하고도 말입니까?"

그의 말에 할 말을 잃었는지 그녀는 답을 하지 못했다. 하지만 그녀의 눈가엔 이슬이 촉촉하게 맺히고 있었다. 그 모습마저도 그를 자극하는 하라였다. 왜 싫은 걸까? 그가 이렇게나 그녀를 원하는데 말이다.

하지만 그녀에게 다가서는 방법을 모르는 건 사실이었다. 둘만 있는 공간에 있을 땐 말보다는 몸으로 하는 대화를 더 선호했으니까 말이다.

그리고 그동안 그의 마음은 김 병장과 관련해서 많은 상처를 받아서 다른 걸 생각할 여유가 없었다.

지금도 완전하진 않았지만 다른 사람 같으면 이렇게 고민하지도 않을 일들을 하라는 고민하게 만들었다.

"제가 오늘 확실히 말하고 싶은 건 주주총회까지는 조용히 있을게요. 아니, 도움을 드릴 수 있다면 뭐든 할게요. 하지만 결혼은 아니에요."

"하라 씨……."

"전 어쨌든 형준 씨의 사수니까 회사의 일엔 도움을 줘야 하는 위치예요. 그런 도움 조금 받자고 마음에도 없는 여자에게 형준 씨의 인생을 낭비하지 말아요."

마음에도 없는 여자라고 말했다. 진짜 사람을 오기가 생기게 만들고 있었다.

"하라 씨, 난……."

"전 할 말 다 했고, 내 뜻을 알아줬으면 해요. 집에 가고 싶어요. 읍!"

그가 그녀의 입술을 자신의 입술로 덮어 버렸다. 더 이상 그녀가 그를 거부하는 소리를 듣고 싶지 않았다. 아니, 싫었다. 그녀의 입술을 짓이기며 그는 힘을 과시하는 키스를 했다. 이건 키스가 아니었다.

"으으읍!"

그녀의 뒷목을 손으로 단단히 잡고 그는 꼼짝도 할 수 없게 만들었다. 왜 이 여자는 미꾸라지처럼 빠져나가려는 걸까? 왜 곁에 있어 주길 바라는 걸 모를까? 서운한 마음이 들었다.

그리고 여자에게 이렇게 거절을 당해 본 적이 없는 그로서는 화도 났다. 섹스할 때 그만 좋았던 건 아니었다. 분명히 그녀도 좋아했다.

뭐가 문제인 걸까? 답답했다. 그런데 지금 가장 싫은 건 그녀의 꾹 다문 입을 열고 자신의 혀를 집어넣어 마음껏 그녀를 탐하고 싶다는 생각을 하는 자신이었다.

"으읍…… 하!"

그녀가 숨을 쉬기 위해 잠시 입을 벌린 사이 그가 빠르게 혀를 밀어 넣었다. 그러자 하라가 그의 가슴을 손으로 밀어냈다. 그녀가 처음으로 그를 거부했다.

하지만 그는 멈출 수가 없었다. 둑이 터져 버리듯 욕망이 터져 버렸다.

하라는 그를 이성적이지 못하게 만드는 재주가 있었다. 그의 혀가 마치 물 만난 고기처럼 그녀의 입안에서 자유롭게 헤엄을 치고 있었다.

"으으읍."

그녀의 뒷목을 잡은 손에 힘이 들어갔다. 그러자 하라는 더 이상 힘을 주지 않았다. 그의 힘에 당하지 못할 걸 알았는지, 아니면 그처럼 욕망에 사로잡혔는지 알 수 없지만 일단 그녀는 더 이상 그를 밀어내지 않았다.

"아아하……."

연속해서 신음을 내는 하라였다. 이제는 그의 키스에 조금씩 반응을 하고 있었다. 그의 손이 그녀의 목에서 가슴으로 단번에 이동했다. 그리고 가슴을 강하게 움켜쥐었다.

"아아앙……."

그의 커다란 손을 채우고도 남는 가슴은 정말 미칠 것 같았다. 부드러우면서도 야릇한 가슴을 쥐고 있으니 그의 페니스가 점점 고개를 들고 있었다. 차 안이라는 것도 잊은 채 그는 그녀의 블라우스와 브래지어를 단번에 위로 올려 버렸다.

"어머!"

그의 행동에 놀란 하라가 본능적으로 가슴을 가리려 했지만 그의 동작이 더 빨랐다. 아름다운 가슴이 달빛에 드러났다. 인적이 드물긴 했지만 언제든지 사람이 올 수 있는 곳이었다. 하지만 지금 형준은 아무런 생각이 들지 않았다. 오로지 그녀의 유두를 빨고 싶은 마음뿐이었다. 봉긋하게 솟은 두 개의 가슴이 그를 미치게 만들었다.

"먹고 싶어."

그는 이렇게 말을 함과 동시에 그녀의 가슴을 크게 입안에 넣었다.

"아아앙……."

가슴을 빨린 그녀가 신음을 연속해서 내고 있었다. 혀로 그녀의 유두를 톡톡 건드렸다가 힘 있게 빨자 그녀가 더 큰 소리를 냈다. 미칠 것 같았다.

당장 그녀의 몸속에 그를 묻고 싶었다. 그녀의 입에서 더 큰 소리가 나오게 하고 싶었다.

하지만 그때 갑자기 헤드라이트 불빛이 그들을 비추기 시작했다. 그가 얼른 몸을 떼고 밖에서 보이지 않도록 조수석을 뒤로 젖혔다. 다행히 들어오는 차는 그들과 조금 떨어져서 차를 댔다.

그녀가 옷을 얼른 입었고 도저히 멈출 수가 없는 그는 차를 몰기 시작했다.

"어, 어디 가는 거예요?"

"……."

"형준 씨? 말해요."

"집에 가진 않을 겁니다."

"형준 씨는 내가 섹스 파트너라고 생각해요?"

"아닙니까?"

상처를 주는 말을 해 버리고 말았다. 그냥 너무 원해서 여기서 멈추고 싶지 않다고 말하면 될 것을 화가 난 그는 마음에도 없는 소리를 하고 말았다.

그들은 근처의 호텔에 도착할 때까지 아무런 말도 하지 않았다. 숨도 쉬기 어려울 정도의 침묵만이 그들 사이에 흘렀다. 그가 그녀의 손을 잡고 스위트룸까지 올라갔다.

디리릭!

카드키로 문을 열고 들어가자마자 그녀의 입술을 강하게 삼켜 버렸다. 오늘은 화가 나는 마음과 그녀를 원하는 마음이 묘하게 얽혀 그를 더욱 거칠게 만들었다.

"으으읍! 츄읍."

호텔에 들어서자 하라도 적극적으로 그에게 응했다. 그들의 혀가 부딪치는 차진 소리가 방 안을 울렸다. 그녀의 블라우스가 머리 위로 벗겨지고 언제나 방해되었던 브래지어도 순식간에 사라졌다.

정신없이 키스를 하는 동안 그의 손은 그녀의 허벅지를 타고 올라가 여성을 주물렀다. 그사이 그녀의 치마는 허리 위까지 말려 올라갔다.

정신없이 그녀의 몸을 어루만지며 입술로는 닥치는 대로 빨기 시작했다.

여기저기 붉은 자국이 생기기 시작했다. 하지만 그는 부드럽게 할 수가 없었다. 욕망이 폭발했기 때문이었다.

"헉헉, 이렇게 섹스에 미친 적은 없습니다."

"저도요. 아아앙."

그녀도 그와 같이 느끼고 있었다.

"빨고 싶어요."

그는 지금 그녀가 예민하게 반응하는 곳을 자극하고 싶었다. 그래서 그 말을 함과 동시에 그는 무릎을 꿇고 그녀의 여성을 입술로 물었다.

츄읍, 츄……읍.

"아아……. 그……만해요. 씻어야……."

"쪼옥, 괜찮아요……."

그는 그녀의 다리 한쪽을 그의 어깨에 걸친 채로 고개를 들어 그녀의 여성 전체를 입안에 담았다. 야릇한 맛이 입안에 퍼졌다. 미칠 것 같았다.

"제발……."

거부의 말이 아니었다. 그녀의 클리토리스를 혀로 밀어 올리자 그녀가 몸을 부르르 떨더니 애액을 쏟아 내기 시작했다. 그는 다시 한 번 그녀의 클리토리스를 혀로 자극했다.

"아아아앙……."

그녀가 또다시 몸을 부르르 떨더니 허리를 야릇하게 움직이기 시작했다.

츄읍츄읍.

그녀의 뿌리까지 먹어 치울 기세로 그가 다시 덤벼들었다.

"제발 들어와요."

더 이상 그도 참기 힘들었다. 몸을 일으킨 그는 하라를 마치 가벼운 깃털을 들듯이 안고는 그들을 위해 존재하는 것 같은 침대에 눕혔다. 그녀는 지금 치마만 허리에 걸친 채로 침대에 누워 있었다.

언제나 단정한 모습의 그녀였는데 지금은 완벽하게 흐트러져 있었다. 그녀의 긴 머리가 흐트러져 얼굴을 반쯤 가리고 있었고, 흥분으로 인해 거칠게 숨을 쉬며 반쯤 풀린 눈으로 그를 보고 있었다. 퇴폐적인 모습의 하라였다.

그는 그런 하라의 모습을 만족스럽게 보며 자신이 입고 있는 슈트를 천천히 벗기 시작했다.

하라의 눈이 그의 손에 고정되어 있었다. 재킷을 벗고 넥타이를 풀었다.

그리고 그녀의 블라우스를 단번에 벗길 때와는 다르게 와이셔츠의 단추를 하나씩 푸르고 있었다. 하라는 꼼짝도 못하고 그를 보고만 있었다. 머릿속이 복잡하게 한지 그녀의 표정은 아주 다채로웠다.

하지만 그는 이것만은 알 것 같았다. 지금 그와 마찬가지로 하라도 그를 많이 원하고 있다는 사실을 말이다.

"날 원한다고 말해요."

"……."

"어서!"

그가 재촉하자 그녀의 두툼한 입술에서 한숨이 나오더니 마침내 그가 원하는 말이 나왔다.

"원해요……. 빨리요."

다음엔 옷을 어떻게 벗었는지 기억도 나지 않았다. 그는 어느새 침대로 올라와 그녀의 옆에 있었다. 끝이 없을 것 같은 키스가 이어지고 그들은 이리저리로 구르며 마치 레슬링을 하듯이 서로의 몸을 탐했다.

그가 그녀의 어깨를 잡고 똑바로 그를 보게 했다. 그녀는 이글거리는 눈빛으로 그를 보았다. 그리고 양쪽 다리를 벌려 그의 허리를 감쌌다. 그리고는 허리를 움직이며 몸으로 그의 페니스를 찾아 비비기 시작했다.

"요물……."

"아 흐, 뭐라고 해도 좋아요……. 빨리……."

더 이상 그도 참을 수가 없었다. 그가 몸을 일으켜 그녀의 다리를 벌렸다.

그리고 자신의 페니스를 손으로 잡고는 그녀의 여성에 댔다. 그녀의 젖은 여성이 그의 페니스를 적시고 있었다.

질척질척.

그가 페니스를 그녀의 여성에 문지를 때마다 끈적이는 소리가 났다. 더 이상 참기 힘든 그가 페니스를 질 입구에 대고 단번에 넣었다.

"아윽!"

그의 입에서도 신음이 터져 나왔다. 하라는 오늘도 그를 짐승으로 만들어 버렸다.

"으으으윽……. 헉헉헉……."

그가 허리를 움직이기 시작했다.

퍽퍽퍽퍽.

요란하게 살 부딪치는 소리가 났다.

"아아앙……."

하라의 숨넘어갈 것 같은 신음 또한 방 안을 울리고 있었다. 침대 헤드 쪽으로 하라가 밀려 가고 있을 만큼 그의 몸짓은 강력했다.

그녀의 가슴을 양손에 하나씩 움켜잡으며 그는 더욱더 격렬하게 피스톤 운동을 했다.

"형준 씨……."

하라가 거의 숨넘어가는 듯한 소리로 그를 불렀다.

"하라 씨……."

그 또한 그녀의 이름을 부르며 마지막을 향한 질주를 하기 시작했다.

"으으윽!"

그가 그의 분신들을 그녀의 안에 뿌렸다. 그의 여자로 만들기 위한 그의 행동이었다. 오늘 아기가 생겼으면 좋겠다는 생각이 든 형준이었다.

아주 즉흥적인 행동이었지만 하고 나니 잘했다는 생각이 들었다.

"허억, 헉, 난 하라 씨를 닮은 딸을 낳고 싶습니다."

"형준 씨, 난……."

하라는 뭐라 말을 못 하고 있었다.

"우리는 반드시 결혼할 겁니다. 아무리 하라 씨가 부담스러워한다고 해도 서로가 이렇게 원하고 있다는 걸 부인할 수는 없습니다."

그의 페니스는 여전히 그녀 안에 있었다.

"형준 씨는 더 좋은 여자를 만날 수 있어요."

"아니요, 제 마지막 여자는 하라 씨입니다."

그의 페니스가 다시 커지기 시작했고 그녀의 여성도 다시 젖어 들고 있었다.

"우린 거짓말을 해도 우리의 몸은 정직한 것 같습니다."

"섹스가 완벽하게 좋다고 해서 결혼을 하는 건 옳은 게 아니에요."

"오늘 전 하라 씨 닮은 딸을 만들 겁니다."

그는 괜한 오기가 생겼다. 오늘 밤에 진심으로 아기가 생겼으면 하는 바람이었다. 그러면 이 고집 센 여자가 마음을 바꿀 것 같았기 때문이었다.

내일 출근을 해야 하는데 오늘 잠을 이루는 건 쉬운 일이 아닐 것 같았다. 그는 새벽까지 수없이 많이 하라의 몸을 탐했다. 그녀의 몸은 이상하게 그를 자극했다. 이만하면 그만둘 때도 됐는데 이상하게 자꾸 손이 가게 만들었다.

그녀의 몸은 그를 중독시키고 있었다. 매일매일 이렇게 그녀를 탐하고 싶다는 생각이 들었다. 사랑까지는 모르겠지만 확실한 건 그는 그녀를 원했다.

마지막 섹스가 끝이 났을 때 하라는 그냥 기절해서 잠이 들어 버렸다. 그런 그녀를 형준은 말없이 바라보았다.

"놓아줄 수 없어."

그는 이렇게 말을 하며 잠든 하라의 머리카락을 이마 위로 넘겨 주었다. 아름다운 하라의 얼굴이 드러났다. 그는 그녀의 입술에 살짝 입을 맞추고 그대로 잠이 들었다.

11장

　일요일인데도 불구하고 우정그룹의 본가 서재는 회사 임원들로 가득했다. 청자를 닦고 있는 화장 주위로 10여 명의 임원들이 서로의 눈치를 보며 앉아 있었다.

　윤 회장은 표정 변화 없이 청자에 입김을 불며 천천히 수건으로 닦았다.

　"회장님."

　우정산업의 조 사장이 윤 회장을 조심스레 불렀다.

　"움직임이 심상치 않습니다."

　그건 윤 회장도 알고 있었다. 20명의 사장단 가운데 반반이 정확하게 갈려 버렸다.

"박 사장이 이렇게 뒤에서 뒤통수를 칠 줄은 몰랐습니다. 회장님과 혈족 관계이기 때문에 한 번도 의심을 하지 않았습니다. 죄송합니다."

"회장님, 이참에 정리를 하시죠."

우정유통의 현 사장이 옆에서 말했다.

"현 사장."

"조 사장님이 아무리 좋게 해결을 하실 생각이라도, 저런 사람들을 우리가 끌어안는다고 다시 배신하지 않는다는 확신이 있습니까?"

윤 회장의 사람들 중에서도 온건파가 있었고 강경파가 있었다. 조 사장은 온건파에 속했다.

"윤 사장님은 회사로 복귀 안 하십니까? 지금은 주주들의 시선이 곱지 않습니다."

"영철이는 이제 회사와는 무관해."

"회장님, 저들이 노리는 것도 그거 아닙니까? 회사를 물려받을 사람이 없다는 겁니다. 형준 씨도 정신병으로 몰리고 있고 회장님의 후계자가 없다며……."

조 사장은 가슴이 아팠다. 윤 회장처럼 완벽한 오너도 없는데 이어받을 후계자가 없어 약간이라도 피가 섞인 친척 중에 후계자를 물색해야 하니 답답했다.

"회장님, 박 사장에게 넘길 바에는 전문 경영인이 훨씬 나을 것 같습니다."

"시끄러워."

"죄송합니다."

그들 사이에 의견이 분분한 가운데 윤 회장이 청자를 다 닦았다.

"한 집사."

"네, 회장님."

"가서 형준이 불러와."

조 사장은 형준을 어릴 때 봐서 알고 있었다. 형준은 아버지 윤 사장과는 다르게 할아버지를 쏙 빼닮았다. 그래서 내심 윤 사장보다 형준이 후계자가 된다면 훨씬 좋겠다는 생각을 했었다. 그런데 그것도 물 건너간 일이었다.

처음엔 경영엔 관심이 없다고 군대를 가더니 그 군대에서 마음의 병을 얻은 것이었다. 누가 정신병에 걸린 사람에게 경영을 맡기겠는가?

"안녕하십니까?"

형준이 서재로 들어왔다. 조 사장은 오랜만에 형준을 보았지만 겉보기에는 우려와는 달리 멀쩡해 보였다.

"몸은 어떤가?"

우정유통의 현 사장이 다짜고짜 건강 상태부터 물었다.

"멀쩡합니다."

"정신 건강이 어떠냐는 말이야."

현 사장이 약간은 짜증이 섞인 말투로 말했다. 다들 신경이 곤두서 있는 상황이었다.

주말에 집에서 쉬지도 못하고 이렇게 달려온 이유는 그들도 모르는 사이에 월요일에 긴급 주주총회가 열린다는 공지가 올라왔기 때문이었다.

"뭐가 그렇게 두려운가?"

"지금 박 사장은 많은 준비를 한 상황에서 칼을 빼 들었습니다."

"알아."

"그렇게 태평하실 때가 아닙니다."

그가 다시 청자를 꺼내 닦기 시작했다.

"회장님."

윤 회장은 애가 닳아 있는 그들과는 다른 반응이었다. 그때였다. 옆에 서 있던 형준이 말을 하기 시작했다.

"걱정하실 일은 없을 겁니다. 어느 때든 뛰는 놈 위에는 나는 놈이 있기 마련입니다. 박 사장이 의심스러운 움직임을 보이기 전부터 박 사장에 관한 것들을 저희도 알고 있었습니다. 이건 머니 게 임입니다."

"박 사장에게는 지하의 큰손인 이 여사가 있어."

"압니다. 그런데 이 여사가 박 사장 사람이라고 누가 그럽니까?"

"……."

모두가 멍한 표정이었다.

"이 여사는 박 사장의 사람이야. 그 여사가 지금 우리의 주식을 싹쓸이하고 있다고."

"그 말을 믿으십니까?"

"믿고 안 믿고의 문제가 아니라, 이 여사가 주식을 사고 있는 걸 확인했어."

"이 여사님은 제 사람입니다."

"뭐?"

"돌아가신 어머니의 사촌 언니가 이 여사님입니다. 엄밀히 따지면 제 사촌 이모죠. 이 여사님의 자금줄은 윤 회장님이십니다. 그러니 이 여사가 사들인 주식은 박 회장에게 도움을 줄 수 없습니다."

"……."

모두가 멍한 표정이었다.

"이번 주주총회 때는 제가 사장으로 추대될 겁니다. 모두들 도와주셨으면 합니다."

"그건 당연하지. 하지만 다른 대주주들은 형준 씨의 정신 건강 상태를 의심해."

"그건 주주총회 때 따로 말씀드리겠습니다."

"갑자기 체한 게 내려가는 기분이군."

조 사장은 마음이 놓였다.

"여기에 모이신 분들은 완전히 윤 회장님의 사람이라고 알고 있겠습니다. 잘 부탁드립니다."

"박 사장은 큰일 났어. 하하하."

"모두들 주주총회 때까지 입단속 당부드립니다."

"암, 당연한 일이지. 회장님, 이제야 마음이 놓입니다."

임원들과 함께 점심을 먹은 후에 형준은 할아버지와 단둘이 마주 앉았다.

"네 아비는 용서하지 않을 거냐?"

"그렇게 하긴 힘들 것 같습니다. 하지만 아버진 아버지니까 돈이 부족한 삶을 살게 하지는 않을 겁니다. 그리고 아버진 저보다는 자기 자신을 더 사랑하시는 분입니다. 제가 아들 노릇 안 해도 잘 사실 분입니다."

"……"

"서운하게 생각지는 마세요."

"안다. 하지만 너도 자식을 낳아 보면 생각하는 게 다를 거다."

"그건 나중의 일입니다."

"하라를 집으로 한번 초대하지 그러냐?"

"안 그래도 내일 점심에 집으로 오라고 했습니다."

"잘했구나."

형준이 보기에 할아버지는 정말 하라가 마음에 드는 모양이었다.

"손자며느리로 마음에 드십니까?"

"마음에 든다. 처음 너의 사수라고 노 비서가 보여 줬을 때부터 아주 마음에 들었다. 꼭 내 사람 같다는 느낌이었지."

"그런가요?"

"그래, 예쁘고 똑똑해 보였다. 그리고 왠지는 모르겠지만 널 꽉 잡을 것 같았어."

"잘 보셨어요."

어른이라서 그런지 확실히 보는 눈이 있으셨다.

"둘이 인연이 될 것 같다는 생각이 들었어. 난 아주 마음에 들어. 하지만 장가는 내가 가는 게 아니라 네가 가는 거야. 네 마음에 들면 그뿐이지. 주주총회 준비는?"

"잘되어 가고 있습니다."

"알았으니 그만 나가 봐."

"네."

지난번 호텔에서 밤을 새운 이후에 하라는 그와 단둘이 밖에서 만나기를 거부했다. 그가 아기를 갖자고 달려들까 봐 걱정인 모양이었다.

어떻게 해서라도 그녀의 마음을 돌리고 싶은 그는 윤 회장 핑계를 대고 일요일에 그녀를 집으로 초대했다.

아마 할아버지가 집에 계시기 때문에 온다는 것이지, 안 그러면 온다고도 하지 않았을 것이다. 그렇지만 그동안 준비했던 일을 월요일 총회 때 선보여야 하기 때문에 그는 하라가 필요했다.

큰일을 하기 전에 그녀의 위로가 필요했다. 이상했다. 왜 이렇게 가만히 있어도 그녀가 그리운지 알 수가 없었다. 그는 자신의 방으로 가서 전화를 걸었다.

[여보세요?]

다행히 그녀가 한 번에 전화를 받았다.

"접니다. 어디십니까?"

[엄마하고 하니하고 집 근처 사우나에 왔다가 나가는 길이에요.]

"집으로 갑니까?"

[엄마 집에 가요.]

"10분 내로 도착합니다. 어머님께 점심 안 먹었다고 하세요."

[네? 지금 갑자기 온다고 하면 어떡해요?]

"10분입니다."

전화를 일방적으로 끊고는 종훈에게 운전을 맡긴 그였다.

"오 대리님 댁에 가시는 겁니까?"

"그래, 점심이나 먹으려고."

종훈은 운전만 열심히 했다. 항상 말없이 묵묵하게 그에게 충성을 다하는 녀석이었다.

"여자 없어?"

"없습니다. 시간도 없고 마음도 없습니다."

시간이 없는 건 확실했지만 마음이 없다는 건 믿음이 가지 않았다.

20분 정도 시간이 걸려 하라 어머니의 집에 도착했다. 아무리 일류 요리사가 해 주는 요리를 먹고 자란 그라도 어머니가 해 주신 집 밥이 더 맛이 있었다. 그 따뜻함은 요리사의 테크닉과는 차원이 달랐다.

그리고 하라와 결혼을 하려면 어머니의 환심을 살 필요도 있었다.

"도착했습니다."

"너도 가자."

"저 말입니까?"

"그래. 너 말입니다."

군대 말투가 입에서 떠나지 않는 그들이었다. 그는 억지로 종훈을 끌고 들어갔다.

"안녕하십니까? 어머니."

"왔어요."

사우나를 다녀온 세 모녀는 머리가 젖은 채로 얼굴이 빨갛게 달아올라 있었다.

"자꾸 반찬 없을 때마다 오니까……."

"괜찮습니다. 전 어머니가 주신 건 뭐든 맛있습니다. 그건 우리 종훈이도 마찬가지입니다."

"누구신지……."

"제 동생입니다."

"친구라고 하지 않았어요?"

하라가 따지듯이 묻고 있었다.

"사실은 경호원입니다. 군대에서 같이 있었고요."

종훈이 하라에게 이실직고했다.

"배고플 텐데 빨리 와요. 오늘은 그냥 된장찌개에 있는 반찬 먹어요."

"네. 전 어머니께서 편하게 대해 주시는 게 좋습니다. 올 때마다 부담스러운 요리가 나오면 저도 불편해서 못 옵니다."

"알았어요. 이제 식구가 될 건데 나도 편하게 할게요. 종훈 씨라고 했나?"

"네!"

"차린 건 없지만 맛있게 먹어요."

그들은 편안한 가운데 식사를 마쳤다. 밥을 먹는 내내 그의 시선은 하라에게 가 있었다. 하라는 밥에 얼굴을 묻은 듯 그는 보지도 않고 밥만 먹었다.

식사를 마친 그들은 하라의 방으로 들어갔다.

"아니, 내일 만나는데……."

그가 따지듯이 묻는 하라의 입술을 자신의 입술로 막아 버렸다. 그녀에게서 기분 좋은 비누 향이 났다.

"으으음!"

그녀가 억지로 그를 떼어 냈다.

"엄마랑 하니가 있다고요."

"하라 씨만 조용히 하면 아무도 모를 것 같습니다."

그가 하라를 자신의 품 안에 안았다. 이렇게라도 있으니 좋았다.

"월요일에 주총입니다."

하라의 정수리에 턱을 대고 그가 말했다.

"어떡해요?"

"그날 우리 결혼도 발표할 겁니다."

"형준 씨⋯⋯."

"쉿! 아무 말도 말아요. 그리고 나만 믿고 따라와요."

그의 품 안에 안겨 있는 하라는 너무나 부드러웠다. 잠시라도 떨어져 있고 싶지 않았다. 형준은 자신의 이런 낯선 감정이 두려웠다.

여긴 집이라고 표현할 수 없을 만큼 커다란 궁궐이었다. 마치 관광지를 찾아온 기분이었다. 수학여행에서나 느낄 수 있는 궁전을 보는 그런 느낌이었다.

"안녕하십니까?"

약간 여성스러운 느낌이 들긴 했지만, 집사님은 너무나 친절한 분이었다. 인상이 참 좋았다. 집 안으로 들어가자 심장이 터질 것 같았다.

거실에 있던 윤 회장이 그녀를 맞이했다. 그녀의 눈엔 윤 회장만 보일 뿐 주변의 모든 건 다 눈에 들어오지 않았다.

하라에게 윤 회장은 아직 어려운 사람이었다.

"안녕하십니까?"

"어서 와요. 남자들만 득실거리는 집에 여자가 들어오니 좋아. 앉아요."

"네, 이거⋯⋯."

그녀가 그린 그림을 윤 회장에게 전했다.

"가지신 게 많은 분이라서 드릴 게 마땅치 않았지만⋯⋯ 제가 제일 아끼는 그림인데 받아 주셨으면 합니다. 제가 그렸어요."

"어디 보자."

유화로 그린 청자와 꽃이었다.

"내가 도자기를 좋아하는 거 어떻게 알았지?"

"몰랐습니다."

"그래? 난 도자기를 좋아하지. 녀석들은 변하지 않거든. 그런데 오늘부로 취미를 바꿔야겠군. 그림 수집으로 말이야. 고마워요. 솜씨가 아주 좋아."

"그림 그리는 걸 좋아할 뿐입니다."

"아니야, 재능이 있어."

화가가 되는 게 꿈이었지만 어려운 형편에 꿈꿀 수 있는 직업이 아니었다. 그래서 가끔 집에서 그리고 싶은 욕구를 충족시키곤 했다.

이렇게 좋아해 주시니 감사할 따름이었다.

"그림을 잘 그리시네요."

"고마워요."

형준이 그녀의 손을 잡고 식당으로 이동을 하며 말했다. 그녀를 바라보는 그의 눈빛은 따뜻했고 하라는 그런 형준이 좋았다.

점심식사를 한 후에 그녀는 2층에 있는 그의 방으로 향했다. 호텔의 스위트룸보다 훨씬 크고 좋았다.

"사는 게 다른 사람이야."

그가 듣지 않게 중얼거린 그녀였다.

"어머!"

형준이 뒤로 와서 조용히 그녀를 안았다. 그의 따뜻함이 그녀의 몸 위로 퍼졌다.

"오늘 이렇게 와 줘서 고마워요."

"아니에요."

"내가 평생 정말 잘할게요."

결혼은 잘한다고 되는 게 아니란 생각이 들었다. 행복한 가정의 근본은 사랑인데, 그는 그녀를 사랑하지 않았다.

"우리 아기들에게도 좋은 아빠가 될 겁니다."

하라는 눈물이 날 것 같았다. 좋아서가 아니었다. 그의 품은 이렇게 좋은데 마음이 허전했다. 그리고 그녀는 그의 품 안에서 깨달아 버렸다.

그를 사랑하고 있다는 걸 말이다.

"키스해 줄래요?"

그녀의 뜬금없는 요구를 형준은 들어주었다. 그의 강인한 입술이 그녀의 입술을 덮어 왔고 하라는 그의 목에 팔을 감았다. 그녀의 허리를 감싼 그의 팔에 힘이 들어갔다. 그녀의 배에는 그의 성이 난 페니스가 닿았다.

그의 혀가 그녀의 입안으로 미끄러지듯이 들어와 그녀를 정신 못 차리게 하고 있었다. 정말이지 그는 키스의 달인이었다. 어쩌면 이렇게 사람을 사로잡는 키스를 할 수 있는지 궁금했다.

"으으음."

그의 손이 치맛단 아래로 들어와 허벅지로 향하고 있었다. 손가락이 닿는 곳마다 하라는 화상을 입을 것 같은 뜨거움을 느끼고 있었다.

그와 많은 섹스를 했지만 언제나 새롭고 좋았다. 확실히 말할 수 있는 건 둘의 속궁합은 정말 최고인 것 같았다.

"여기선 싫어요."

"뭐가?"

"그러니까…… 음……."

그녀의 입을 그가 다시 막았다. 그리고는 입술을 떼고 창가 쪽으로 그녀를 이끌었다. 창밖에서 한 집사님이 그녀를 향해 손을 흔들었다.

하라도 얼떨결에 손을 흔들었지만 형준 때문에 머릿속은 하얗게 백지장이 되어 있었다.

형준은 그녀의 뒤에 서서 밖을 내다보고 있었지만 손은 그녀의 팬티를 내리고 손가락을 그녀의 질 안으로 밀어 넣었다.

"으읍."

"표정 관리 하세요. 한 집사님이 눈치채십니다."

그는 이렇게 그녀의 귀에 속삭였다.

"도련님!"

한 집사가 형준을 향해 손을 흔들고 있었다.

"간식 챙겨 드릴까요?"

"아뇨."

"네, 알겠습니다."

한 집사가 아래에서 정원사에게 뭔가를 지시하는 동안 그는 손가락 대신에 이번에는 그의 페니스를 그녀의 질에 넣었다. 뒤에서 하는 섹스에 익숙지 않은 그녀는 하마터면 소리를 지를 뻔했다.

말을 하지 않아도 본능적인 몸짓이었다. 그가 그녀를 얼마나 원하는지는 알 것 같았다.

차악!

그가 갑자기 창문의 커튼을 쳤다. 그리고 그녀를 차지하기 시작했다. 그의 허릿짓이 격렬해지자 다른 사람들이 보는 게 싫었던 모양이었다.

"아아앙."

"헉헉……. 하라 씨."

그가 격하게 움직이는 동안 끊임없이 그녀의 이름을 불렀다. 분명 오늘의 섹스는 달랐다. 뭐가 다르다고 콕 집어 얘기할 수는 없었다.

섹스가 끝이 나고 그가 그녀를 뒤에서 안고는 한참을 있었다.

"하라 씨."

거친 호흡이 차분해지자 하라가 그의 품을 벗어나려고 했다. 하지만 그는 끝까지 그녀를 안고 있었다.

"내가 정신병에 걸리긴 한 것 같아요."

"잠이 안 와요?"

걱정이 돼서 물었다.

"그건 좋아졌어요."

"그럼 머리가 아파요?"

점점 더 걱정이 되었다. 그는 아팠던 과거를 이야기한 적은 있어도 직접적으로 아프단 말을 한 적은 없었다. 그래서 하라가 조심스럽게 말을 꺼냈다.

"아직도 김 병장 때문에 아파요?"

"아뇨. 이젠 많이 극복했어요."

그럼 도대체 뭣 때문에 정신병에 걸렸다고 하는 건지 걱정이 되기 시작했다.

"내일 주주총회 신경 못 쓸 정도로 아파요? 그러면서 이런 건 왜 해요?"

"이게 약이니까요?"

"섹스가요?"

"아뇨."

그가 웃었다. 이렇게 환하게 웃는 걸 보니 정신병이 맞았다. 한 번도 이런 적이 없었기 때문이었다.

"왜 웃어요?"

"귀여워서요."

"누가요?"

"내 앞에 있는 사람."

정신병이 맞았다.

"병원에 갈까요? 막 웃음이 나오고 이상한 소리를 하면 그건 무슨 증상일까요?"

심각하게 말하는 그녀와는 달리 그는 웃고 있었다.

"내가 심각한 정신병에 걸렸어요. 그 사람을 보면 막 웃음이 나오고, 옆에 있기만 해도 미친놈처럼 안고 싶고, 침대 속에서 하루

종일 못 나가게 잡고 있고 싶고, 밥도 같이 먹고 싶고, 샤워도 같이 하고 싶고, 보기만 해도 정신을 못 차리니 이건 정신병이 맞아요."

심장이 터질 듯이 뛰었다.

"이렇게 커다란 눈동자에 내가 담겨 있는 게 설레고……."

그녀의 턱을 손끝으로 들어 올리며 그가 잠시 말을 멈추었다.

"심장은 이렇게 미친 듯이 뛰고. 정신병에 심장병까지, 상태가 아주 안 좋아요."

그는 지금 고백을 하고 있었다. 이건 좀 믿기지 않는 일이었다. 놀란 하라의 눈에서 눈물이 흘러내렸다.

"울지 마요."

"불안해요."

"뭐가요?"

"움직이지 못하겠어요."

움직이면 이 꿈에서 깰 것 같았다. 이건 현실이 아니었다.

"어디 불편해요?"

"아뇨, 기분 좋은 꿈인데 일어나면 모든 게 사라질 것 같아서요. 제 살도 꼬집지 않고 있어요. 깰까 봐."

그녀는 솔직한 심정을 말했다.

"알았어요. 안 꼬집을게요."

"하지만 키스하고 싶어요."

그는 말이 끝나기가 무섭게 그녀의 입술에 입을 맞추었다. 너무 부드러워서 녹아 버릴 것 같은 키스였다.

"하……."

그의 입술이 떠나자 아쉬움 섞인 탄성이 쏟아져 나왔다.

"난 아직 이해가 가지 않아요. 도대체 어디가 정신병이라는 건지……."

"내가 오하라라는 바이러스에 감염이 되어 치유가 불가능한 정신병에 걸렸다고요. 꼭 정신병이라기보다 몸 전체에 퍼진 거예요. 머리도 아프고 심장도 두근거리고 손버릇도 안 좋아지고……."

쪽!

하라가 발끝을 들어 그의 입술에 입을 맞추었다.

"이거 봐요. 아주 심장이 오그라들 것 같습니다."

"날 좋아하나요?"

"사랑합니다."

"……."

담백한 그의 고백에 하라는 눈물이 흘렀다.

"내 사수는 아주 강한 사람이라고 생각했는데 아주 약합니다.

반품해야겠습니다."

그가 그녀를 품에 안았다.

"너무 늦게 깨달아서 미안해요. 말로 표현해야 안다는 걸 잊을 만큼 좋아했나 봐요. 너무 티를 내고 다녔으니 말이에요."

"티 안 냈어요."

"어떻게 모를 수가 있죠? 종훈이는 닭살 돋는다고 난린데."

"종훈 씨가요?"

"먹이를 보고 침을 흘리는 늑대 같다고, 대위님 침 좀 닦고 다니라고 하던데요."

"언제요?"

"어제 어머님 댁에 갔을 때요."

하라의 입가에 웃음이 지어졌다. 뚱한 표정으로 그들을 보던 종훈이 생각났다.

"종훈 씨 귀여운 것 같아요."

"다른 놈은 안 됩니다."

그의 질투 어린 말에 기분이 좋아졌다.

"왜 말이 없습니까?"

"뭐가요?"

살며시 모르는 척했다.

"답 말입니다."

"무슨 답이요?"

"듣지 않았습니까?"

"뭘 말이에요?"

그의 얼굴이 붉게 변하고 있었다. 귀여웠다.

"내가 사랑한다고 했는데……."

"사랑해요."

그의 얼굴을 잡고 베이비 키스를 한 하라를 형준이 그윽한 눈으로 내려다보았다.

"선수가 맞는 것 같습니다."

"누가요? 제가요? 아뇨."

하라는 구름 위를 걷는 것 같았다. 너무나 행복하다는 생각이 들었다.

"언제부터였어요?"

"처음 카페에서 봤을 땐 참 예쁜 여자라고 생각했습니다. 제가 생각하는 이상형이었죠. 그래서 카페에서 나가지 못하고 한참을 봤고, 그날 하라 씨와 밤을 보낸 거죠."

그가 첫눈에 반했다고 말했다.

"그래서 연락이 오길 기다렸는데 연락이 안 와서 하라 씨 집에 몇 번이나 찾아갔었죠. 그러다가 사고가 터졌고. 그때는 저도 자포자기한 상황이었습니다. 모든 게 싫었죠."

그의 마음을 이해했다.

"그러다가 다시 하라 씨를 만났고, 그건 하늘이 주신 기회라고 생각했습니다. 처음엔 김 병장의 일로 하라 씨를 밀어내려고 했는데, 힘들었습니다."

하라가 그의 품에 파고들었다.

"그렇게 힘든 줄 몰랐어요."

김 병장 사건은 하라도 기사를 통해서 알고 있었다. 얼마나 끔찍한 사건이었는지 말이다. 그들은 그렇게 한동안 서로의 품에 있었다.

똑똑!

"회장님께서 찾으십니다."

한 집사가 그들을 데리러 왔다. 둘은 손을 꼭 잡고 윤 회장이 있는 거실로 향했다.

성우는 슈트 바지에 손을 닦았다. 막상 이렇게 주주총회가 열리니 떨리는 마음이었다. 이 일만 잘된다면 우정그룹의 주인은 박 사장이 되고, 그도 우정화학의 사장이 아닌 우정그룹의 사장이 될 수도 있었다.

가능한 일일까? 성우는 손에 들고 있는 형준의 진료 내역과 국방부 자료들을 내려다보았다.

"예쁜 것들."

그의 얼굴에 미소가 가득했다.

"과장님……."

하니의 간드러진 목소리가 들렸다. 요즘 그는 하니를 보는 낙에 회사를 다니고 있었다. 하니는 다른 여직원들과는 다르게 그를 따랐다.

"주주총회 들어가세요?"

"응."

"파이팅이요."

"고마워. 하니는 가고 싶은 부서 있어?"

"네?"

하니를 데리고 갈 생각이었다. 홍보실보다는 기획실이사나 전략실 이사가 회사에서는 자리 잡기에 아주 좋았다. 계열사 사장보다 본사에 있는 게 권력을 장악하기 좋았다.

"안녕하십니까?"

총회에 참석하기 위해 사장단이 등장했다. 딱 보기에도 둘로 갈라진 것 같았다.

"분위기가 심상치 않죠?"

"역시 하니는 눈치가 빨라."

"감사해요. 언니가 그러는데 라인을 잘 타야 한다고 하더라고요. 아니면 아예 타지 말든지."

"하니는 어느 쪽이야?"

"전 과장님 라인이죠."

아주 마음에 드는 말만 했다.

"오늘 총회에서는 뭐 하는 거예요?"

"나에게 아주 좋은 일이 생기는 거지."

"그래요? 저도 좋아요."

하니를 보며 그도 웃었다.

윙—.

핸드폰이 울리고 있었다. 박 사장이었다.

[준비는 다 됐어?]

"네, 서류는 완벽하게 준비됐습니다."

[국방부에서도 해 준 거야?]

"네, 힘들게 얻은 자료입니다."

[알았어. 자리는 깔아 줬으니까 나머진 이 서방이 하는 거야.]

"압니다."

박 사장의 전화를 끊은 그는 옆에서 그를 물끄러미 보고 있는 하니와 눈이 마주쳤다.

"뭐가 그렇게 심각하세요?"

"아니야."

이제 총회가 시작되고 있었다.

"후……."

"이거 드세요."

하니가 물 한 잔을 주었다.

"총회는 저 사람들이 하는데 과장님께서 긴장을 하시고 그러세요."

"그러게 말이야."

윤 회장과 윤형준이 나란히 강당으로 들어가고 있었다. 지금은 표정이 나쁘지 않았지만 나올 때는 피눈물을 흘릴 것이다. 그가 강당으로 들어갔지만 하니는 그의 뒤를 따르지 않았다. 멋진 모습을 보여 주고 싶었는데 말이다.

그는 떨리는 마음으로 주주총회의 구석 자리에 서 있었다. 대주주만 참석하는 임시 주총이었다. 거물들을 한자리에서 볼 수 있는 시간이었다.

"이렇게 와 주셔서 감사합니다. 왜 갑자기 주총이 잡혔는지는 모르겠지만 오늘 저도 중대한 발표를 할 예정입니다. 제 얘기는 나중에 할 것이니 안건부터 처리하죠."

윤 회장이 간단히 인사를 했다.

"오늘의 주요 안건은 공석인 본사 총괄 사장에 관한 의제입니다. 현 총괄 사장인 윤영철 사장님의 스캔들과 장기간 공석이 회사 내에 막대한 피해를 주는 관계로 새로운 총괄 사장을 뽑자는 의견이 많아 이렇게 주총을 소집하게 되었습니다."

박 사장의 최측근인 천 이사가 사회를 맡고 있었다. 성우는 자신이 과연 저 자리에 선다면 얼마나 떨릴지 걱정이었다. 그래서 미리 청심환도 먹고 마음의 준비도 했었다. 하지만 이렇게 들어와 보니 더욱 떨렸다.

"구멍가게도 사장이 출근을 해야 하는 판국에 몇 개월씩 월급을 받으면서 공석인 건 좀……."

"안 그래도 일 안 하고 월급을 받아서 말이 많아요."

박 사장의 편에 서 있는 사장단에서 불만이 터져 나왔다.

"월급은 지불하지 않습니다."

윤 회장 편인 조 사장이 발끈해서 말했다.

"왜 자꾸 알지도 못하면서 유언비어를 만드십니까? 일을 안 하는데 회장님이 돈을 주시는 거 봤습니까?"

"그럼 직함도 주지 말았어야죠."

여기저기서 난타전이었다. 그중에서 단연 눈에 띄는 사람은 이 여사였다. 박 사장의 말을 듣고 이 여사를 먼발치에서 본 적이 있었다.

오십 대라고는 믿기지 않을 만큼의 동안인 여자였다.

"저 여자가 키를 가지고 있단 말이지?"

아름다운 여자였지만 돈놀이를 하는 큰손으론 보이지 않았다.

"사람은 겉모습만 보고는 모르는 거니까."

회의가 박 사장의 편으로 넘어가고 있었다. 직원들은 일 안 하는 오너를 좋아하지 않았다.

"저희는 새로운 총괄 사장으로 우정화학의 박 사장님을 추천합니다. 실무경험도 많으시고……."

"잠깐, 연세가 너무 많으시지 않습니까? 이제 일선에서 물러나실 연세입니다."

양쪽의 의견이 팽팽했다.

"저는 윤형준 군이 어떨까 생각합니다."

갑자기 박 사장이 형준을 추천하자 장내가 술렁였다.

"원래 후계자이기도 하고 젊은 피니까 우리 우정그룹이 젊은 그룹이 되지 않겠습니까?"

이제 성우가 나설 차례였다.

"안 됩니다!"

갑자기 성우가 소리를 치는 바람에 모두의 시선이 성우에게로 향했다.

"윤형준 씨는 명백하게 정신병력이 있는 사람입니다. 그런 사람에게 우정그룹을 맡길 순 없습니다. 아무리 오너 일가라고 해도 말입니다."

"정신병자야?"

"그런 사람이 어떻게 회사에 있을 수 있지?"

사람들이 쑥덕거리는 소리가 들리고 있었다. 아주 좋은 반응이었다.

"저에게 증거가 있습니다."

그가 사람들 앞으로 나갔다. 그리고 사회자의 마이크를 받아 대주주들에게 설명을 하기 시작했다.

"이건 윤형준이 모 부대에 근무하던 당시의 근무평가서입니다. 그리고 이건 우리에게도 너무 가슴 아픈 사건으로 알려진 김 병장 사건의 수사 기록입니다. 당시 윤형준은 살려 달라는 김 병장의 가슴에 방아쇠를 당겼습니다."

잔혹한 말에 모두들 놀라는 눈치였다. 모두 그의 의도대로 되어가고 있었다.

"그리고 윤 대위는 갑자기 정신병원에 갑니다. 헌병 조사를 받기 전에 자신도 피해자라는 걸 알려야 했기 때문입니다. 일종의 알리바이죠."

그가 병원장의 진단기록을 보였다.

"이 기록지는 단순히 외상 후 스트레스성 장애라고 되어 있고, 우울증 증상과 공황 장애까지 기록했지만 사실 그는 사이코 패스였습니다. 이건 또 다른 의사의 소견입니다."

"잠깐, 그래서 말하고 싶은 건 뭐죠? 윤형준 씨가 정신병자란 말입니까?"

"네."

십 년 묵은 체증이 사라지는 것 같은 느낌이었다.

"그는 아주 폭력적인 성향의 사람입니다. 저도 윤형준에게 맞아 갈비뼈가 세 대나 부러져서 지금까지 고생을 하고 있습니다."

아주 속이 시원했다.

"이야기 다 끝났습니까?"

갑자기 형준이 자리에서 일어났다. 그리고 성우의 말에 반박하기 시작했다.

"전 대위로 전역을 했습니다. 제가 사랑하는 군을 떠나게 된 이유는 진심으로 아끼던 부하를 제 손으로 막아야 했기 때문입니다. 5명을 죽이고 저의 배를 칼로 찌른 그를 끝까지 설득하려 했습니다. 하지만 수류탄을 꺼내 들었을 땐 더 이상의 인명 피해를 두고 볼 수 없어 제가 처리했습니다."

"제 말이 맞지 않습니까?"

"그래서 괴로웠고 정신과에 진료를 받았습니다. 저도 충격이 컸으니까요. 그리고 이 사건은 정당한 임무로 인정되어 훈장도 받앞습니다. 상처뿐인 영광이지만 말입니다."

"말은 잘하는군."

"전 경영에 관심이 없었습니다. 하지만 아시다시피 아버지를 믿을 수 없어서 이제는 제가 할아버지를 대신해 우정그룹을 더 세계적인 기업으로 키울 생각으로 이 자리에 섰습니다. 제가 경영을 맡는다면 달라질 겁니다."

"뭐가 달라진다는 말입니까?"

"우선은 회사 내 여성의 지위를 높여 줄 생각입니다. 요즘 이슈가 되고 있는 성폭력, 성희롱이 우리 회사에서 사라져서 여성 인력이 좋은 환경에서 근무할 수 있도록 할 겁니다."

그때 갑자기 대형 스크린에 성우의 얼굴이 비춰지면서 하니의 가슴을 넋 놓고 보거나 엉덩이를 만지는 모습이 보였다.

"뭐야, 저 사람······."

그리고 주차장에서 하라의 손을 잡아끌어 자신의 차에 억지로 태우려는 장면과 형준이 그를 때리는 모습까지 모조리 나왔다.

"회사에서 납치라니요······."

"잠깐, 그게 아닙니다. 이건 모함입니다!"

박 사장의 표정이 아주 싸늘하게 굳어 있었다.

"끌어내."

박 사장의 말이었다. 성우는 자신을 감싸 주지 않는 박 사장을 원망하며 그 자리에서 짐짝 끌려 나오듯이 끌려 나왔다. 이건 다 모함이었다.

하지만 둘 다 회사 내의 CCTV로 촬영이 된 영상이라서 그는 빼도 박도 못 했다.

"나쁜 새끼!"

그는 그대로 경찰에 넘겨져 조사를 받았다. 완벽하게 속이 터지는 상황이었다. 그런데 더 가관인 건 미호가 그와 이혼을 하겠다는 문자를 보내왔다는 것이다. 그의 핑크빛 상상이 모두 수포로 돌아갔다.

12장

형준이 떠난 자리엔 아주 젊고 잘생긴 사내가 들어왔다. 주영은 언제 형준이 있었냐는 듯이 새로 들어온 재훈에게 푹 빠져 있었다. 하지만 재훈의 사수는 이번에도 하라였다.

"진짜 황 이사님은 왜 자꾸 대리님한테만 신입을 붙이는 걸까요?"

"내가 미운 거야."

"설마요. 장래 우정그룹의 사모님인데…….."

"두고 봐야 안다고 생각하시나 보지."

"그런가요? 왜요? 두 분은 이미 결혼까지 발표하셨는데."

황 이사는 지은 죄가 많아 그녀와 형준이 잘 안 되길 바라는 사람이었다. 그런데도 하라가 끝까지 기획실에 있는 이유는 황 이사의 못된 손버릇을 고치기 위함이었다.

"사장님 호출이십니다."

주영이 말했다.

"알겠습니다."

"두 분 이렇게 매일 같이 식사를 하시니 좋겠어요."

"좋아요."

형준이 사장으로 초고속 승진을 한 지 한 달이 다 되어 갔다. 마 과장은 부장이 되었고, 홍민은 주임을 달았다.

하지만 하라는 아직 대리였다. 과장을 달아 줄 법도 한데 말이다.

그들은 아직 결혼을 하지 않았다. 그녀가 시간을 달라고 했기 때문이었다.

성우는 결국 이혼을 했다고 하는데 지금은 어떻게 지내는지 모르겠고, 박 사장도 경영에서 퇴진을 했다. 우정그룹에 한차례 광풍이 불었고 지금은 태평성대와 같았다.

"왔어요?"

"네."

그의 사장실은 정말 일만 하는 사람의 사무실 같았다. 항상 가 보면 서류가 산더미 같았다.

"점심은 매일 한 집사님이 배달해 주시는 거예요?"

"네, 작은 사모님이 요즘 입맛이 없으니 따로 준비하라고 도련님이 말씀하셨습니다."

"안 그래도 돼요."

"아니, 갑자기 그렇게 살이 빠지면 어떻게 합니까?"

도리어 화를 내는 형준이었다. 하긴 요즘에 이상하게 입맛도 없고 속도 좋지 않았다.

"전복죽입니다."

"네."

한 집사가 눈치 없이 그들이 먹을 동안 옆에 서 있었다.

하라는 조금 웃기다는 생각이 들긴 했지만 이제 우정그룹의 식구가 되려면 익숙해져야 한다는 생각이 들었다.

"맛있습니까?"

"맛있어요. 형준 씨는요?"

"저도 좋습니다."

형준이 어렵게 마음을 전한 후에도 그들의 연애에 달라진 건 없었다. 형준의 성격상 갑자기 살가워진 것도 아니었다. 다만 가장 큰 변화가 있다면 이제는 좀 편하다는 것이었다. 마음이 편하고 좋았다.

그렇게 물 흐르는 듯 그들의 관계는 수월하게 흘러갔다. 하지만 하라의 입장에선 아쉬운 건 사실이었다. 여전히 섹스할 땐 뜨거웠지만 그게 다였다.

"생각하지 마십시오."

"네?"

"생각하는 게 여기서도 들립니다."

그의 갑작스런 말에 하라는 당황했다.

"아무 생각 없었어요."

"아닌 것 같습니다."

"말이 나와서 말인데, 그 존댓말 좀 안 하면 안 될까요? 어차피 나이도 나보다 한 살 많잖아요."

하라는 솔직히 존댓말이 둘 사이의 거리를 더 벌리는 것 같았다.

"그게 불만이었습니까?"

"뭐……."

"고치도록 하겠지만 쉽지는 않을 겁니다. 버릇이라서……."

"또……."

그가 멋쩍게 웃었다.

"내가 나이 들어 보인다고요. 그리고 뭐랄까? 거리감도 좀 느껴지고……."

"고칠게……."

아주 어색하기 그지없는 말이었다.

"풋!"

옆에 서 있던 한 집사가 웃음을 터트렸다.

"너무 어색하게 말하네요. 발연기 같았어요. 하하하."

"한 집사님, 내일부터 오지 마세요."

"죄송합니다. 도련님."

한 집사의 얼굴에서 웃음기가 가셨다.

"노력해 봐요. 그럼 우리 관계가 더 좋아질 것 같아요."

"지금도 좋습…… 아니, 좋잖아?"

사투리에서 표준말로 고치는 것같이 그는 힘들어했다. 하지만 하라는 그가 노력해 주는 게 고마웠다.

"퇴근하고 주차장에서 만나. 기다릴게."

"알았어요."

그는 하라의 손조차 만지지 않았다. 한 집사님이 있기 때문일 것이다. 그래도 왠지 허전한 마음이 드는 하라였다.

오늘은 월급날이었다. 월급은 오전에 벌써 들어와 있었다. 종훈은 통장에 입금이 된 월급을 쓰지 않고 그대로 내버려 두었다. 윤 대위 밑에서 일하게 되면서부터 돈 들어갈 일이 없었다. 집도 본가에 있는 별채에서 다른 직원들과 함께 썼고, 삼시세끼 다 나오고 혹시 밖에서 밥을 먹게 되면 밥값은 따로 나왔다.

짠돌이는 아닌데 이상하게 돈을 쓸 일이 없었다. 그런데 그런 그가 오늘 현금을 뽑았다. 그리고 태어나서 처음으로 꽃가게라는 곳에 갔다. 사실 이곳에 온 건 윤 대위의 심부름 때문이었다.

오늘 오 대리에게 꽃을 선물한다고 그에게 장미 백 송이를 사오라고 했다.

"안녕하십니까?"

"어서 오세요."

꽃가게 주인은 아주 미인이었다.

"장미꽃 백 송이 주세요."

"네, 바구니로 할까요?"

"전 잘 몰라서……."

"예쁘게 해 드릴게요."

꽃가게 주인은 열심히 꽃바구니를 만들고 있었다.

"저기 바쁘신데 죄송합니다만, 사귀는 건 아닌데 남자가 장미 백 송이를 주면 부담될까요?"

"사귀시는 거 아니세요?"

"아, 이건 심부름이고 저도 따로 하려고요."

"그럼 제가 사랑을 부르는 꽃바구니를 따로 만들어 드릴게요."

"감사합니다."

주인이 예쁘기만 한 게 아니라 장사 수완도 아주 좋았다. 그렇게 해서 지금 그의 손엔 장미꽃 바구니와 이름은 모르지만 아름다운 꽃다발이 들려 있었다.

퇴근 시간이 되었다. 장미 꽃바구니는 윤 대위의 운전사에게 전달을 했고, 작은 꽃다발은 그의 손에 들려 있었다. 아름다운 그녀와 너무나 잘 어울리는 여러 색의 꽃으로 이루어진 꽃다발이었다.

다른 날 같았으면 형준을 가다리고 있을 텐데 오늘 그는 형준에게 오후 근무는 힘들 것 같다는 말을 했다. 그녀가 주차장으로 나오고 있었다.

매일 봤으니 당연히 특별한 일이 없으면 이 시간에 그녀가 나올 거란 걸 알았다.

그녀가 주위를 두리번거리고 있었다. 하지만 찾는 사람은 보이지 않았다.

"저기요."

이름도 부르지 못하고 그녀를 불렀다.

"어? 안녕하세요?"

언제나 밝은 얼굴의 하니였다.

"오늘은 저기가 아니라 다른 곳에 서 계셨네요?"

"근무하는 날이 아니라서……."

"그래요? 그런데 어떻게?"

그녀의 눈이 그의 손에 들린 꽃다발로 향했다.

"여자 친구요?"

"아뇨……."

"좋아하는 사람 있으세요?"

그녀의 표정이 어두워진 건 그만 느낀 것일까?

"네, 있습니다."

"그래요?"

분명 그녀는 실망하고 있었다.

"잘됐네요."

그녀는 이렇게 말하며 그의 옆을 지나치려 했다. 종훈은 입가에 미소를 띠며 그녀의 팔목을 잡았다.

"그게……."

"하니야!"

불청객이 그들의 사이를 가로막았다. 종훈은 하니의 팔을 놓아 주었다. 하라와 형준이 그들에게로 다가왔다.

"언니."

"어, 어디 가는 거야?"

"아니, 언니는 퇴근하는 거야? 우리 형부도 점점 멋져지시고……."

하니와 형준은 사이가 좋았다. 이게 다 성격이 좋은 하니 때문이었다. 형준은 무뚝뚝한 사람이었다. 그런데 이상하게 하니와 있으면 얼굴에서 웃음꽃이 사라지지 않았다.

아무래도 하라의 동생이기 때문에 더 신경 써 주는 것 같았다.

"하라야, 이건 내가 준비한 꽃이야."

형준이 갑자기 그의 손에서 꽃다발을 빼앗으려 했다.

"아닙니다."

"뭐?"

"사장님의 꽃바구니는 차에 있습니다."

"그럼 이건 누구 건데?"

일이 순간적으로 꼬여 버렸다.

"이건…… 하니 씨 겁니다."

"내 거예요?"

"네."

종훈은 판이 다 깨진 것 같았다. 속상한 마음에 그는 꽃다발을 하니에게 건네주고는 뒤도 돌아보지 않고 주차장 끝에 세워 둔 자신의 차로 향했다.

"하지 말았어야 했어."

그는 자신의 차에 도착하자 차 문을 황급히 열고 빠르게 차에 올랐다. 그리고 시동을 막 거는데 누군가 차창을 두드렸다. 하니였다.

"문 열어 줘요."

하니가 그의 차에 올랐다.

"무슨 남자가 그렇게 걸음이 빨라요?"

"무슨 일 있습니까?"

그녀의 손에 들린 꽃다발 때문에 부끄러움이 몰려왔다.

"이거……."

그녀가 신용카드를 손에 들고 흔들었다.

"카드는 왜 보여 주십니까?"

"윤 사장님께서 주시지 말입니다."

그녀가 그의 말투를 흉내 냈다.

"왜요?"

"가서 맛있는 거 사 먹으라고요."

"……."

"꽃다발에 신경 쓰지 마십시오. 그냥 이번에 주주총회 때 이성우를 유혹하느라 힘드셨을 걸 생각해서 감사의 인사를 드린 겁니다."

지난 주주총회 때 형준은 홍보실에 근무하게 된 하니에게 성우의 행동을 살피게 했고, 비밀리에 그의 책상에 몰래 카메라를 설치하게 했다.

덕분에 성우가 계획하고 있는 일들을 미리 알 수 있었다. 어떻게 보면 하니가 큰 공을 세운 것이다.

"그건 형부가 해야지, 왜 종훈 씨가 해요?"

할 말이 없었다.

"그야 제 상사의 일이니까."

"원래 그렇게 둔해요?"

"네?"

"마음에 드니까 따라온 거 아닐까요?"

그녀가 분명 마음에 든다는 말을 했다.

"뭐가 마음에 든다는 말입니까?"

"너요!"

하니가 그의 가슴을 손가락으로 꾹 찔렀다.

딸꾹!

놀란 마음에 종훈은 딸꾹질하기 시작했다. 그녀가 그가 마음에 든다고 했다.

"나 마음에 안 들어요?"

"듭니다."

"그럼 우리 서로 마음에 들었으니 밥 먹으러 가요. 난 지금 아주 매운 거 먹고 싶거든요."

"스트레스 받았습니까?"

"새로 온 우리 과장은 나를 아주 못 잡아먹어서 안달이에요. 정말 왜 그러는지 모르겠어요."

"너무 예뻐서 그러는 겁니다."

"네?"

"질투하는 거라고요."

민망한 마음에 그는 차를 출발시켰다.

"난 중식 좋아해요."

"저도 좋습니다."

종훈은 형준과 예전에 갔었던 중국집을 기억해 냈다. 재벌을 따라다니다 보니 이럴 땐 유리했다. 그녀와 이렇게 중식을 먹을 수 있다는 게 신기했다.

"언제부터 좋았어요?"

"네?"

항상 그의 빈틈을 치고 들어오는 하니였다.

"난 우리 집에 처음으로 온 날부터 좋았어요."

처음부터 그가 좋았다는 말을 들으니 하늘을 나는 기분이었다.

"아주 용한 점집에 갔는데 언니는 빛이 나는 남자를 만나고, 난 그 빛이 나는 남자가 소개해 주는 남자를 만난다고 했거든요. 그래서 누군가 형부 뒤를 따라올 때 내 남자인 걸 알았죠."

"저도 첫눈에 반했습니다. 내 여자한테……."

하니의 말 때문인지 자꾸만 오글거리는 말을 하게 됐다. 이런 게 연애인지 예전에는 몰랐었다.

"우리 오늘부터 1일인가요?"

풉!

그가 먹고 있던 음식을 거의 뱉을 뻔했다.

"내가 좀 저돌적이죠? 우리 집 여자들이 그래요."

"전 좋습니다."

"그런데 언제까지 존댓말하실 거예요? 내가 네 살이나 어린데……."

"그러니까 그게……."

하니는 그를 아주 당황스럽게 만들고 있었다.

"군 출신들은 다 그래요?"

"뭐…… 습관이 배어서……."

"하긴……."

음식점 안의 은은한 조명이 하니를 더욱 예쁘게 비춰 주고 있었다.

"뭘 그렇게 봐요?"

탕수육을 먹으며 그에게 물었다.

"예뻐서……."

아직 반말이 쉽게 나오지 않았지만 그는 노력할 것이다. 종달새처럼 조잘거리는 하니를 종훈은 뚫어지게 보고 있었다. 이게 꿈인지 생신지 별로 와닿지는 않았지만 지금은 너무 행복했다.

가족들과 떨어져 언제나 외롭게 혼자 지냈는데 이제 그는 외롭지 않을 것 같았다.

하라의 눈길은 풍성한 장미꽃 바구니에 고정되어 있었다. 형준과 그 사이에 끼어 있는 장미는 너무 컸다.

"오늘 무슨 날이에요?"

아무리 생각을 해도 장미를 받을 만한 날이 아니었다.

"좋은 날인 건 확실해."

"생일도 아니고, 우리가 기념일을 챙기는 것도 아니고?"

"마음엔 들어?"

"당연하죠. 이렇게 예쁘고 많은 장미꽃은 처음 받아 봐요. 여자들은 이런 걸 받는 걸 좋아해요. 그런데 이유를 알았을 땐 더 좋아하죠."

"……."

"아참, 우리 어디 가요?"

"밥 먹으러."

오늘 그녀가 기억하지 못하는 날인가 하는 생각이 들었다.

"혹시 생일이에요?"

"아니."

그가 피식 웃었다.

"웃는 게 가슴 떨리게 잘생기긴 했지만 말을 안 해 주니까 밉네요."

그는 그녀를 보며 웃기만 했다.

"그런데 우리 하니하고 종훈 씨는 언제부터 썸을 타게 된 거예요?"

"어머니 집에 같이 간 날, 완전히 반했더라고. 그래서 어떻게 하나 두고 봤는데 오늘에야 고백을 하나 봐."

"인연인가 봐요. 우리 하니도 종훈 씨 얘기 자주 했는데……."

"처제한테 잡혀 살 거야."

"근데 진짜 신기해요. 나한텐 반말하기도 어려워하면서 어떻게 하니한테는 처제 소리가 그렇게 자연스럽게 나와요?"

"나도 신기해. 아마 처제가 성격이 밝아서 그렇지 않을까?"

"나도 밝아요."

"당신은 신비롭지."

형준이 그녀를 그렇게 생각한다니 괜히 기분이 좋았다.

그들이 도착한 곳은 식당이 아니었다. 현관문이 아주 커다란 고급 주택이었다.

"여기가 레스토랑이에요?"

"......."

그는 말없이 그녀의 손을 잡았다. 커다란 정원이 있는 집이었다.

우정그룹 본가보다는 작지만 조금 더 현대적인 분위기의 집이었다. 정원의 조명이 굉장히 로맨틱했고 그네도 있었다.

"완전 로맨틱한데요?"

"마음에 들어?"

"멋진 곳이에요. 어머! 수영장도 있어요."

화이트 톤의 집에 에메랄드빛 수영장이 있었다.

"물색 좀 봐요. 완전 끝내주네요. 밤에도 이렇게 예쁜데 한낮에는 정말 환상적이겠어요."

"나도 수영장이 마음에 들어서 구입했어."

"네?"

"아니, 안으로 들어가."

알다가도 모를 소리였다. 그녀가 안으로 들어가자 완전히 잡지책에서나 볼 만한 집이 눈에 들어왔다.

"인테리어 잡지책을 보는 것 같아요. 누구 집이에요? 레스토랑 같지는 않아서."

"우리 집."

"네?"

"하라 집이야. 명의가 오하라로 되어 있으니까."

"……."

머리가 멍해서 아무런 말도 떠오르지 않았다. 잘못 들은 것 같았다. 그녀가 잘못 들은 게 분명했다. 그가 얼이 빠져 있는 그녀를 뒤에서 안았다.

"내가 표현이 서툴러서 마음을 제대로 전달하고 있지 못한 것 같아서……."

"아니에요."

마음에도 없는 소리를 했다. 지금 완전 고마우면서 말이다.

"더 잘 표현하려고 노력할게. 잘할지는 모르겠지만……."

여전히 어색한 말투로 그는 하라에게 말했다.

"나도 더 많이 표현하도록 노력할게요. 그리고 형준 씨를 이해하려고도 노력할게요. 사람은 다 다르니까요."

"고마워."

그가 그녀의 정수리에 입을 맞추었다.

"나 구경해도 돼요?"

"그럼, 그리고 이 집은 하라 마음에 들게 인테리어 바꿔도 돼."

"아뇨."

이처럼 완벽한 곳에 손을 댈 수는 없었다.

"그건 죄악이에요."

"죄악이라……."

"네."

하라는 그의 손을 잡고 집 안 구석구석을 돌아다니기 시작했다.

"청소하려면 죽음이겠지만 그래도 너무 좋아요. 고마워요. 이런 집은 여자들의 로망이거든요."

그녀가 그의 목을 두 팔로 감았다. 그리고 까치발을 들고는 그의 입술에 입맞춤을 했다.

"고마워요. 지금 진짜 행복해요."

하라는 거의 껑충껑충 뛰었다. 표현을 거의 안 하는 그 때문에 서운하던 마음이 봄눈 녹듯 사라졌다.

그들은 2층에 있는 부부침실에 들어섰다. 방 안에는 커다란 침대 이외에는 아무것도 없었다. 침대도 비현실적으로 컸다.

"다른 가구가 아직 안 들어왔나 봐요."

"이게 다야."

"네?"

"침실은 서로에게 집중하는 유일한 공간이라서 불필요한 건 넣지 않았어."

"진짜 못 말려."

"맞아."

그가 갑자기 그녀의 허리를 강하게 감싸고는 침대로 끌고 갔다.

"뭐, 뭐 하는 거예요?"

"차도 시승식하는데, 시침대식이야."

못 말리는 남자였다.

"그래서 우린 저녁도 안 먹고 침대에서 섹스를 하는 건가요?"

하라의 목소리가 심하게 갈라졌다. 그리고 그녀의 몸 위에 누워 있는 그의 아랫입술을 손가락으로 더듬고 이었다.

"맞아."

그가 그녀의 입술을 순식간에 삼켜 버렸다. 그의 혀가 빠르게 그녀의 입안에 들어왔다.

그의 혀를 하라가 빨기 시작했다. 이제 그가 좋아하는 섹스를 조금은 알 것 같았다. 하라는 그의 얼굴을 손으로 잡고 깊은 키스를 되돌렸다.

"두려웠어."

"뭐가요?"

"여자에게 이렇게 빠지는 게……."

"두려워하지 마요."

"이제는 안 그래. 하라를 너무나 사랑하니까. 하지만 하라는 만족하지 못할 수도 있어. 난 태생이 표현이라고는 모르는 남자라서 말이야."

"아니에요."

"난 아버지의 사랑을 못 받았어. 아버진 언제나 다른 여자들과 바람을 피우기에 바빠서 어머니와 날 방치했어. 결국 어머니는 아버지의 무관심 속에서 죽어 갔고. 그래서 맹세했어. 난 결혼은 하지 않겠다고. 하지만 만약에 결혼을 한다면 정말 가정에 충실할 거라고 말이야."

그의 말에 하라는 가슴이 먹먹했다. 어린 형준이 겪었을 고통이 그대로 느껴지는 것 같았다.

"내가 형준 씨 어렸을 때 못 받은 사랑까지 더해서 줄게요."

"고마워."

그의 눈 안엔 하라가 가득했다. 하라의 입술에 그의 입술이 또다시 겹쳐졌다. 오늘은 이상하게 격한 키스가 아닌 아주 부드러운 키스를 하는 형준이었다.

"오늘은 부드럽네요?"

"싫어?"

"싫은 건 아니지만 하던 대로 해요."

"분부대로 하죠."

그의 키스가 그녀의 바람대로 깊어지기 시작했다. 그의 혀가 그녀를 점령하기 시작했다. 마치 먹이를 먹어 치우는 맹수처럼 그녀의 입안을 차지했다.

"으으음."

부드러운 혀가 입안에서 얽혀 들고 있었다. 마치 이번이 마지막 키스인 것처럼 그는 아주 간절함을 담아서 입안 구석구석을 헤매고 있었다.

"하……아……."

하라는 형준의 머리카락 속으로 손을 집어넣어 당겼다. 그와 더 깊은 키스를 하기 위해서였다. 서로 맞물린 입술은 떨어질 줄을 몰랐다. 하라가 그의 고집스러운 아랫입술을 이로 살짝 물었다.

그리고 강하게 빨아들였다. 그녀의 생각지 않은 공격에 그가 몸을 파르르 떨었다.

"이제 시작할까요?"

"앗!"

그녀는 말과 동시에 그의 중앙을 바지째 잡았다. 그의 단단한 페니스가 옷 속에서 세상 밖으로 나오길 잔뜩 기대하고 있었다.

"나오고 싶어 하는데요?"

하라의 손을 잡은 형준이었다.

"위험합니다."

극도로 흥분을 하니 다시 존댓말이 나왔다.

"또……."

말은 그렇게 하면서도 하라는 그의 페니스를 잡은 손을 놓지 않았다.

"내가 너무 틈을 줬어."

그렇게 말을 하며 그가 하라를 가볍게 자신과 침대 사이로 밀어 넣었다. 완전히 샌드위치가 된 하라였다.

"좀 무거운데요?"

"곧 해방될 거야."

형준은 하라의 양손을 그녀의 머리 위로 올리고 자신의 한 손으로 잡아 꼼짝하지 못하게 만들었다.

"우리 집에서 첫 번째로 아주 뜨거운 밤을 보낼 거야."

"아……흐……. 기대할게요."

그녀의 말에 그가 단번에 상의를 위로 올렸다. 옷과 함께 속옷마저 위로 올라가 그녀의 탐스러운 가슴이 그의 눈앞에 드러났다.

"핫!"

그가 숨을 들이마셨다. 그의 눈동자가 위험스레 짙어졌다.

"온몸에 내 거라는 표시를 내 주지."

"안 돼요."

"나만의 것으로 만들겠어."

"이미 당신 거예요."

맨가슴을 거머쥔 그의 손에 힘이 들어갔다. 섹스할 때의 형준은 폭군이었고 짐승이었다. 그녀의 모든 걸 먹어 치울 기세로 그는 강하게 덤벼들었다.

그의 입술이 먼저 닿은 곳은 단단하게 서 있는 유두가 아닌 부드러운 살이었다.

"쪼오옥……. 흡……아……."

"아아앙……."

정말 그의 말대로 그는 그녀의 가슴에 선명한 키스 마크를 새겨 넣었다.

"형준 씨……."

"쪼옥……."

이번에는 그 옆에 또 다른 마크를 새겼다.

"그만……."

하지만 그는 멈추지 않고 그녀의 가슴과 쇄골 배 위 전체에 그의 것이라는 도장을 찍어 댔다.

백옥처럼 하얀 그녀의 피부는 금세 그의 열정 어린 키스 마크로 물들었다.

"아무도 이렇게 널 가질 수 없어."

강한 소유욕이었다. 표현을 하지 않던 그였지만 오늘 완전 둑이
터지듯이 그녀에게 강한 소유욕을 표시하고 있었다.

"빨아 줘요."

"이걸 원하나?"

그녀는 단단하게 솟아 그가 빨아 주기를 기다리고 있는 유두를
그의 입술 앞에 놓았다.

"아……흐…….'"

그의 바람대로 하라의 유두를 빨아들인 그였다. 어찌나 강하게
빠는지 하라는 아픔을 느꼈지만 쾌감이 섞인 아픔이었다.

"으으윽!"

그가 마치 짐승이 먹이를 물고 흔들듯이 그녀의 유두를 이번엔
입술로 물고는 흔들었다.

"아아앙."

온몸에 전율이 흐르고 있었다. 강한 쾌감과 함께 말이다. 그의
입술이 위험스럽게 점점 아래로 내려오고 있었다.

"아아아……. 형준 씨…….'"

배꼽에 혀를 집어넣어 핥고 있는 그였다. 그의 손은 그녀의 다
리로 가서 그녀의 여성을 손바닥으로 감쌌다.

"아흐……."

그의 손길이 닿을 때마다 하라는 몸을 활처럼 휘었다. 그의 손길에 그녀의 여성은 금세 젖어 들어갔다. 그의 손은 그녀의 애액으로 흥건하게 젖어 들었다.

"아주 야한 몸이야."

"아……하……. 어서요……."

저도 모르게 그에게 빨리 들어와 달라고 사정을 하고 있는 하라였다.

"안 돼."

그가 그녀의 부탁을 무시하고 손가락으로 그녀의 여성을 가르며 들어왔다.

하라는 손가락보다는 그의 페니스를 더 원했다. 하지만 그는 그녀를 감질나게 만들고 있었다.

"제발……."

계속해서 사정을 하게 만드는 그였다.

"아앗!"

그의 손가락이 그녀의 질 안으로 깊숙이 들어와서 질 벽을 긁어 대고 있었다.

하라는 극한의 쾌감을 맛보고 있었다. 롤러코스터를 탈 때처럼 그녀의 아랫배에 전율이 일었다.

"어서요……."

그가 마침내 그녀의 다리를 벌리며 자리에서 몸을 일으켰다. 그리고 아직도 벗지 않은 슈트를 모조리 벗기 시작했다. 그도 흥분했는지 단추가 말을 안 듣자 옷을 거의 찢어 버렸다. 단추가 사방으로 흩어졌다.

그의 근육질 가슴이 그녀에게 선물 세트처럼 펼쳐졌다. 그리고 완벽한 나신으로 그녀 앞에 선 전사가 그녀의 신랑이 될 사람이라는 게 자랑스러웠다.

"다른 여자들이 이 모습을 볼 수 없다는 게 안타까워요."

속말이 입 밖으로 나와 버렸다.

"나는 하나도 안 아쉬워."

그가 그녀의 다리를 활짝 벌렸다.

"분홍색 꽃이 환하게 피었어."

"어서요……."

그가 자신의 거대한 페니스를 한 손으로 잡고 다른 한 손은 그녀의 질 입구에 가져다 댔다. 그리고 페니스를 위아래로 움직이며 그녀의 촉촉함을 느끼고 있었다.

"빨리요."

이제 더 이상은 힘이 들었다. 이제 하라는 부끄러움조차 모르는 듯 그를 재촉했다.

그의 허리가 빠르게 움직이며 피스톤 운동을 시작했다. 하라의 정신은 점점 더 아득해져 갔다.

퍽퍽퍽.

살끼리 부딪치는 소리가 침실을 울렸다.

"아! 아아앙⋯⋯."

그의 엉덩이를 잡은 하라의 손끝이 그의 살을 파고들 듯했다.

"아⋯⋯. 형준 씨⋯⋯."

그의 이름을 여러 번 부른 하라는 정신을 잃을 것 같은 쾌감을 온몸으로 느끼고 있었다.

"사랑해⋯⋯."

"저도 사랑해요. 아아앗!"

그는 마지막을 향한 몸짓을 하면서 그녀에게 사랑한다고 고백했다. 시작하기 어려울 뿐이지, 한번 터지고 나니 표현을 자연스럽게 많이 하기 시작했다.

그의 분신들이 마지막 신음과 함께 그녀의 몸 안에 뿌려지고 있었다.

"으으웃!"

그가 그녀의 몸 위에 그대로 누워 버렸다.

"헉헉헉⋯⋯."

거친 숨소리가 가득했다. 그렇게 한참을 누워 있던 그들은 서로의 체온을 그대로 느끼고 있었다.

"어머님께 말씀드려서 날짜를 좀 빨리 잡았으면 좋겠어."

"네."

"사실 난 마음이 급한데 하라가 자꾸만 망설이는 것 같아서 조금은 서운했어."

그의 뜻밖의 말에 하라는 미안한 생각이 들었다.

"확실하게 형준 씨가 날 사랑한다는 생각이 안 들어서……"

"내 잘못이었군."

"아니에요. 지금은 이렇게 알았으니 됐어요. 엄마에게 말할게요."

그가 그녀를 자신의 품에 꼭 끌어안았다.

"날 아직도 모르는군. 난 좋아하지 않는 여자에게 이렇게 노력하지 않아. 아예 쳐다보지도 않지. 그런데 하라는 좋아하는 게 아니라 사랑하니 내 마음이 얼마나 조급하겠어."

"알아요."

그가 그녀의 입술에 살짝 입을 맞추었다.

"사랑해."

"이제 잘하네요."

"이런 말은 평생 하지 않고 살 줄 알았는데, 아주 소질이 있는 것 같아."

"다른 데서 그 소질을 발휘하면 그땐 가만히 안 있어요."

"질투하는 거야?"

"네, 당신은 내 거니까."

그녀가 형준의 목에 팔을 강하게 감아 당겼다. 그리고 그의 입술을 힘껏 머금었다.

"앗!"

서로의 입술이 하나가 되었다. 이런 키스에 익숙해질 때도 됐는데 아직도 짜릿함이 그대로 느껴지고 있었다.

"사랑해요."

"나도."

"다른 곳도 보고 싶어요."

그들은 한참 만에 침대에서 일어나 집 안 곳곳을 구경하기 시작했다.

"꿈을 꾸고 있는 것 같아요. 이런 집이 내 집이라니……."

그가 손을 잡고 커다란 리본이 묶여 있는 방 앞으로 향했다. 마치 선물상자의 리본처럼 보였다.

"이 방은 할아버지의 선물이야."

"윤 회장님이요?"

"그래, 열어 봐."

그녀는 설레는 마음으로 방문을 열었다.

"와아!"

감탄사가 절로 나왔다. 이 방은 그녀만을 위한 화실이었다.

"진짜 멋져요."

"할아버지께서 하라의 그림 실력이 아깝다고, 결혼하면 개인 선생님도 붙여 줄 테니까 본격적으로 공부하라고 하셨어."

"진짜 감사드린다고 꼭 전해 주세요. 아니, 제가 말씀드릴게요."

하라는 그의 품에 안겨 기쁨을 만끽했다. 그들은 손을 꼭 잡고 집 안을 둘러본 후에 수영장으로 나왔다.

"정말 멋지다."

"정말 아름다워."

그녀는 수영장을 보며 말했고, 그는 하라를 보며 말했다. 하라는 그런 그를 보며 미소 지었다.

가장 비참했던 순간에 만난 가장 빛나는 사람이었다. 이렇게 그들이 하나가 될 줄은 상상도 하지 못했다.

재벌가의 며느리라는 타이틀보다 그녀는 윤형준이라는 남자의 아내임이 더 좋았다. 그가 재벌이 아니었다면 조금 더 일찍 사랑의 결실을 맺었을 것이다. 하나는 그의 어깨에 머리를 기대며 정원을 바라보았다.

그녀는 형준과 살 동안은 이렇게 평온한 날들만 가득하리란 걸 알았다. 언젠가는 정원이 그들의 아이들의 웃음소리로 가득 찰 날을 기대하며 그녀는 살며시 미소를 지었다.

에필로그

"차렷! 대위님께 경례!"

"충성!"

종훈이 그에게 경례를 하는데도 형준은 히죽거리며 웃고 있었다.

"무슨 일 있으십니까?"

"아니. 왜?"

"혼자 웃고 계셔서 말입니다."

"웃으면 안 되나?"

사실 지금은 웃으면 안 되는 상황이 맞았다. 군대 내에 총기 사고가 발생했기 때문이었다. 윤 대위가 옷을 빠르게 갈아입고 총기를 확인 후에 지프차에 몸을 실었다. 그들의 부대는 아니었지만 가까운 부대에서 발생한 일로, 지역 주민들이 불안에 떨고 있었다.

"찾았나?"

"지금은 대치 중입니다."

"피해 상황은?"

"두 명이 죽고 민간인 한 명이 부상당해 병원으로 호송 중입니다."

"민간인?"

"네, 오토바이를 탈취하는 과정에서 벌어진 일인 것 같습니다."

종훈은 윤 대위를 너무나 잘 알았다. 군인으로서 사명감이 투철한 상관이었다. 그런데 오늘은 이상하게 나사 하나가 풀린 것 같았다.

"대위님, 웃을 일은 아닌 것 같습니다."

"내가 뭘?"

"자꾸 웃고 계십니다."

"내가? 언제?"

"지금도 웃고 계십니다."

처음 있는 아주 묘한 상황이었다. 상황을 진압하고 돌아오는 길에도 윤 대위는 기분이 아주 좋은 상황이었다.

"라면이나 먹자."

"네."

부대 안에 있는 중대장실에 둘만 남게 되자 윤 대위가 말했다.

"술도 준비합니까?"

"아니, 배만 고프다."

"네."

라면 4개를 끓여서 가지고 오자 윤 대위는 마치 며칠을 굶은 사람처럼 먹었다.

"무슨 일 있으십니까?"

"잘하면 여자 친구가 생길 것 같다."

"정말입니까? 예쁩니까?"

"응, 엄청!"

"새끼 치시는 겁니까?"

"물론이지."

"아주 바람직하지 말입니다."

예쁜 사람들은 끼리끼리 다니는 법이었다.

"그래서 기분이 좋으셨습니까?"

"어."

그때 누군가 중대장실로 들어왔다.

"병장, 김정우!"

그가 아주 귀여워하는 병사였다. 사무 능력도 뛰어나고 두뇌 회전도 빠른 병사였기 때문이었다.

"무슨 일이야?"

"그게 말입니다……."

뭔가 안 좋은 일이 있는지 표정이 안 좋았다.

"라면이나 먹어. 나무젓가락 저기 있으니까."

더 이상 김 병장도 말이 없었고 그들도 묻지 않았다. 종훈이 봤을 때 윤 대위는 지금 뭘 얘기해도 웃을 판이었다.

하지만 얼마 후부터 윤 대위는 표정이 좋지 않았다. 여자가 이사를 가고 없다고 했다. 날마다 뻥이를 쳤고 그건 다 그 여자 때문이었다.

연합 훈련 기간이라서 휴가를 빼기 힘든데 오늘은 할아버지의 호출로 어쩔 수 없이 휴가를 받은 형준은 우정그룹 본사로 향했다. 원래 이렇게까지 오라고 강하게 말씀하시진 않는데 요즘 많이 힘이 드신 모양이었다.

"할아버지, 지금 훈련 기간입니다."

"그만둬."

"안 됩니다."

"이제 나도 더는 회사를 끌어가기가 힘이 들어."

할아버지도 연세가 있으셔서 이제는 현역에서 물러나고 싶으신 모양이었다.

"아버지는요?"

"소리 없이 가만히나 있어 주면 고맙지."

"전……."

"시간이 별로 없어. 네가 우정그룹을 이어받지 않으면 내가 피 땀 흘려 이루어 놓은 그룹을 남에게 넘겨야 할 판이야."

"전문 경영인도……."

"안 돼!"

할아버지는 그가 물려받기를 바라셨다.

"후……."

"생각해 봐. 그리고 이따 오후에 성운그룹 딸과 맞선 약속이 있으니까 잊지 말고."

"할아버지!"

"잔소리 말아. 내가 여태까지 너 하고 싶은 거 할 때 아무 소리 안 했으니까 이제는 할아비 말 들어."

할아버지는 단 한 번도 그가 뭘 한다고 했을 때 반대하지 않으셨다. 그가 육사에 갈 때는 약간의 마찰이 있기 했지만 결국 그에게 져 주셨다. 그는 할아버지의 사무실을 나와 본가로 가기 위해 엘리베이터로 향했다.

그때였다. 검은 치마 정장을 입은 그녀가 엘리베이터에서 내렸다.

그는 얼른 몸을 숨겼다. 그의 꿈을 지배하는 여자가 그의 앞에 서 있었다. 여전히 볼륨감 있는 몸매로 남자들을 현혹시키는 아름다운 모습이었다.

두근두근.

전투훈련에 나가 수류탄을 던져도 이렇게 빠르게 뛰지 않는 심장이 지금은 100M 달리기를 한 것처럼 빠르게 뛰었다.

"우연이 아닌 필연이었어."

그의 입가에 미소가 떠올랐다. 그는 몰래 그녀의 뒤를 따라갔다. 그녀는 회장실에 볼일이 있는지 회장실로 들어갔다. 그는 노비서에게 그녀가 누구냐고 물었다. 그리고 그녀가 기획실 오하라 대리임을 알게 되었다.

"오하라 대리라……."

그는 미소를 지으며 자대 복귀를 했다. 그 후로 날이면 날마다 기쁨의 연속이었다. 그동안 타이트하게 부하들을 관리했다면, 요즘은 아주 너그러운 마음으로 군 생활을 하고 있었다. 종훈은 형준이 하라의 행방을 알게 되어 기분이 좋아진 걸 안 후부터는 일관성이 없다면서 매번 그에게 핀잔을 주었다.

군 생활은 그에게 피난처였다. 나라를 위한 것도 좋지만 부대에 있으면 아버지와 마주치지 않아도 되기 때문이었다. 하지만 형준도 알았다. 여기에 끝까지 있을 순 없다는 것을 말이다.

탕! 탕! 탕!

세 발의 총성이 부대 안에 퍼지고 있었다. 병사들이 훈련을 마치고 내무반으로 이동한 직후였다.

"대위님!"

종훈이 헐레벌떡 들어왔다.

"무슨 일이야?"

"총기 사고입니다!"

"어디서?"

"내무반입니다."

탕! 탕!

총을 일정한 간격을 두고 쏘는 걸 보니 조준 사격이었다. 이건 우발적인 범행이 아니었다. 이날의 총성은 그를 한동안 패닉 상태로 만들었다. 가장 아끼는 부하의 참혹한 복수극이었다. 김 병장은 5명의 병사를 죽음으로 몰았다.

"죄송합니다."

동성애자인 병사의 치정극이라고 하기엔 뭔가 석연치 않은 부분이 있었다. 나중에 알고 보니 군 내의 괴롭힘까지 겹쳐지며 관심사병에 대한 이야기가 또다시 사회적인 문제로 대두되었고, 그는 전역을 하게 되었다.

그만큼 충격을 받은 종훈도 같은 날에 전역을 했다. 오갈 곳 없는 종훈을 그가 경호원으로 채용했고, 형준이 우정그룹 후계자란 걸 처음으로 안 종훈은 너무 놀라서 한동안 말을 하지 못했었다.

"마셔."

똑같이 정신병원에 상담을 다녀와 낮술을 마시는 종훈과 그였다. 낮술이라고 해 봐야 편의점 앞에서 먹는 맥주와 과자가 전부였지만 말이다.

"멀쩡한 정신에 정신병원을 다니려니 힘들다."

"우린 멀쩡한 게 아닙니다. 인정하기 싫으시겠지만……."

"그런가?"

맥주가 시원하게 목으로 넘어가고 있었다.

"왜 여기서 마셔야 합니까? 그것도 왜 꼭 이 시간에?"

그는 병원을 다녀온 날이면 꼭 이렇게 우정그룹 본사 바로 옆에 있는 편의점 앞에 앉아 있었다.

"같은 시간, 같은 장소에 거의 매일 오는 건 분명히 무슨 일이……."

"쉿!"

하라가 친한 여직원과 함께 그들의 앞을 지나치고 있었다. 오늘도 커피를 사러 가는 모양이었다. 넋을 놓고 하라를 보고 있는 그를 한심하다는 듯 종훈이 보고 있었다.

"제가 가서 말할까요? '사랑합니다.' 하고?"

"미친놈."

"미친 건 제가 아니라 대위님입니다."

"가자."

그들은 자리에서 일어났다.

"언제부터 출근이십니까?"

"일주일 뒤부터."

"괜찮으십니까?"

"괜찮아지려고 출근하는 거야."

종훈이 하라가 들어간 커피숍 쪽을 보았다.

"연애하시려고 가시는 것 아닙니까?"

"아니."

"솔직해지십시오."

"……."

형준은 더 이상 말을 하지 않았다. 머리가 복잡한 건 사실이었다. 김 병장의 일도 그를 힘들게 했지만 그건 서서히 극복해 나가고 있었다. 하지만 하라를 볼 때마다 그의 마음이 조금 복잡했다.

첫눈에 반한 여자였다. 그런데 그런 그녀는 그와 불타는 밤을 보내고 사라져 버렸다. 서운한 마음이 들었다. 그녀를 찾지 못했을 땐 무작정 그리웠지만, 이렇게 찾고 나니 원망스런 마음도 생겨 조금은 복잡한 상황이었다.

"솔직히 예쁜 건 인정합니다."

"……."

"저기 저 남자도 아주 넋을 놓고 보네요."

종훈이 가리키는 방향을 보고 그는 그대로 얼어붙었다. 하라는 남자를 보지 못했지만 그녀를 넋을 놓고 보고 있는 건 성우였다.

"미국에서 돌아왔나 보군."

"네?"

"아니야."

형준은 이렇게 말을 하고는 전화기를 들었다.

"노 비서님."

[네, 형준 씨.]

"저 들어가고 싶은 부서가 있어서요. 기획실로 부탁드립니다."

[네, 알겠습니다.]

"그리고 부탁이 있습니다."

[말씀하세요.]

"제 사수는 오하라 대리로 부탁드립니다.]

[황 이사님에게 말해 놓겠습니다.]

형준은 전화를 끊고는 묘한 미소를 지었다. 이제 오하라는 그의 손안에 들어오게 된 것이었다.

… THE END …